DEN BERSERKERN ERGEBEN

LEE SAVINO

Übersetzt von
MICHAEL KRUG

KOSTENLOSE NOVELLE

Hol dir ein kostenloses Exemplar von Gezeugt von den Berserkern und Eine Berserker-Geburt, indem du dich für meinen Newsletter anmeldest.

Der dritte Teil von Daegans, Brennas und Samuels Geschichte. Lies den ersten Teil in **Verkauft an die Berserker** *und den zweiten in* **Gepaart mit den Berserkern**. *Diese Novelle ist kostenlos, ein Geschenk.*

https://BookHip.com/PKRMGC

DEN BERSERKERN ERGEBEN

Nach tausend Jahren im Grab hat der Totenkönig den Bann der Hexe gebrochen und sich wieder erhoben. Er hat eine Armee aufgestellt und wird über uns alle herrschen, wenn wir nicht kämpfen und ihn aufhalten. Und ich bin die mit dem Schlüssel zu seiner Niederlage.

Die Hexen haben mir diese Aufgabe übertragen, aber sie vertrauen mir nicht. Sie schicken mir zwei Berserker als Führer, Beschützer und Aufpasser. Ragnar und Loki sind mächtige Krieger, aber wenn sie denken, ich wäre ein unbedarftes Dummchen, das sie kontrollieren können, dann irren sie sich gewaltig. Ich vertraue ihnen so wenig wie sie mir und bin auf der Hut.

Allerdings habe ich nicht damit gerechnet, dass sie meine Verteidigung durchbrechen. Meine Sorgen lindern. Meine Mauern einreißen und mich meine Ängste vergessen lassen. Es wäre so einfach, mich an sie zu verlieren, aber Liebe kann ich mir nicht leisten.

Die Berserker wollen mich für immer. Ich schenke ihnen nur eine Nacht, denn mehr habe ich nicht. Morgen muss ich mich dem Totenkönig stellen und kämpfen, um alles zu retten, was mir lieb ist. Und vielleicht überlebe ich dieses letzte Gefecht nicht ...

1

Rosalind

Der Wald strotzte vor hochaufragenden Bäumen. Zwischen den Kiefern wuchs dichtes Moos, an der Südseite der Rinde bis hinauf zu den untersten Ästen. Im tiefsten Dickicht herrschte kaum Licht. Nur mein Haar, das sich aus dem Zopf löste, schimmerte golden, und der Dolch, der an einer Lederschnur um meinen Hals hing, strahlte ein gespenstisches Leuchten ab. Als ich mich verirrt hatte, da hatte ich den Dolch hervorgeholt, hochgestreckt und darauf gewartet, dass der Mondstein am Knauf mit einem widernatürlichen bläulichen Licht schimmerte. Der Dolch schien in meiner Hand zu summen, wenn ich ihn in die richtige Richtung hielt. Ich achtete weder darauf noch auf den unangenehmen Widerhall tief in meiner Brust.

Wenn es mir möglich gewesen wäre, hätte ich den Dolch samt Mondstein ins Dickicht geworfen. Aber diese

Entscheidung konnte ich nicht treffen. Also steckte ich die Klinge weg und setzte mein ungewolltes Unterfangen fort.

Als ich mich vor einem Tag auf den Weg gemacht hatte, war die Luft noch winterlich kalt, und Schnee hatte den Waldboden bedeckt. Je weiter ich wanderte, desto wärmer wurde es. Ich vermochte nicht zu benennen, wo genau die Erde vom verschneiten Frühling zum schwülen Sommer überging. Meine Winterkleidung wurde mit jedem Schritt schwerer. Schweiß lief mir unter dem schweren Brokatmantel den Rücken hinunter.

Du wirst dich vielen Herausforderungen stellen müssen, hatten die Hexen zu mir gesagt. *Der Totenkönig hat eine Vorliebe dafür, die Gesetze der Natur und die natürliche Ordnung auf den Kopf zu stellen. Er spielt mit dem Wetter ebenso wie mit dem Leben und Tod jedes Lebewesens. Sein mit Abstand bevorzugtes Ziel jedoch ist der Geist.*

Trotz der zunehmenden Hitze wagte ich nicht, den Mantel abzulegen. Ich würde ihn in der Nacht brauchen, wenn die Welt dunkel werden würde. Und selbst wenn nicht, ich würde ihn nicht abstreifen. Er war feiner als alles, was ich je zuvor getragen hatte. Die Kapuze war ebenso mit Pelz ausgekleidet wie die Stiefel, die meine Füße warm umhüllten. Als Waisenkind hatte mir nie jemand Schuhe oder schöne Kleidung geschenkt. Aber anscheinend würde ich zumindest fein gekleidet in den Tod gehen.

Meine Stiefel hinterließen keine Spuren auf dem Teppich aus Blättern und Moos. Und auch, als ich mich zu nah zum Bach wagte und in schwarzen Schlamm einsank, füllte das Wasser den Abdruck schnell wieder auf. Nur wenige Augenblicke später wies nichts mehr darauf hin, dass ich vorbeigekommen war.

Würden Geschichten von mir erzählen? Von Rosalind, die der Welt letzte Waffe in den Hort des Feindes trug? Oder würde man mich vergessen wie einen Sonnenstrahl, der die Blätter eines Asts erhellt oder auf der Oberfläche eines Sees tänzelt – in einem Moment da, im nächsten weg?

Ich erklomm einen Hügel, wich dicht wachsendem Berglorbeer aus, kämpfte mich vorbei an Ästen mit dunkelgrünen, glänzenden Blättern. Meine Beine schmerzten, und dabei war es noch nicht mal Mittag. Mein Wasserschlauch war rissig geworden und konnte kein Wasser mehr speichern. Ich leckte mir die trockenen Lippen, marschierte wacker weiter, blieb dicht am Bach und versuchte, nicht darüber nachzudenken, wohin mich jeder Schritt führte.

Wir senden dir Hilfe, hatten die Hexen zu mir gesagt. Aber wie so viele andere in meinem Leben hatten sie gelogen. Und ich war allein.

Je länger ich ging, desto mehr wuchs meine Beklommenheit. Ein Geräusch ließ mich innehalten, dann jedoch erkannte ich: Es herrschten überhaupt keine Geräusche. Das Zwitschern der Vögel, das Summen der Insekten, ja sogar die unterschwelligen Laute des Dolchs waren verstummt.

Und dann: ein träges Schlurfen. Der Wind frischte auf, wehte an mir vorbei und trug mir den Gestank von Fäulnis zu.

Ich kletterte von der Kuppe der Anhöhe zurück und versteckte mich hinter einer Felserhebung, presste mich an den von Flechten bewachsenen Stein. Von nun an musste ich vorsichtig sein. Langsam rückte ich weiter vor und achtete darauf, dass die Felsbrocken zwischen mir und den Kreaturen unter mir blieben. Als ich ausrutschte, hart auf dem rechten Fußgelenk landete und es mir verdrehte, schrie ich nicht auf. Meine Fingernägel rissen an dem rauen Gestein, doch ich biss mir auf die Unterlippe und blieb still.

Ich durfte keinen Mucks von mir geben, den der Feind hören könnte.

Mit dem Gewicht auf dem heilen Bein humpelte ich weiter und achtete nicht auf die stechenden Schübe von Schmerzen, die durch mein rechtes Schienbein rasten. Ich hatte wichtigere Sorgen. So schleppte ich mich vorwärts, bis ich aus meinem Versteck spähen konnte.

Unter mir marschierte eine Armee von Untoten. Graue, in Lumpen gekleidete Gestalten, die mit jedem verstreichenden Augenblick vor sich hin faulten. Zwischen dem Gestank nahm ich einen anderen übelkeitserregenden Geruch wahr – verbrannte Gewürze und Weihrauch, Kräuter, die man zur Reinigung von Toten benutzte.

Ich zog mich zurück und rieb mir die Nase, während meine Augen tränen. Je länger ich verweilte, desto stärker würde ich es riechen. Und wenn ich zu lange bliebe, würde es mich in den Wahnsinn treiben.

Der Geruch stammte nicht von Kräutern oder irgendetwas Lebendigem. Es gab ihn nur in meinem Kopf – ein Ausdruck der Magie des Totenkönigs. Nicht jeder roch ihn so wie ich. Ein weiterer Grund, warum man mich für diese Aufgabe ausgewählt hatte.

»Du bist vom Totenkönig geküsst, meine Liebe.« Die blinde alte Vettel strich mir mit dem Daumen über die Stirn. »Du siehst ihn hier. Und er bohrt sich jeden Tag tiefer.«

»Ich will das nicht«, sagte ich und ballte die Hand zur Faust, damit ich mir nicht das Gesicht rieb. »Ich will seine Magie nicht an mir haben. Nimm sie weg. Ich möchte gewöhnlich sein.«

»Aber du wurdest nicht dafür geschaffen, eine gewöhnliche junge Frau zu sein. Und das weißt du auch.«

»Warum kann ich nicht einfach auf dem Berg bleiben?«

»Willst du dir einen Gefährten nehmen?«, fragte eine andere Hexe.

»*Nein, aber wenn es sein muss, tue ich es.*« Meine Stimme klang sogar für mich selbst mürrisch.

Die alte Vettel tätschelte mir nur die Wange.

Ich zog mir den Mantel über Mund und Nase und drückte die Hand auf meine Brust, wo der Dolch zwischen meinen Brüsten ruhte. Unter meinem Gewand schimmerte der am Knauf befestigte Mondstein wie in der Gegenwart des Totenkönigs – ein kleiner Punkt aus blauem Feuer.

Ich wagte nicht, den Dolch herauszuziehen. Es hieß, die Diener des Totenkönigs würden vom Mondstein angezogen, um ihn zu ihrem Herrn und Meister zu bringen. Ich wusste, dass es stimmte, denn ich war schon in der Gewalt des Totenkönigs gewesen und hatte denselben düsteren Drang verspürt, ihm den Mondstein zu bringen.

Selbst in diesem Augenblick verspürte ich ihn noch.

Ich musste dringend weg von diesem Ort.

Das Meer der *Draugr* – der Untoten – erstreckte sich vor mir. Wie sollte ich mich daran vorbeischleichen? Meine Finger schoben sich in meinen Beutel. Zwischen den Krümeln des Reisezwiebacks und den Resten von Dörr-fleisch – meinen Rationen, die nur für einen Tag gereicht hatten – befanden sich einige Waffen, die mir die Hexen mitgegeben hatten.

Setze sie sparsam ein, hatte mich die alte Vettel ermahnt. *Und nur, wenn du keinen Ausweg mehr siehst.* Ich schloss die Finger um einen Runenstein. Davon hatte ich nur drei, und ich stand einer Armee von Untoten gegenüber.

Vielleicht sollte ich mich zeigen. Sie würden mich gera-dewegs zum Totenkönig bringen. Ich könnte einfach zu den umherschlurfenden Soldaten gehen und mich unterwürfig hinlegen.

Schreite aus eigenen Stücken durch das Eingangstor. Das wird helfen, den Einfluss des Totenkönigs auf dich zu schwächen.

So einfach durfte ich nicht aufgeben. Ich würde die *Draugr* umgehen müssen. Was bedeutete, dass ich den Bach aufgeben musste, meine einzige Wasserquelle. Es gab keine Gewähr, dass ich einen anderen Weg um die Truppen des Totenkönigs herum finden würde, aber ich musste es versuchen. Ich konnte nicht riskieren, dass die *Draugr* mich gefangen nahmen.

Als ich den Weg zurück den Hügel hinunter antrat, hielt ich den Atem an, als könnte mir das helfen, mich leiser zu bewegen. Wenn die Untoten mich hier witterten, würden sie mich holen kommen. Ich musste mich um sie herumschleichen.

Aber zuerst trank ich einen Schluck aus dem Bach. Sonst hatte ich kein Wasser zur Verfügung, und da ich einen anderen Weg einschlagen musste, hatte ich keine Ahnung, wann sich mir die nächste Gelegenheit zum Trinken bieten würde.

Ich schob mich durch den hochaufragenden Farn und versuchte, mit den Stiefeln nicht in den Schlamm zu geraten. Aber trotz aller Bemühungen blieb ich mit dem linken Fuß im schwarzen Matsch stecken. Mit einem schmatzenden Laut zog ich ihn heraus und taumelte leicht. Schmerzen, die mich die Zähne zusammenbeißen ließen, fuhren mir durch das rechte Bein. Ich musste mir das Fußgelenk schlimmer als gedacht verletzt haben, doch mir blieb keine andere Wahl, als weiterzugehen.

Zähneknirschend schleppte ich mich humpelnd einige Schritte vorwärts. Dann blieb ich stehen.

Neben dem Bach kauerte regungslos wie ein Baumstumpf ein Krieger, der wirkte, als wäre er von Anfang an dort gewesen. Aber noch vor einem Augenblick hatte ich ihn nicht bemerkt.

Mit dem Fuß in der Luft erstarrte ich und sah ihm in die

blauen Augen. Der Krieger trug kein Hemd, nur ein Beinkleid und Stiefel. Lederriemen verliefen kreuz und quer über seine breite Brust. Ohne sich aufzurichten, drehte er sich mir mit der widernatürlichen Anmut eines Mannes zu, der nicht ganz menschlich war.

»Da bist du ja, Mädel«, sagte er. »Ich habe schon überall nach dir gesucht.«

Ich leckte mir über die Lippen, fand jedoch meine Stimme nicht. Obwohl er nicht dazu ansetzte, sich mir zu nähern, wich ich einen Schritt in die Richtung zurück, aus der ich gekommen war.

Die Hexen hatten gesagt, sie würden jemanden schicken, der mir helfen würde. Diesen Mann?

Er legte den Kopf schief und streckte die Nase in den Wind. Seine Nasenflügel blähten sich, seine Augen flammten kurz wie Fackeln auf. »Hinter der Anhöhe sind *Draugr*. Du willst doch nicht etwa dorthin, oder?«

Ich fuhr mit der Hand vorn über mein Kleid und schmiegte die Finger um die beruhigende Form des Dolchs. »Das geht dich nichts an.«

Der Krieger erhob sich mit einer fließenden Bewegung, ohne mich aus den Augen zu lassen. Seine hockende Haltung hatte seine wahre Masse verborgen. Nun richtete er sich erst zu meiner Größe auf und wuchs weiter, bis er als Berg aus Muskeln, Leder und Waffen vor mir aufragte.

»Ach, Mädel, und ob es mich etwas angeht.« Er streckte eine Hand aus, bewegte sich immer noch langsam wie unter Wasser. Ich zuckte zurück, als hielte er mir eine Schlange entgegen. »Ich bin hier, um dich zurückzubringen.«

2

Rosalind

»**Z**urück? Wohin?«, fragte ich und kam mir dumm
vor. Dann erst schloss mein Verstand zu meinem
Mundwerk auf. »Zum Berserkerberg?« Das war
nicht der Helfer, den die Hexen mir versprochen hatten. Er
war ein Berserker. Einer meiner ehemaligen Entführer.

»Ins Land des Hochlandrudels, ja. In Sicherheit. Komm
jetzt.« Er gab mir mit den Fingern ein Zeichen, als wäre ich
ein Hund, der auf Zuruf gehorchen sollte. Ich verlagerte das
Gewicht so auf die Fersen, dass meine Stiefel tiefer in den
Schlamm und das schimmelnde Laub sanken. »Zurück in
Sicherheit. Hast du nicht gesehen, dass hinter dem Hügel da
Draugr lauern?«

»Es gibt einen Weg um sie herum.« Ich hoffte, dass es
stimmte. Allerdings konnte ich nicht hoffen, diesem Krieger
zu entwischen oder es an ihm vorbei zu schaffen. Er war ein
hünenhafter Rohling und sah auch genauso aus. Einen Teil

der Haare hatte er sich abrasiert, den Rest trug er zu Zöpfen zusammengebunden. Ein kurz gestutzter Bart umrahmte den Mund. Zwischen den blonden Stoppeln schimmerte der Hauch eines Lächelns, als würde ich ihn belustigen.

»Haben die Alphas dich geschickt?«, fragte ich, um Zeit zu gewinnen. »Ich bin als Unruhestifterin bekannt. Mich überrascht, dass sie mich nicht einfach gehen lassen.«

»Es gibt für uns zu wenige Frauen. Wir können es uns nicht leisten, auch nur eine zu verlieren. Ihr seid alle kostbar für uns.« Seine Stimme wurde tiefer und senkte sich auf ein Murmeln, das kaum das Plätschern des Baches übertönte, und als er den Kopf schieflegte, leuchteten seine Augen auf. Im einen Moment blau, im nächsten golden.

Ich verzog die Lippen. »Deshalb also liegt ihnen etwas an mir. Ich soll wie die anderen eine Zuchtstute werden.«

»Nicht wie eine Stute, nein. So sollst du nicht geritten werden ...«

Ich konnte weder durch ihn hindurch noch an ihm vorbei. Also drehte ich mich um und hastete zurück den Hügel hinauf in Richtung der *Draugr*. Wenn ich mich zwischen dem Krieger und den bösartigen Untoten entscheiden musste, empfand ich die Truppen des Totenkönigs als das geringere Wagnis.

Mein Atem rasselte durch meine Brust, als ich die Anhöhe hinaufstürmte. Große Laubklumpen und darunter versteckte Steine spritzten unter meinen Füßen weg und drohten, mich aus dem Gleichgewicht zu bringen. Mein Fußgelenk knackte, und Schmerzen schossen mir das Bein hoch. Aber ich schaffte es zu den Felsen von vorhin und pirschte mich weiter. Ich hatte den größten Stein beinah hinter mir gelassen, als mich ein harter Arm um die Brust packte und sich eine Hand auf meinen Mund legte.

»Hab ich dich«, brummte der Krieger und zog mich

zurück. Ich wehrte mich, schlug um mich, krallte an seinem Unterarm, doch es fühlte sich an, als hätte sich ein Eisenband um mich geschlungen.

Der Krieger zerrte mich zurück. Meine Beine strampelten wild. Die Gewichte in meinem Beutel klatschten gegen meinen Oberschenkel und bescherten mir zweifellos blaue Flecken.

»Bleib ruhig«, forderte mich der Krieger mit knurrendem Unterton auf. Er brachte mich zurück in die falsche Richtung. So würde ich meine Mission nie beenden.

Jeden Schritt zurück nach Westen würde ich erneut gehen müssen. Meine Augen brannten, meine Kehle fühlte sich wie zugeschnürt an. Mein Fußgelenk pochte.

Sollte dieser Krieger verflucht sein. Ich konnte nicht gegen ihn kämpfen. Immerhin war ich einen Tag und eine Nacht lang marschiert und hatte längst nichts mehr zu essen. Mein Magen knurrte, meine Glieder waren schwach, so schwach. Ich könnte mich wehren, so viel ich wollte, er würde es kaum bemerken.

Also zwang ich meinen Körper, sich zu entspannen. Als ich die Gegenwehr einstellte, lockerte er allmählich den Griff um mich. Nach einigen weiteren Schritten senkte er die Hand von meinem Mund. Sein Geruch umhüllte mich, trocken und frisch, vermischt mit einem Hauch Süße wie von frisch gehacktem Zedernholz.

»Das ist ein Fehler«, sagte ich mit einer Ruhe, die ich nicht empfand.

Er marschierte unbeirrt weiter. »Hier ist es nicht sicher für dich«, murmelte er mir ins Ohr.

»Das weiß ich«, herrschte ich ihn an. Hielt er mich etwa für dumm? »Ich muss weiter. Unser aller Leben hängt davon ab.«

Wir befanden uns wieder beim Bach und tiefer im

Dickicht. Der Krieger ließ mich runter. Bevor ich das Gleichgewicht fand und ihn wegstoßen konnte, zupfte er mein Gewand und meinen Mantel zurecht.

»Unser aller Leben? Erklär mir das.« Seine Lippen verzogen sich unter dem Bart.

Erzähl niemandem unter freiem Himmel von deiner Aufgabe, damit der Totenkönig euch nicht hört und von unseren Plänen erfährt.

Ich öffnete trotzdem den Mund, aber die Worte blieben mir in der Kehle stecken. Eine unsichtbare Hand würgte mich und nahm mir die Fähigkeit zu sprechen.

»Ich kann es dir nicht sagen.« Dabei fasste ich mir an den Hals, als könnte ich mit den Fingern die in mir feststeckenden Worte herausziehen. Es half nicht. Die Faust um meine Kehle lockerte sich, und ich schnappte nach Luft.

»Na schön, dann erzähl es den Alphas, wenn wir im Rudelgebiet sind.« Bevor ich mich losreißen konnte, setzte der Krieger mich auf einen moosbewachsenen Baumstamm. »Lass mich dein Bein ansehen. Auf einem hinkst du.«

Ich hätte seine Hände ja weggeschlagen, aber er zog mein rechtes Bein nach vorn. Dadurch musste ich mich an dem bröckelnden Baumstamm abstützen, um nicht das Gleichgewicht zu verlieren. Während ich damit beschäftigt war, mich festzuhalten, schob er den Saum meines Kleids hoch und umklammerte meine Wade, um mir den Stiefel auszuziehen.

Dabei neigte er mir den Kopf so nah zu, dass ich das leichte Muster der Sommersprossen auf seiner Stirn erkennen konnte.

Ich atmete scharf ein, als seine Finger die unversehrte Haut entlangstrichen.

Er hob den Kopf. »Tut das weh?«

Ich schüttelte den Kopf und versuchte, ihm mein Bein zu entziehen. »Ist nur ein bisschen empfindlich.«

Zwar ließ er mich nicht los, aber seine Hände erwiesen sich als sanft. Ich biss mir auf die Unterlippe, als er meinen Fuß erst in die eine, dann in die andere Richtung bewegte. Im Vergleich zur goldenen Schattierung seiner starken Hände war mein Bein so blass wie die Unterseite eines Pilzes.

»Ist etwas steif«, murmelte er. »Aber keine Anzeichen einer Schwellung.«

Mein Atem zischte zwischen den Zähnen hindurch, als er mein wundes Schienbein abtastete. »Ich bin oben bei den Felsbrocken falsch aufgetreten.«

Nach einem knappen Nicken holte er einen langen Lederstreifen hervor und band ihn mir um das Fußgelenk. Unsere Köpfe näherten sich einander, und unser Atem vermischte sich, während er arbeitete. Unter dem blonden Schopf befand sich ein wohlgeformtes Gesicht. Es kam nicht oft vor, dass ich einen Berserker lang genug betrachtete, um sein Aussehen zu bewundern, aber dieser Mann war mir schon früher aufgefallen. Ich kannte ihn noch von meiner Gefangenschaft auf dem Berserkerberg. Sogar die leicht schiefe Nase ergänzte sein Aussehen um kantige Männlichkeit und ließ ihn nur noch ansprechender wirken.

Nein. Lustvolle Gedanken über einen Krieger konnte ich mir nicht leisten, nicht einmal über einen so breitbrüstigen und schönen wie diesen. Er war mein Entführer, mehr nicht.

»Du solltest dich nicht hier draußen herumtreiben.« Seine Stimme klang zwar sanft, darunter jedoch schwang Damaszenerstahl mit.

Ich rieb mir das Gesicht, fühlte mich so müde. »Ich muss

weiter«, sagte ich. »Warum, das kann ich dir nicht sagen, aber es ist wichtig.«

»Na schön, Frau.« Seine blauen Augen wirkten mitfühlend. »Ich bin hier, um dir zu helfen. Du willst nicht von diesen wandelnden Leichen gefunden werden.« Er schüttelte den Kopf, während seine großen Hände mit geschickten Griffen meine Verletzung verbanden. Dann zog er mein Kleid wieder runter, ließ mich aber nicht aufstehen. Er hielt mein Bein weiter fest, hob es an und begutachtete meine Stiefel. »Das ist feine Handarbeit. Hat ein Krieger sie dir geschenkt?«

Er wollte wissen, ob mich einer der anderen Berserker mit Geschenken umwarb.

»Nein.« Ich entriss ihm den Fuß und drehte ihm den Rücken zu. Meine Brust zog sich so eng zusammen, dass ich kaum noch atmen konnte. Ich war erwischt worden. Alles schien verloren zu sein.

Warum hatten die Hexen die Alphas der Berserker nicht in ihre Pläne eingeweiht? Nun war mein Einsatz beendet, bevor er richtig begonnen hatte.

Als ich ein leichtes Ziehen an meinem Haar spürte, drehte ich mich um. Der Krieger hatte eine widerspenstige Strähne meines langen, seidigen Haars zwischen Daumen und Zeigefinger und streichelte sie.

»Also wirst du von keinem Mann umworben?« Seine tiefe Stimme vibrierte durch mein Innerstes.

»Nein.« Mit einem Ruck entriss ich ihm mein Haar. Er rieb weiter den Daumen und Zeigefinger aneinander und wirkte dabei nachdenklich.

Ich zwang mich, den Blick abzuwenden, bevor er bemerken konnte, wie ich seine großen, aber geschickten Finger bewunderte oder seine muskelbepackten Unterarme, an denen goldene Härchen glitzerten.

Er hatte gefragt, ob ich von einem Mann umworben wurde. »Was kümmert es dich eigentlich?«

»Du bist eine *Holzmouwa*, eine perfekte Gefährtin für einen Berserker. Es ist höchste Zeit, dass du einen Gefährten findest. Bist du deshalb weggerannt?«

»Nein.« Ich schloss die Augen. »Ja.« Vielleicht. Den gesamten Winter hatte ich in der Hütte der ungepaarten *Holzmouwas* verbracht und mir einen Ausweg von dort gewünscht. Nun lag er vor mir, nur würde er mich in den Tod führen.

Die großen Finger des Kriegers schlossen sich um mein Handgelenk. Obwohl sie schwielig waren und stark wie eine Metallschelle zupacken würden, wenn ich ihn auf die Probe stellte, fühlte sich sein Griff sanft an.

»Ist schon gut, Mädel«, sagte er. »Ich bringe dich wohlbehalten zurück zum Berg.«

Der Krieger half mir auf die Beine und zog mich hinter sich her. Ich folgte ihm und stolperte ein wenig. Die Riemen stützten mein Fußgelenk zwar, doch ich war so müde.

Damals im Waisenhaus hatte meine Schwester immer mit einer Puppe aus Maisstängeln und Stroh gespielt. Im Augenblick fühlte ich mich so zerbrechlich wie jene aus Teilen von nichts gebastelte Figur. Ein einziger Windstoß könnte mich verwehen.

Also folgte ich dem Berserker ohne Gegenwehr. Ich konnte nicht gegen ihn kämpfen. Stattdessen würde ich mir etwas anderes einfallen lassen müssen, um ihm zu entkommen.

»Wie heißt du?«, fragte ich. Meine Stimme klang so stumpf wie die Klinge des Dolchs, der an dem Riemen um meinen Hals baumelte.

»Ragnar. Und du bist Rosalind.«

Ragnar

ALS ICH ROSALIND zum ersten Mal im Wald sah, das Haar schimmernd wie eine Goldader, die Haut blass wie der Mond, da hielt ich sie für eine Göttin.

Für eine Frau schien sie groß zu sein, aber der Eindruck bestätigte sich nicht. Durch ihren schlanken Körperbau wirkte sie größer, als sie in Wirklichkeit war. Rosalind glich einer Klinge aus edlem Stahl, gehärtet im Feuer und bereit, den erstbesten Mann zu erschlagen, der sich zu nah an sie heranwagte.

»Meinen Namen kennst du ja.« Ihre Lippen verzogen sich zu ihrem üblichen hochmütigen Ausdruck. »Was weißt du über mich?«

»Nur, was die Alphas uns gesagt haben. Du wurdest in der Nacht aus dem Kloster geholt, in der es zerstört wurde. Und du bist eine *Holzmouwa* beachtlicher Schönheit.« Meine Stimme wurde belegt.

Sie schüttelte zwar den Kopf und wandte den Blick ab, doch ihre Wangen hatten sich gerötet. Sie war nicht gefeit gegen mein Interesse.

Mit erfreutem Unterton fuhr ich fort. »Deine Schwester wurde mit dir aus dem Kloster gerettet.«

Rosalind schnaubte, unterbrach mich aber nicht. Ich nahm sie am Arm und führte sie näher zum Bach. Dort hockte ich mich hin, um meinen Wasserschlauch zu füllen.

Sie schaute das Ufer entlang in beide Richtungen und betrachtete eingehend den schwarzen Schlamm.

»Wonach suchst du?«, fragte ich, reichte ihr den Wasserschlauch und stupste ihn, als sie mit dem Trinken zögerte.

»Meine Fußabdrücke. Sie sind weg.« Ihr Mund verzog
sich zu einem spöttischen Lächeln, bevor sie den Wasserschlauch an die Lippen hob.

Ich hielt still wie ein auf seine Beute fixierter Jäger und
beobachtete ihre Kehle, während sie trank. Ich hatte Rosalind noch nie glücklich gesehen – also richtig glücklich,
ausgeruht und friedlich. Auf dem Berserkerberg hatte sie
immer einen starren Gesichtsausdruck aufgesetzt. Manche
bezeichneten ihn als hochmütig. Ich als gequält.

»Irgendetwas ist dir passiert«, dachte ich laut nach.
»Etwas Schreckliches.«

Sie schnaubte abfällig und wischte sich den Mund ab.
»Kann man wohl sagen.«

Dann fiel es mir ein. »Ich erinnere mich. Du bist unterwegs verloren gegangen und in die Fänge des Totenkönigs
geraten. Weil er einen Sturm heraufbeschworen hat. Seine
Magie hat um euch alle herumgewirbelt und einen Nebel
erschaffen. Die Krieger wollten euch verteidigen und
wurden von untoten Soldaten angegriffen. Sie haben sich
freigekämpft und alle aus dem Kloster geholten *Holzmouwas*
gerettet, nur du bist tagelang durch den Nebel geirrt.«

Sie reichte mir den Wasserschlauch zurück, und ich
bückte mich, um ihn wieder aufzufüllen. Als sie dachte, ich
würde nicht hinsehen, strich sie ihr Kleid vorne glatt.
Darunter konnte ich die Umrisse eines kleinen Dolchs
erkennen. Die Klinge musste stumpf sein, wenn sie
zwischen ihren Brüsten ruhte. Und wenn dem so war,
würde der Dolch gegen einen Angreifer wenig nützen.
Obwohl ohnehin keine Waffe einen Berserker abzuschre-
cken vermochte.

»Ich erinnere mich«, flüsterte Rosalind. Sie hob eine

zitternde Hand an den Hals, aber ihre Stimme blieb ruhig. »Ich habe die Hand meiner Schwester gehalten und gebetet, dass es mir gelingen würde, sie zu beschützen.«

Auf dem Berserkerberg hatte sie eine jüngere Schwester. Ich versuchte, mir ihren Namen ins Gedächtnis zu rufen. »Espe«, sagte ich. Ein Anflug von Wut flutete Rosalinds Züge und schwemmte die Angst weg.

»Espe ist unschuldig. Und ihr habt uns aus dem einzigen Zuhause verschleppt, das wir gekannt hatten.« Sie ballte die Hände an den Seiten zu kleinen Fäusten. Ihr Körper bebte unter der Gewalt ihres Zorns – und wohl auch vor Erschöpfung und Hunger. Sie trieb sich schon zu lange allein in diesen Wäldern herum, ohne jemanden, der sich um sie kümmerte. Ich hatte sie gerade noch rechtzeitig gefunden.

»Wir haben euch gerettet ...«

»Ihr habt uns in Gefahr gebracht. Mitten in den Weg des Totenkönigs ...«

»Er hätte sich euch ohnehin geholt. Im Kloster wärt ihr leichte Beute gewesen.«

Nur wenige Fingerbreiten trennten uns, als sie finster von ihrer geringen Körpergröße zu mir hochstarrte. Ohne Zögern oder Furcht bot sie einem fast dreimal so großen Krieger die Stirn.

In ihrem Geruch lag zwar durchaus Angst, eine bittere Note. Aber sie fürchtete sich nicht vor mir.

»Ihr Krieger habt uns in der Nacht entführt, uns halb zu Tode erschreckt. Und dann auf dem Weg zum Berserkerberg wurden wir mitten im Wald angegriffen – trotz der Krieger um uns herum, die für unsere Sicherheit sorgen sollten.«

»Das war eine Tragödie«, gab ich zu. »Es hätte nicht passieren dürfen. Mehrere meiner Rudelkameraden sind in der Nacht gestorben.« In der Dunkelheit und den Wirren hatte der Totenkönig seine Kräfte eingesetzt, um einige der Berserker in den Wahnsinn zu treiben. Mehrere wurden von der Bestie überwältigt und mussten getötet werden. »Es war eine grauenhafte Zeit. Ich wünschte, du hättest das nicht durchmachen müssen. Wir haben dich im Stich gelassen, Rosalind, und dafür entschuldige ich mich.«

Ihre Lippen teilten sich, doch sie sagte nichts mehr. Sie schien sprachlos zu sein. Farbe kroch in ihre Wangen. Zwar hielt sie weiter an ihrem Zorn fest, aber schweigend, als hätte meine Entschuldigung sie überrumpelt.

»Aber ...«, fügte ich hinzu. »Es ist noch alles gut für dich und den Rest der *Holzmouwas* ausgegangen. Ihr wurdet alle gefunden und zum Berserkerberg gebracht ...«

»Ihr habt uns eingesperrt!«

»Und für alle Annehmlichkeiten für euch gesorgt.«

»Annehmlichkeiten«, spie sie abfällig hervor. Diese Frau würde sich selbst mit einem Stein streiten.

»Aye, Rosalind. Annehmlichkeiten. Eine warme Hütte zum Wohnen. Ein trockenes Plätzchen zum Schlafen. Fleisch, Met und alles, was euer Herz begehrt.«

»Außer Freiheit.«

Am liebsten hätte ich sie geschüttelt. »Wir haben euch gerettet.«

»Ihr habt gedacht, ihr hättet uns gerettet«, entgegnete sie. Die Wut verschwand dabei aus ihrer Stimme. Zurück blieb nur eine Verzweiflung, bei der sich mein Herz schmerzhaft zusammenzog. »Aber wir waren nicht in Sicherheit.«

»Auf dem Berserkerberg konnte der Totenkönig nicht an euch heran.«

Sie fuhr sich mit der Hand über die Stirn. »Sein Arm reicht weiter, als euch bewusst ist.«

Die Verbitterung in ihrem Duft hatte eine würzige Note.

Weihrauch und Nelken – der Geruch von Grabbeigaben. Der Moder des Totenkönigs klebte an Rosalind. Die Bestie in mir brüllte. Irgendetwas stimmte nicht.

Rosalind

Ich wirbelte auf dem Absatz herum, kehrte dem Krieger den Rücken zu und rieb die Vorderseite meines Kleids. Unwillkürlich wünschte ich mir, ich wäre so groß und stark wie er. Ich wünschte, mein Dolch wäre ein riesiges Schwert, das ihm den Kopf von den mächtigen Schultern schlagen könnte. Das würde ihm das selbstgefällige Grinsen aus dem ärgerlich ansehnlichen Gesicht wischen.

»Was meinst du damit?« In seine Stimme mischte sich ein unterschwelliges Knurren. Er hörte sich an, als würde ihm etwas an mir liegen, und etwas in mir wünschte sich sehnsüchtig, es wäre wahr.

Ich klammerte mich an meinen Zorn. Er diente mir als einziger Schutzschild zwischen mir und schierer Verzweiflung. Wie konnte er es wagen, vom Überfall der Berserker auf das Kloster zu sprechen, als wäre es eine Rettung gewesen? Ich erinnerte mich an die Tage der Wanderschaft, an die kleine, kalte Hand meiner Schwester in meiner. An ihre vertrauensvolle Unschuld, die wie ein Felsbrocken auf meiner Seele lastete.

Die Krieger hatten uns aus dem einzigen Zuhause verschleppt, das wir gekannt hatten. Sie dachten, sie hätten uns vor dem Totenkönig gerettet, aber seine Macht reichte weiter, als sie ahnten. Den ganzen Winter lang hatte er mit mir gesprochen. Er besuchte mich in Träumen, in Visionen und in Form eines gespenstischen Flüsterns, das durch meinen Kopf hallte, bis es schmerzte. Aber das war ein Geheimnis, das niemand kannte, nicht einmal die Hexen.

Ich konnte es niemandem erzählen. Schon gar nicht diesem Berserker.

Er befand sich unmittelbar hinter mir. Seine Wärme sickerte in mich, Balsam für meine kalten Knochen. »Sag es mir, Rosalind.«

»Es geht dich nichts an.«

»Doch, tut es. Du bist jetzt in meiner Obhut, Mädel. Ich sorge dafür, dass du zu essen und zu trinken hast, und ich bringe dich in Sicherheit.«

Seufzend rieb ich mir den Nacken und drehte mich zu ihm zurück. »Tu, was du tun musst.« Ich würde mein Bestes geben, um sein Vorhaben zu vereiteln.

Ragnar setzte den Wasserschlauch an den Mund und trank ausgiebig. Ein paar Tropfen verfingen sich in seinem Bart. Es ließ sich nicht leugnen: Dieser Berserker war besonders gutaussehend. Und er wusste es.

Vielleicht könnte ich seine Eitelkeit für meine Zwecke nutzen. Wie die meisten Männer, die mich für schön hielten, würde er nie vermuten, dass ich mein Aussehen als Waffe einsetzen könnte. Er würde gar nicht bemerken, dass ich meine Schönheit benutzte, um ihn zu blenden, bis es zu spät wäre.

»Möchtest du eine Gefährtin?«, fragte ich leise und spielte mit meinem Haar. Dessen goldene Schattierung war nicht so schillernd und sonnig wie bei meiner Schwester, dennoch zog es die Blicke von Männern an wie eine Flamme Motten. Ohne hinzusehen, wusste ich, dass Ragnar mich beobachtete.

»Die meisten im Rudel wünschen sich das.« Er ging in

die Hocke, um den Wasserschlauch erneut zu füllen. »Ein paar Glückliche haben bereits Gefährtinnen gefunden, aber ich muss mich erst noch beweisen. Da sich der Totenkönig gegen uns erhebt, wird es zum Glück demnächst viele Schlachten geben.«

Natürlich würde sich ein Berserker über die Aussicht auf weitere Kämpfe freuen. *Barbar.*

»Hast du einen Kriegerbruder?«

»Alle meine Kriegergefährten sind meine Brüder.« Er zuckte mit den Schultern.

»Entsteht das Band nicht zwischen zwei Kriegern, damit sie sich gegenseitig helfen können, sich des Berserkerwahns zu erwehren?« Ich kannte die Antwort auf meine Frage. Während des Winters auf dem Berserkerberg hatte ich viel gelernt.

»Es kann helfen«, antwortete er knapp.

»Ich habe gehört, dass jeder Krieger den anderen stützt.« Ich strich meine Haarsträhne glatt und legte die Stirn in Falten. »Beunruhigt es dich? Dass der Wahnsinn, der die Berserker befällt, über dich schneller hereinbrechen wird?«

Daran, wie er den Blick von mir abwandte und mit versteinerter Miene in die Schatten des Walds starrte, wusste ich, dass ich recht hatte.

»Komm«, sagte er schroffer als zuvor. »Wir dürfen nicht trödeln. Ich will bei Tagesanbruch zurück sein.« Er streckte die Hand aus.

Ich war fast zwei Tage und eine Nacht gereist. Anscheinend hatte er vor, mich in der Hälfte der Zeit zurückzubringen.

»Ich bin müde«, klagte ich verhalten, haschte nach Mitgefühl.

»Daran hättest du denken sollen, bevor du weggerannt bist.« Er wartete nicht, bis ich seine Hand nahm, sondern beugte sich vor, packte meine und zog mich mit. Seine hurtigen Schritte ließen mich die Zähne zusammenbeißen.

»Marschieren wir die ganze Nacht?«

»Wenn es sein muss, schon.«

Schnaubend ließ ich mich von ihm halb führen, halb in den Wald schleifen. Wenigstens schmerzte mein Fußgelenk nicht mehr. Trotzdem würde ich ihm nicht für seine Hilfe danken.

»Bist du der einzige Krieger, den sie hinter mir hergeschickt haben?«

»Ist das wichtig?«, fragte er, ohne sich umzudrehen. »Ich bin derjenige, der dich gefunden hat.«

Mir entging nicht der triumphierende Unterton in seiner Stimme. Wenn ich mich darauf stürzte und etwas tiefer grübe, könnte ich vielleicht einen Angriffspunkt finden. »Du bist stolz darauf.«

Keine Antwort. Er hielt einen Ast hoch, damit ich mich darunter hindurchducken konnte.

Ich unternahm einen neuen Anlauf. »Du glaubst, dass die Alphas dich belohnen, wenn du deine Aufgabe gut erledigst.«

»Die Alphas haben verfügt, dass die verbliebenen *Holzmouwas* ihre Gefährten auswählen dürfen.«

»Aber wenn du dich durch besondere Leistungen, durch außergewöhnlichen Mut beweist, erlauben sie dir vielleicht, selbst zu wählen.« Ich sprach mit weicher, sinnlicher Stimme, sanft wie über Haut gleitende Seide.

Er achtete nicht darauf. Als er kurz innehielt, um den Wind zu schnuppern, ließ ich die Hand über seinem Rücken schweben, nur einen Fingerbreit von den sonnengebräunten Muskeln entfernt. »Aber du musst nicht warten. Du könntest deine Belohnung gleich hier und jetzt bekommen.« Es gelang mir nicht, das Beben aus meiner Stimme zu verbannen. Ich wusste nicht, über wen ich mich mehr ärgern sollte – über ihn, falls er auf meinen offensichtlichen Verführungsversuch hereinfiele, oder über mich selbst, weil ich es insgeheim wollte.

Mit angespannter Kieferpartie ließ er das Gesicht dem Himmel zugewandt. »Was für ein Spiel treibst du?«

Ich zog die Hand zurück. »Kein Spiel«, log ich. Mein Plan war schlicht: Ich wollte ihn verführen. Ihn von seiner Aufgabe ablenken. Wenn er meinem Zauber erläge, könnte ich ihn vielleicht überreden, mich gehen zu lassen. Oder ihn zumindest hinhalten, bis ich mich davonschleichen könnte.

Er drehte den Kopf und durchbohrte mich mit einem eisigen Blick. »Ich merke es, wenn du mich belügst.«

Ich erstarrte wie ein von einem Raubtier – von einem Wolf – gesichtetes Kaninchen. Mein Herzschlag beschleunigte sich, aber ich zwang mich, ihm zu antworten. Meine Stimme klang atemlos. »Vielleicht mag ich Spiele ja.«

Er brummte nur, nahm mich an der Hand und zog mich weiter. »Was ich gern spiele, würde dir nicht gefallen.« Seine Lippen verzogen sich unter dem Bart. Er lachte über mich. Er lachte!

Ich riss die Hand aus seinem Griff und konnte den Schwall scharfer Worte, die aus mir strömten, nicht bremsen. »Vielleicht belohnen dich die Alphas nicht mit einer Gefährtin. Oder vielleicht doch, aber das werde nicht ich sein. Ich werde ihnen sagen, dass ich mir einen Gefährten nehmen möchte, und ich werde jemanden auswählen – irgendjemanden, nur nicht *dich*. Du wirst zusehen müssen, wie ich einem anderen übergeben werde.«

Ein Knurren drang aus seiner Brust. Ich war im Begriff, die Oberhand zu erlangen.

»Ich weiß, dass ich dir auf dem Berserkerberg aufgefallen bin«, säuselte ich. »Und ich weiß, dass ich es bin, die du willst. Deshalb hast du dich so bemüht, mich vor allen anderen aufzuspüren. Aber du wirst mich nie bekommen ...«

Ragnars Hand schnellte vor und schloss sich um meinen Arm. Er wirbelte mich herum und drängte mich zurück, bis ich mit dem Rücken an den breiten Stamm einer Eiche stieß.

Seine mächtige Brust hob und senkte sich heftig, als er flüsterte: »Nimm dich in Acht, Rosalind. Ich habe gelobt, dich zu retten. Aber ich bin ein Berserker. Und ich habe wenig Geduld. Du tätest gut daran, mir zu gehorchen.«

Gegen den Baum gepresst und den Kopf in den Nacken gelegt, um zu ihm aufzuschauen, spürte ich die schwere Länge seiner Erregung groß wie eine Keule an meinem Bein.

»Du würdest es nicht wagen, mich ...«

Er beugte sich so nah heran, dass mein Busen seine nackte Brust berührte. Durch mein Kleid rieben die harten Muskeln über meine empfindsamen Nippel. Hitze durchströmte mich und brachte meine Wangen zum Glühen.

»Stell mich ruhig auf die Probe.« Sein Flüstern kitzelte mein Ohr. »Ich würde dir nur zu gern beibringen, dich zu benehmen.« Die feinen Härchen in meinem Nacken richteten sich auf, doch der Rest meines Körpers reagierte, als hätte er mir Vergnügen versprochen, nicht Bestrafung. Mein Bauch spannte sich an, als sich Nektar zwischen meinen Beinen sammelte.

Ich schluckte meine bissige Antwort herunter und nickte.

Er hielt mich noch einige Herzschläge lang fest, dann trat er zurück und ergriff wieder meine Hand.

»Komm. Wir haben noch einen langen Weg vor uns.«

DEN REST des Tags verhielt ich mich friedlich. Ich achtete zwar auf Gelegenheiten zur Flucht, doch Ragnar hielt mich ständig fest. Es erschien mir besser, geduldig zu bleiben und mir meine Kräfte für den richtigen Augenblick aufzusparen. Aber als das Tageslicht der Dunkelheit wich und der Mond aufging, ließ ich den Kopf hängen. Ich glich dem Inbegriff feigen Gehorsams – zu müde, um Stärke zu zeigen. Allem Anschein nach wollte Ragnar die Nacht durchmarschieren.

Als wir jedoch eine Grünfläche zwischen den Kiefern betraten, blieb er stehen und stellte seinen Rucksack am Fuß eines Baums ab. »Lass uns hier unser Lager aufschlagen.«

Endlich. Ich hob den Kopf. Die Nacht war über uns hereingebrochen, doch der Mond erwies sich als beinah voll und spendete genug Licht, um etwas zu sehen.

Ich steuerte auf einen Baum zu, um mich zu erleichtern. Ragnar hielt mich mit einer harten Hand am Arm zurück.

»Ich brauche einen Augenblick«, herrschte ich ihn an.

»Damit du weglaufen kannst?«

Ich reckte das Kinn vor. »Ich muss ungestört sein. Ich laufe nicht weg. Versprochen.«

»An das Versprechen werde ich dich erinnern.« Er ließ mich los und fügte hinzu: »Wenn du wegläufst, Rosalind, jage ich dich. Und die Folgen würden dir nicht gefallen.«

Ich ließ ihn nicht aus den Augen, bis ich hinter einen Baum trat. Einen Moment lang kauerte ich dort und vergewisserte mich, dass er mich nicht sehen konnte.

Auf der Lichtung benutzte Ragnar seine Axt, um Holz für ein Feuer zu hacken.

Nach wie vor gebückt huschte ich zwischen den Farn und rannte los.

Die Röcke hielt ich zu den Knien hochgezogen, während ich innerlich über meinen schweren Beutel fluchte. Sogar der Dolch zwischen meinen Brüsten schien schwerer als sonst zu sein.

Meine Beine brannten von der Anstrengung des Tages und meiner Wanderung am Vortag, doch während ich lief, durchströmte neue Kraft meinen Körper. Mein Fußgelenk beschwerte sich zwar über die Geschwindigkeit, aber ich konnte es ohne Schmerzen belasten. Ragnar hatte es mir so sorgfältig verbunden. Nun half mir seine Sorgfalt, ihm zu entkommen.

Blätter und Zweige peitschten mir ins Gesicht und gegen die Hände. Ich pflügte durch das dichte Gebüsch. Weitere dunkle, glänzende Blätter fuhren mir über das Gesicht. Ein Ast kratzte mir über die Wange. Es spielte keine Rolle. Wenn es sein müsste, würde ich auch durch ein Dornengestrüpp laufen. Ich wollte nur weg von dem brüllenden Monster, das mich verfolgte. Mein rauschendes Blut und mein Herzschlag tosten wie ein Sturm in meinen Ohren. *Schau nicht zurück.*

Meine Beine ließen mich im Stich, und ich stolperte. Kurz gelang es mir noch, das Gleichgewicht zu halten, bevor ich es endgültig verlor und auf den Waldboden stürzte. Meine Hände krallten durch Moos und rissen Erdbrocken mit, als ich mich hochstemmte.

Taumelnd rappelte ich mich auf. Das Monster hatte mich fast erreicht. Ich wankte nach links und presste mich gegen einen Baumstamm, um Luft zu schnappen. Vielleicht könnte ich mich verstecken. Vielleicht würden die Sinne des Monsters durcheinander sein, und ich könnte mich davonstehlen, wenn es in eine andere Richtung schaute. Vielleicht ...

Eine Klaue wie die eines Tiers schloss sich um meinen

Oberarm. Ragnar zerrte mich aus meinem Versteck. Ich erhaschte einen flüchtigen Blick auf ein furchterregendes Gesicht mit Wolfsschnauze. Überall am Körper spross Fell in schwarzen Büscheln. Halb Mensch, halb Tier. Eine schlanke Gestalt, geschmiedet aus beidem. Riesig. Abscheulich. Gehüllt in schwarzes Fell und Dunkelheit.

Ich schloss die Augen.

Die Bestie hievte mich auf den Rücken. Verwundbar lag ich da, die Handflächen an den Seiten nach oben gedreht, als sich das Monster über mich senkte. Wenn mir die Bestie die Kehle herausreißen wollte, wäre ich machtlos, könnte sie nicht davon abhalten.

Heißer Atem hauchte mir ins Gesicht. Das Gewicht des Ungetüms hielt mich auf dem Boden gefangen, während es mich erforschte, erst an meinem Hals schnupperte, dann an meiner Brust, wo es sich abrupt zurückzog. Unwillkürlich schlug ich die Augen auf. Die gefährliche Bestie über mir erweckte sämtliche Urängste in mir. Ihr Fell streifte meine Arme.

Ich leckte mir die Lippen. »Ragnar«, flüsterte ich mit rauer, heiserer Stimme. Vielleicht würde es mir gelingen, den Mann in der Bestie zurückzuholen.

»Still«, grollte das Monster mit Ragnars Stimme. Vielleicht hatte er sich doch noch nicht im Wahnsinn verloren. Goldene Augen leuchteten vor mir wie helle Fackeln in der Nacht. Die Masse von Ragnars Monster war größer als der Mann. Hinter dicken Muskelsträngen folgten Ellbogen mit schwarzen Fellbüscheln. Die Unterarme eines Wolfs. Eines Tiers. Die Pranken waren so groß wie mein Kopf. Die Krallen, gewaltige schwarze Sicheln, waren gekrümmt wie Hautmesser.

Meine Zähne klackten aufeinander. Tief in ihrem Innersten war diese Bestie ein Berserker, der mich begehrte.

Ein Berserker, dessen Mannespracht gegen meinen Bauch drückte.

»Ragnar. Bitte.«

Sein Körper versteifte sich, dann wölbte er sich nach hinten. Die Bestie hob den Kopf dem dunklen Himmel entgegen und stimmte ein verhaltenes Gebrüll an, das mit zwei melancholischen Lauten endete. Ein langgezogenes, schauriges Geheul.

Im vergangenen Winter hatte ich nachts im Bett gelegen und dem Geheul der Berserker gelauscht. Es brachte Freude über die Kameradschaft innerhalb des Rudels zum Ausdruck, Trauer über die Einsamkeit ihres Daseins, Hoffnung auf eine Berserker-Braut.

Nun vibrierte das Geräusch durch mich hindurch. Ich sehnte mich danach, mir die Gänsehaut von den Armen zu reiben, aber ich wagte nicht, mich zu rühren.

»Rosalind«, murmelte die Beste, deren Fell sich zurückzog. Meine Finger zuckten. Wenn ich die Hand höbe, konnte ich die Gesichtszüge streicheln und spüren, wie sie sich veränderten, eine andere Form annahmen. Die Wolfsschnauze schrumpfte und wich einer langen, menschlichen Nase. Ragnars Nase, oben einst bei irgendeiner Keilerei in der Vergangenheit gebrochen. Eine stolze Stirn, breite Wangen mit Bartstoppeln. Aus irgendeinem Grund wirkte der Bart kürzer, als wäre er erst vor wenigen Tagen geschoren worden.

Schließlich erschienen die strahlend blauen Augen, das halb rasierte Haupt und Zöpfe.

Erst da traute ich mich, ihn zu berühren, mit den Fingern erst die Augenbrauen, dann die Form des Munds nachzufahren.

»Du bist zu mir zurückgekommen«, hauchte ich.

Ragnar stützte sich über mir mit den starken Armen ab,

die Hände zu beiden Seiten meines Körpers. Ein Schauder durchlief ihn.

»Ja. Aber es war knapp.« Dann senkte er den Kopf. Sein Bart kratzte über mein Gesicht, als er den Mund auf meinen drückte und mich mit der vollen Wildheit eines Monsters küsste. Ich spannte den Körper an, und irgendetwas fegte durch meine Brust. Ich umarmte ihn, schlang die Arme um seine Schultern und erwiderte seinen Kuss mit aller Leidenschaft in mir. Unsere Zungen tanzten und kämpften miteinander. Und mein Rücken wölbte sich, schob ihm meinen Leib entgegen. Sehnsüchtiges Verlangen nistete sich in meiner Mitte ein. Wenn ich mich nur an ihn pressen könnte ...

Auf einmal riss er sich von mir los und ließ mich bebend auf dem Boden zurück. Er richtete sich auf, trug irgendwie immer noch seine Hose und die kreuz und quer über seine Brust verlaufenden Lederriemen. Nur einer war durch die Verwandlung zerrissen – die Muskelmasse der Bestie hatte ihn überdehnt. Ragnar entfernte ihn und warf ihn weg. Dann streckte er sich nach unten, hievte mich hoch und warf mich über seine Schulter. Als seine Hand auf mein Hinterteil klatschte, entfuhr mir ein schriller Aufschrei.

»Das ist fürs Lügen.«

»Ragnar!« So sehr ich strampelte, ich konnte mich nicht befreien. Er schlang einen Arm um meine Beine und schlug mir erneut auf den hochgestreckten Allerwertesten. »Sei still. Weißt du noch, was ich dir gesagt habe? Du bist weggelaufen. Jetzt musst du die Folgen ertragen.«

3

Rosalind

Ragnar legte mich neben einem Haufen aus Stöcken und Gestrüpp ab, den er gesammelt hatte, dann kümmerte er sich wieder darum, ein Feuer anzumachen. Ruhig, als wäre nichts geschehen.

Ich verlagerte das Gewicht auf die Hüfte. Mein Hintern brannte noch von seinen Schlägen. Wahrscheinlich könnte man den Abdruck seiner Hand darauf sehen. Ich schlug die Beine übereinander und begann, mir Blätter und Zweige aus dem Haar zu zupfen. »Ich musste es versuchen.«

»Warum?«, fragte er knurrend. »Da draußen gibt es nichts für dich. Nur Gefahr. Hier bist du in Sicherheit. Warum wolltest du weglaufen?«

»Um frei zu sein«, platzte ich heraus.

Sein Schatten fiel über mich, aber er legte nur den Wasserschlauch neben mir ab. »Was hilft dir Freiheit, wenn sie dich umbringt?«

»So redet nur jemand, der nie einen Käfig kennengelernt hat«, gab ich barsch zurück und setzte mich auf den
wunden Hintern.

»Wir leben alle in Käfigen. In großen oder kleinen. Die
meisten erschaffen wir uns selbst. Es gibt keine so unendliche Macht, dass man allem entkommen kann, was man
verabscheut.«

»Ich kann es zumindest versuchen«, brummelte ich und
bohrte die Fersen in die Erde. »Dir jedenfalls werde ich
entkommen.«

»Das kannst du nicht.«

Nachdem er das Feuer entfacht hatte, holte er ein in
Blätter gewickeltes Bündel Dörrfleisch hervor. Als er mir
einen Streifen vors Gesicht hielt, biss ich die Zähne
zusammen und achtete nicht auf meinen knurrenden
Magen.

»Nein.« Ich schlang die Arme um die Knie.

»Doch, Rosalind. Du musst essen, um bei Kräften zu
bleiben. Vor allem, wenn du vorhast, weiter gegen mich zu
kämpfen.«

Er hatte recht. Ich riss ihm das Fleisch aus der Hand und
kaute mürrisch darauf herum.

Zwischen uns knisterte das Feuer. Er gab mir mehr
Fleisch, und wir reichten den Wasserschlauch zwischen uns
hin und her.

»Zurück auf dem Berg wird es nicht so schlimm sein«,
meinte er leise. »Dort bist du in Sicherheit.«

»Bist du je gefangen gewesen?«

»Nicht auf diese Weise.«

Er stand auf, um mehr Holz zu hacken und auf das
schwindende Feuer nachzulegen. In der Zwischenzeit überlegte ich, was er gemeint hatte. Der Berserker-Wahnsinn
kam einer Art Gefangenschaft gleich. Wie musste es wohl

sein, so viele Jahre zu leben, so mächtig zu sein und doch nie zu wissen, wann einem der eigene Verstand ein Messer in den Rücken rammte?

»Es tut mir leid«, entschuldigte ich mich, als er zurückkam. »Es war grausam, den Wahnsinn zu erwähnen.«

»Dir ist verziehen.« Nachdem er die Scheite ins Feuer gelegt hatte, wischte er sich die Hände ab. »Bist du fertig mit dem Essen?«

Ich trank noch einen Schluck aus dem Wasserschlauch und wischte mir den Mund ab. »Ja, danke.«

»Braves Mädchen.« Ragnar streifte die Lederriemen ab und legte sie zusammen mit seinen in Scheiden steckenden Waffen beiseite. »Also«, sagte er. »Wir müssen uns noch deiner Bestrafung widmen.«

Der letzte Bissen Fleisch verwandelte sich in meinem Mund zu Sand. »Bestrafung?«

»Du hast mir nicht gehorcht.«

Ich schluckte. »Ich habe nie versprochen, dir zu gehorchen.«

»Bis wir zu Hause ankommen, gilt mein Wort für dich wie ein Gesetz.«

»Der Berg ist nicht mein Zuhause«, fauchte ich ihn an. »Ich habe kein Zuhause.«

Das brachte ihn kurz zum Zögern. »Trotzdem.« Er tätschelte sein Knie.

Ich reckte das Kinn vor. »Wenn du glaubst, ich krieche für meine Bestrafung zu dir, dann ...«

»Du musst nicht kriechen«, fiel er mir ins Wort. »Außer, du möchtest.«

Sein Arm schnellte vor, und er packte mich am Handgelenk. Mit einer flinken Bewegung hievte er mich über seinen Schoß.

Ich strampelte mit den Beinen, als er meine Röcke hochwarf, aber sein Arm hielt mich fest, und es gab kein Entkommen. Kühle Luft erreichte meine nackte Haut, und ich erstarrte. Meine untere Körperhälfte lag völlig ungeschützt frei.

»Ist das klug?«, fragte ich und schaute auf. Ich befand mit so mit dem Gesicht nach unten, dass meine Haare in den Dreck hingen. Behutsam zog er meine blonden Strähnen hoch und zupfte wie zuvor ich die Blätter heraus, während mir der Wind um den nackten Hintern wehte.

»Ist was klug?« Seine Stimme klang rau wie ein über einen Schleifstein schabendes Messer.

»Ist es klug, so mit mir zu spielen?« Ich achtete darauf, meiner Stimme einen ruhigen Klang zu verleihen. »Wenn die Bestie so dicht unter der Oberfläche lauert ...«

»Es erfreut die Bestie, dich zu bestrafen.« Als sich seine Hand auf meinen nackten Hintern senkte, zuckte ich zusammen. »Jetzt halt still.«

Ich spannte den gesamten Körper an, als er mein Hinterteil streichelte. Ragnars Knie und die Muskeln seine Oberschenkel fühlten sich hart unter meinem Rumpf an, aber seine Hand rieb meine empfindsame Haut überraschend sanft.

»Bringen wir es jetzt endlich hinter uns?« Eigentlich wollte ich es scharf aussprechen, aber es klang eher atemlos.

Er lachte leise. »Du stellst mich ganz schön auf die Probe.« Er fuhr mit einem Finger tiefer zwischen meine Beine. »Im Gegensatz zu deinem Mund lügt deine Pforte nicht. Das gefällt dir, Rosalind.«

Bei seiner Berührung durchströmte mich Wärme. »Es gefällt mir nicht«, widersprach ich ihm. »Ich will das nicht. Du läufst Gefahr, dich in die Bestie zu verwandeln ...«

»Das hättest du dir überlegen sollen, bevor du weggerannt bist.« Dann sauste seine Hand auf meine nackte Haut nieder. Ein warnendes Klatschen, eher laut als schmerzhaft. Trotzdem entfuhr mir ein spitzer Aufschrei, und ich krümmte mich. Seine andere Hand senkte sich auf mein Kreuz und stützte mich. »Das sind die Folgen«, erklärte er mir. »Lauf nicht noch einmal vor mir weg.«

»Und wenn doch?« Ich konnte es mir nicht verkneifen, ihn zu reizen.

»Wenn doch, erteile ich dir diese Lektion noch einmal.« Und wieder sauste seine Hand nieder, diesmal kräftig, nacheinander auf beide Pobacken.

Ich biss mir auf die Unterlippe, um nicht aufzuschreien. Die Genugtuung wollte ich ihm nicht gönnen. Dann schoben sich seine Finger zwischen meine Schenkel, und ich schnappte nach Luft.

»Ragnar!« Als ich strampelte, schlug er so fest zu, dass ich blinzeln musste.

»Sei still«, befahl er. »Ich habe hier das Sagen. Das ist deine Bestrafung.«

Seine Hand ruhte auf der erhitzten Haut meines Hinterns. Die Stelle pochte und fühlte sich wie geschmolzen an. Ich wünschte, sie würde ihm die Handfläche versengen!

»Weißt du, Rosalind«, säuselte er, »mich würde sogar freuen, wenn du wieder wegläufst.« Damit senkte er zwei Finger zwischen meine Beine und ließ sie auf meinen unteren Lippen ruhen. Beinah hätte ich aufgeschrien, denn es hätte nur ein paar Streicheleinheiten bedurft, um mir Erleichterung zu verschaffen. Verlangen sammelte sich in meinem Bauch.

Mein Hintern zuckte, aber ich wagte nicht, mich zu bewegen.

»Das ist ungerecht«, presste ich zähneknirschend

heraus. Immerhin befand ich mich auf einer Mission, die ich mir nicht ausgesucht hatte. Man hatte mir Hilfe versprochen, und Ragnar verkörperte das Gegenteil. Die Alphas hatten ihn aus einem Missverständnis heraus geschickt.

»Das Leben ist nun mal ungerecht, kleine Ausreißerin.« Seine Finger bewegten sich leicht über meine unteren Lippen. Wenn er nur tiefer tastete und die empfindsame kleine Erhebung dazwischen ertastete ...

Noch nie hatte ich ein solches Verlangen verspürt. Es loderte in jedem Winkel meines Körpers. Meine Scham triefte. Der Geruch umhüllte mich. Ragnar atmete tief ein, und ein Grollen drang tief aus seiner Brust. Das Geräusch fuhr mir in die Knochen.

Ein eigenartiges Gefühl überkam mich, und ich erschlaffte auf seinem Schoß. Ich ergab mich gewissermaßen.

Wer hätte gedacht, dass eine Kapitulation so süß sein konnte?

»So ist's gut«, murmelte er mit Flüsterstimme.

Seine Finger bewegten sich wieder, streichelten mich geschickt. Er tastete sich zu meiner so feuchten Pforte vor und erforschte ihre Ränder.

»Rosalind.« Seine Hand entfernte sich, und ich hörte, wie er sich die Finger ableckte. Seine Mannespracht verhärtete sich unter meinem Bauch. »Rosalind, ich wusste gar nicht ...« Seine Finger wanderten zurück zu meiner Spalte, neckten sie, berührten sie, tänzelten zart um meine empfindsamsten Stellen. So trieb er mich bis knapp vor die Grenze zu einem lustvollen Höhepunkt. Wenn ich nur die Hüften bewegen könnte, würde es mir gelingen, sie zu überschreiten. Aber Ragnar zog die Hand von dem herrlichen Treiben zwischen meinen Beinen zurück und hieb mir wieder auf den Hintern.

»Wer hat das Sagen?«

Ich ließ den Kopf hängen, »Du.«

»Und wem wirst du gehorchen?«

»Dir.« Meine Stimme klang brüchig. *Vorläufig.*

Als hätte Ragnar meinen Trotz gehört, befahl er: »Sag es noch einmal.«

»Ich werde dir gehorchen«, brüllte ich mit angespannter, trotziger Stimme.

»So ist es gut. Und wenn du wegrennst, wirst du bestraft. Aber wenn du gehorchst ...«

Ich hielt den Atem an. Seine Handfläche glitt über meinen gezüchtigten Hintern und tauchte erneut zwischen meine Beine.

»... dann gibt es letztlich eine Belohnung.« Seine Finger stießen an eine empfindsame Stelle tief zwischen meinen Falten. Lust spannte sich wie ein goldener Bogen durch meinen Körper und versprach eine noch erfüllendere Empfindung.

Aber er zog die Finger zurück.

»Nicht heute Nacht. Du hast es dir nicht verdient.«

Ich biss die Zähne zusammen, um nicht aufzuschreien. In mir tobte ein Sturm zügelloser Begierde und wilden Verlangens. Vermischt mit Frustration. Am liebsten hätte ich gejault.

Er zog mich hoch und strich meine Kleidung glatt. Ich musste die Hände zu Fäusten ballen, um mich davon abzuhalten, ihn zu schlagen. Er wischte mir übers Gesicht und entfernte eine Träne, die sich gelöst hatte und über meine Wange gekullert war. »Geht es dir gut?«

»Es geht mir bestens«, fauchte ich ihn an. Er ließ mich auf meine Seite des Lagerfeuers stapfen. »Ich hasse dich.«

»Du hast mich schon vorher nicht gemocht. Also ist mir kein Verlust entstanden.« Wieder leckte er sich die Finger ab, bevor er das Feuer schürte und einen dicken Mantel auf dem Boden ausbreitete. »Komm her.« Er streckte mir die Hand entgegen.

Ich starrte ihn nur finster an.

»Rosalind. Wenn es nach mir ginge, wäre ich die Nacht hindurch weitermarschiert und hätte dich getragen, wenn du nicht mehr gekonnt hättest. Möchtest du das?«

»Nein.«

»Dann komm her.« Sein Bart verbarg die Belustigung, die seinen Mund umspielte.

Meine Füße schlurften auf dem Weg zu ihm über den Boden. »Ich will nicht neben dir liegen.«

»Betrachte es als Teil deiner Bestrafung.« Er zog mich nach unten, packte meine Handgelenke und fesselte sie mit einem Lederriemen.

Als ich mit den Zähnen knirschte, verzogen sich seine Lippen so, dass ein weißer Reißzahn aufblitzte.

»Bestrafung, meine kleine Ausreißerin.«

Damit rollte er mich auf die Seite und schmiegte sich an mich. Ich lag eingerollt im Schutz seines kraftvollen Körpers. Eine große Hand fasste um mich herum, überprüfte die Fesseln um meine Handgelenke und legte sich dann auf meine Hüfte. Mein Hintern kribbelte bei der Erinnerung an seine harte Handfläche. Zwar könnte ich mich aus Trotz wehren und versuchen, mich ihm zu entwinden, nur würde es nichts bringen. Seine dicken Beine wirkten im Vergleich zu meinen wie Baumstämme.

»Schlaf jetzt«, befahl er. »Morgen früh reisen wir nach Hause.«

»Es ist nicht mein Zuhause. Ich habe nie ein Zuhause gehabt.« Nur Käfige, manche größer, manche kleiner. Aber keiner war je groß genug gewesen, dass ich darin unbeschwert atmen konnte.

Als Ragnars Stimme ertönte, klang sie weit entfernt. »Das tut mir leid, meine kleine Ausreißerin.« Ich war bereits zu weit auf dem Weg zum Schlaf, um etwas zu erwidern.

HÄTTE ICH GEWUSST, was mich erwartete, wäre ich nicht so schnell eingeschlafen. In meinem Traum lag ich in eine Nebelwolke eingehüllt. Riesige Kiefern ragten über mir auf. Dahinter liefen dunkle Schemen durch den Wald – Berserker, die gegen unsichtbare Feinde kämpften.

Vor mir erhob sich eine geisterhafte Gestalt. Der Nebel zog sich davon zurück, bis nur noch eine vermummte Erscheinung verblieb. Ein großer, dünner Mann mit Mantel und Kapuze und knochenweißen Händen. Finger streckten sich mir entgegen. *Rosalind ...*

In der Ferne krächzte ein Rabe. *Folge dem Raben*, forderte mich die Stimme der alten Vettel auf. Aber ich konnte weder sehen noch hören, wohin der Vogel geflogen war, geschweige denn ihm folgen. Meine Beine steckten fest, als wäre der dichte Nebel um mich herum ein Sumpf.

Der Vermummte schnippte mit den langen Fingern, und plötzlich standen wir auf einer Klippe. Unter uns erstreckte sich meilenweit ein silbriges Meer von Leibern – eine Armee in glänzenden Rüstungen. Unzählige Ränge behelmter Soldaten standen gespenstisch still da. Hinter ihnen erhob sich eine Burg aus Obsidian. Das Tor wirkte hoch wie ein Berg, die Turmspitzen verschwanden in den Wolken.

All das kann dir gehören, sagte der Vermummte zu mir. *Triff deine Wahl.*

Der Wind peitschte meine Röcke. »Nimm die Kapuze ab«, verlangte ich mit gefrorenen Lippen.

Der Mann hob die bleichen Hände und schob die Kapuze zurück. Zum Vorschein kam das Gesicht eines Skeletts. Ich öffnete den Mund zum Schreien ...

Ein leises Grollen ließ mich ruckartig erwachen. Ich lag auf der Seite und spürte Ragnar an meinem Rücken. Der Mond hing hoch über uns wie eine leuchtende Münze, fast vollkommen rund.

Wärme umhüllte meinen Körper. Mein Hals lag gekrümmt, und Fell streifte meine nackte Haut.

»Ragnar?«, murmelte ich undeutlich und verwirrt.

Eine Pfote schob sich in mein Blickfeld, griff nach mir. Das Mondlicht funkelte auf langen Krallen. Ich zuckte zurück, aber das Monster packte mich an der Schulter und rollte mich auf den Rücken.

»Rosalind.« Ragnars Stimme ging beinah völlig im kehligen Knurren der Bestie unter. Seine dunkle Masse ragte von Fell bedeckt über mir auf.

Mein Körper versteifte sich, mein Herz drohte, mir aus der Brust zu springen.

Er schien nicht mehr Ragnar zu sein. Dieser Berserker hatte die Kontrolle über sich verloren. Die Bestie war über ihn gekommen.

»Rosalind«, grollte er mit rauer Stimme.

»Was ist passiert?«, flüsterte ich. Vielleicht steckte noch genug von Ragnar für eine Antwort in dem Ungetüm. Vielleicht könnte ich ihn dazu bringen, weiter vernünftig mit mir zu reden ...

»Deine Gegenwart erweckt die Bestie.«

Ich würde sterben. Als ich mich zur Wehr setzen wollte, stellte ich fest, dass meine Hände nach wie vor gefesselt waren.

»Nein, halt still. Ich werde dir nicht wehtun.« Die dunkle

Masse seines Kopfs senkte sich. Schwarzes Fell, dazwischen wie Dolche aufblitzende Zähne.

Ich schloss die Augen.

Die Bestie, die zugleich Ragnar war, schmiegte sich an meinen Hals. »Die Bestie giert nach dir.« Etwas streifte meine Schulter – ein Zahn? Eine Klaue? »Halt still«, murmelte Ragnar. Ich spürte seinen Atem heiß im Gesicht. »Halt ganz still.«

Das Monster stützte sich über mir ab, die riesigen, pelzigen Arme zu beiden Seiten meines Kopfs. Hitze flimmerte zwischen uns. Schweiß lief mir über die Schläfe, und an tieferer Stelle ... flammte erneut Verlangen zwischen meinen Beinen auf.

Das Ungetüm senkte den Kopf und schnupperte an meiner Kieferpartie entlang. So nah, so heiß. Es roch immer noch wie Ragnar – nach frischen Zedernspänen. Ein beruhigender Duft.

Etwas sich zwischen uns veränderte sich – eine Verschiebung von Energie. Wie das Knistern nach einem Blitzschlag – unsichtbar, und doch genügte es, um die feinen Härchen an meinen Armen aufzurichten. Angst schlug in Vorfreude um.

Ich verlagerte kaum merklich die Hüften. Aus irgendeinem, mir unbekannten Grund schwollen meine Brüste sehnsüchtig an.

Das Monster senkte sich tiefer auf meinen Körper. Mit einer schnellen Bewegung könnte es die Zähne in meine Kehle schlagen oder mir das Herz herausreißen. Fell strich über die empfindsame Haut an meinem Schlüsselbein. Der Kopf der Bestie schwebte über meiner Brust und schmiegte sich daran. Als das Ungetüm auf den Dolch stieß, flammte der Mondstein auf, und die Bestie zuckte zurück, als hätte die Klinge sie gestochen.

Ich spannte den Körper an. Die jähe Rückkehr der Angst spülte all mein Verlangen hinfort. »Ragnar«, flüsterte ich. »Komm zu mir zurück.«

»Ich bin hier«, antwortete er mit träger Stimme. Er hatte sich aufgerichtet. Seine dunkle Gestalt sperrte den Himmel aus. Ich lag in seinem Schatten, nahm als einziges Licht das Leuchten seiner Augen wahr.

Ich leckte mir die Lippen. »Was soll ich tun?«

»Wehr dich nicht. Lauf nicht weg. Hab keine Angst.«

Ich schluckte. Jeder Atemzug fühlte sich schwer an. »Ich kann nichts dafür, wie ich empfinde«, sagte ich. Wenn ich mich fürchtete, redete ich immer – als könnten Worte meine Angst vertreiben.

»Du musst mich nicht fürchten.« Er klang wie betrunken. Mondlicht schien mir in die Augen, als er sich von mir löste. Das Gewicht der Bestie verließ mich, doch die Hitze blieb. Ragnar ließ sich wieder hinter mir nieder.

Ich lag neben dem Berg aus Fell und Fängen und fragte mich, wann sich die Bestie verwandeln und mir Ragnar zurückgeben würde. Hinter mich zu schauen, wagte ich nicht.

Als Ragnar wieder das Wort ergriff, klang seine Stimme deutlicher. »Frieden, Rosalind. Du erfreust die Bestie.«

Meine Glieder entspannten sich. Ich streckte mich auf der Seite aus. Als sich Ragnars pelziger Arm um mich legte, um mich fester an ihn zu drücken, war ich zu müde, um mich darum zu scheren. Die Masse neben mir fühlte sich wohlig warm wie ein Kaminfeuer und weich wie ein Wolfsfell an.

Ich hätte es nicht als tröstlich empfinden sollen, doch das tat ich.

Dieses Ungeheuer verkörperte in jener Nacht weit und

breit das stärkste Wesen im Wald. Es bestand kein Grund, sich zu fürchten. Im schützenden Griff der Bestie war ich vor allem sicher.

Sogar vor meinen dunkelsten Träumen.

4

Rosalind

Ich erwachte mit dem Licht der Morgendämmerung im Gesicht. Ragnar war bereits aufgestanden und verstreute Laub über die verkohlten Überreste des Feuers der Nacht, um sämtliche Spuren unserer Anwesenheit zu beseitigen. Er war wieder vollständig ein Mann, wenngleich mir sein Haar länger und seine Schultern breiter vorkamen.

Ich trat hinter einen Baum, um meine Bedürfnisse zu erledigen und mich frisch zu machen, so gut es mit den nach wie vor gefesselten Händen eben ging. Ich kniete mich an einen Bach, um mir das Gesicht zu waschen, und es gelang mir sogar, mein Haar lose zu flechten. Ragnar hielt mir den Wasserschlauch zum Trinken hin und gab mir etwas Zwieback zum Knabbern.

Über die Ereignisse der vergangenen Nacht verloren wir kein Wort.

Als es Zeit zum Aufbruch wurde, überprüfte er die Fesseln um meine Handgelenke und ergriff das Ende eines Riemens.

Meine Verärgerung kochte über. Von Ragnar, der Bestie fehlte jede Spur. Daher zügelte auch keine Furcht meine Zunge. »Wann bindest du mich los?«

»Wenn ich dir trauen kann.« Mit dem Ende des Riemens fest in der Hand führte er mich an meiner kurzen Leine.

Ich knirschte mit den Zähnen. Aber was konnte ich schon tun? Also marschierte ich hinter ihm her. Es war an der Zeit, seine Geduld auf die Probe zu stellen.

»Was für ein schöner Morgen«, murmelte ich mit zuckersüßer Stimme.

Ragnars Kopf wirbelte mit gerunzelter Stirn zu mir herum. Ich schenkte ihm ein verhaltenes, heiteres Lächeln, mit dem ich eine Statue der Madonna nachahmte, die ich einmal gesehen hatte. Während ich neben ihm herging, schwang ich die Hüften. »Aber ich fürchte, der Tag wird heiß. Mir läuft jetzt schon der Schweiß über den Rücken. Wenn ich nur dieses Kleid ausziehen könnte.«

»Und nackt gehen?« Er klang neugierig.

Ich zuckte halbherzig mit einer Schulter. »So wäre es kühler, oder?«

»Genug geredet. Wir dürfen nicht trödeln.« Er beschleunigte die Schritte, und ich lächelte hinter ihm. Damit hatte ich einen Weg gefunden, ihn zu ärgern.

»Die Glockenblumen hier sind sehr schön.« Ich sprach über alles, was mir gerade in den Sinn kam. Überwiegend über das Wetter, die Blumen, die strahlende Sonne, den Zustand meiner Haare.

»Ich schwöre beim Grab meines Vaters, ich habe noch nie jemanden so plappern gehört wie dich«, brummte Ragnar.

»Du hast es so gewollt«, entgegnete ich. »Von allen Berserkern hast ausgerechnet du beschlossen, mich zu jagen.«

»Oh, es wurden viele zur Jagd losgeschickt. Ich war nur am erfolgreichsten. Ich bin ohne irgendetwas im Magen weit gereist, habe nicht angehalten. Es war, als hätte ich deinen Duft in der Lunge.« Er griff sich eine Handvoll meiner Haare, führte sie sich an die Nase und atmete tief ein. Seine Augen blitzten golden auf.

Meine Beine wurden schwach, mein Blut verwandelte sich in köchelnden Honig. »Ich hoffe, das war es wert.« Ich achtete auf einen beißenden Tonfall.

Er ließ mein Haar los und legte den Kopf in den Nacken, um stattdessen die Luft zu schnuppern. Das Aroma meiner feuchten Scham umgab uns durchdringend. Seine Lippen verzogen sich zu einem Grinsen. »Das war es.«

Mein Blick feuerte ihm Dolche in den Rücken. Meine Fingernägel bohrten sich in die Fesseln, aber ich konnte meine Handgelenke nicht befreien.

Wenn ich schon nicht entkommen konnte, würde ich ihn zumindest bezahlen lassen. Ich würde den gesamten Rückweg für ihn genauso elend gestalten wie er ihn für mich.

»Tragen alle Berserker eine Axt und ein Schwert?«, fragte ich, als wir weitergingen.

»Die Krieger tragen, was sie wollen.«

»Bist du ein minderer Krieger, weil du zwei Waffen hast?« Ich achtete auf einen unverbindlichen Ton und setzte dazu eine Unschuldsmiene mit großen Augen auf. »Ich hätte gedacht, dass die meisten mit einer auskommen.«

Abrupt blieb Ragnar stehen und brachte auch mich mit einem Ruck zum Anhalten. Ich knirschte mit den Zähnen darüber, dass ich angeleint war. Seine Züge wirkten teilnahmslos, ließen keine Spur von Verärgerung erkennen, aber sie war vorhanden und lauerte dicht unter der Oberfläche.

»Tatsächlich muss man doppelt so geschickt sein, um zwei Waffen zu führen. Jede hat ein anderes Gewicht und erfordert eine andere Technik.« Er zog mich weiter. »Natürlich brauchen Berserker gar keine Waffen, wenn wir die Bestie herauslassen. Dann genügen Zähne und Krallen.«

»Ich verstehe.« Ich verbarg mein Schaudern.

»Jagt dir die Bestie Angst ein?«

»Ich bin bei klarem Verstand, also ja, sie jagt mir Angst ein«, herrschte ich ihn an. »Nur ein Tor oder ein Wahnsinniger würde sich tollkühn in Gefahr begeben.«

»Und doch warst du in Richtung der Gebiete des Totenkönigs unterwegs«, überlegte Ragnar laut, während er mich an der Leine von einem Feld in einen dichteren Wald führte. »Der größten unserer Welt bekannten Gefahr.«

Darauf wusste ich nichts zu erwidern. Ich war zu beschäftigt damit zu verhindern, dass sich meine Röcke in den Himbeersträuchern in unserem Weg verhedderten. Aber ganz gleich, wie ich mich verrenkte, mit gefesselten Handgelenken konnte ich nicht mehr tun, als die Dornen anzufauchen, die meinen Saum zerrissen.

Dann befand ich mich plötzlich in der Luft. Meine Füße schwangen über den Boden, und ich landete in Ragnars Armen. Er hievte mich mühelos an sich, als wöge ich nicht mehr als Löwenzahnflaum. Ohne langsamer zu werden, stapfte er hinein ins Dickicht. Ohne Anlauf sprang er los und über das Gestrüpp. Seine Stiefel zertraten knirschend die Dornen, ohne dabei aufgerissen zu werden. Ich hielt den Atem an. Aus dieser Nähe umhüllte mich sein Geruch nach Schweiß und Leder wie ein berauschender Nebelschleier. Seine Muskeln spannten sich an. Ich kämpfte gegen den Drang an, mich an ihm festzuklammern – und verlor. Wieder bemerkte ich den Anflug eines unter dem Bart versteckten Lächelns.

»Und, Rosalind?«, sagte er schließlich. Seine Augen wirkten beunruhigend blau in dem wettergegerbten Gesicht. »Verrätst du mir, warum du geflohen bist? Noch dazu in Richtung des Totenkönigs?«

Ich konnte es ihm nicht sagen. Denn auf mir lastete dieser dreifach vermaledeite Schweigebann.

»Vielleicht war mir diese Gefahr lieber, als eine Gefangene der Berserker zu sein«, antwortete ich so schnippisch wie möglich. Ich wandte das Gesicht von seinem eindringlichen Blick ab. Aus der Nähe konnte Ragnar all meine Geheimnisse sehen. Mich beschlich das Gefühl, dass er sich von meiner hochmütigen Maske nicht täuschen ließ.

»So einfach verzichtest du auf Sicherheit?«

»Früher habe ich Sicherheit gekannt – im Waisenhaus«, gab ich schneidend zurück. »Vielleicht ist mir Freiheit lieber als Sicherheit.«

Er trug mich ein paar Schritte weiter, bevor er murmelte: »Ich könnte dir ein Haus bauen. Wenn du mich lässt.«

Ich verkniff mir einen Sturmangriff mit Worten. Ragnar hielt mich mühelos fest, die Arme um mich geschlossen. Sein Gesicht befand sich zu nah, seine Augen waren zu blau.

Vielleicht ließ mich Feigheit die Zunge hüten. Vielleicht die Angst davor, die Bestie zu erzürnen.

Er schritt aus dem Wald auf ein weiteres Feld. In der Ferne zeichneten sich Gebäude ab – ein Bauernhof. Aber Ragnar blieb an den Rändern des brachliegenden Felds in der Nähe des Walds stehen.

»Lässt du mich jetzt runter?«, fragte ich. Ohne ein Wort

stellte er mich auf die Beine. Ich schlang meinen Mantel enger um mich und zitterte, nicht so sehr wegen der kühlen Morgenluft, eher wegen des Verlusts von Ragnars Wärme.

Mit einer Hand an meinem Ellbogen führte er mich weiter.

»Was würdest du tun, wenn du nicht bei den Berserkern bleiben müsstest?«, fragte er.

Ich verdrehte die Augen. »Frei sein.«

»Würdest du einen Mann wollen?«

»Nein.«

»Gar keinen?« Ragnars blaue Augen funkelten. »Nicht einmal einen reichen?«

»Gar keinen«, bestätigte ich.

Er führte mich an einer Mauer aus Stein entlang, errichtet als Absperrung für Vieh. »Also würdest du Nonne werden?«

»Nein«, fauchte ich, bevor ich tief durchatmete. »Nein«, wiederholte ich ruhiger. Nonnen waren verschrumpelt, grausame Vetteln ohne einen Funken Liebe im Leib. Zumindest hatte ich sie im Kloster so kennengelernt.

»Wo würdest du leben wollen?«

»Am Meer. An irgendeinem Ort, an dem ich meilenweit in jede Richtung sehen könnte.«

Ich beobachtete aufmerksam, ob sich Verärgerung in seinen Gesichtsausdruck schlich, aber er wirkte nur nachdenklich. »Hättest du ein Haus? Eine Hütte? Eine Burg?«

Eine Burg aus dickem Stein, in die keine Armee eindringen könnte. Ich verkniff mir diese erste Antwort, die mir in den Sinn kam, weil ich fürchtete, dass sie von einem dunkleren Teil meiner selbst stammte. Einen Moment lang erinnerte ich mich an den Traum mit dem Kapuzenmann, der Burg und der auf seine Befehle wartenden Armee. Dann verdrängte ich die Bilder.

»Etwas wie das hier würde mir genügen.« Ich deutete auf den entfernten Bauernhof, auf die Gebäude mit Mauern aus Stein und Dächern aus Stroh. Am Zaun hatte jemand eine Vielzahl von Blumen gepflanzt. »Ich würde mein eigenes Land besitzen. Ich würde gärtnern und etwas anbauen.« *Oder Diener haben, die es für mich tun.*

»Und das ist wirklich, was du willst?«

»Ja.« Ich sah ihn von oben herab an, was sich gar nicht so einfach gestaltete, weil er einen guten Kopf größer war als ich. »Und du wolltest wohl schon immer eine Gefährtin, oder? Ein kleines Frauchen, das nach deiner Pfeife tanzt.«

Schweigend führte er mich zurück in den Wald. »Nein«, antwortete er schließlich und überraschte mich damit. »Ich habe nie damit gerechnet, dass ich mal eine Gefährtin bekommen könnte.«

»Nicht mal, um die Bestie zu besänftigen?« Ich verstieß gegen die Regeln, indem ich das Unaussprechliche aussprach. Als könnte die bloße Erwähnung der Bestie sie heraufbeschwören.

»Ich glaube nicht, dass ich lange genug überleben werde, um eine zu finden.«

Aus irgendeinem Grund versetzte mir seine Äußerung einen Stich ins Herz. Eigentlich sollte mir nichts an diesem großen, düsteren Berserker liegen, aber meine Gefühle hörten nicht auf Vernunft.

»Und wenn du eine finden könntest?«, fragte ich. Diesmal wollte ich ihn damit nicht aufziehen. »Wenn du die Frau finden könntest, die deine Bestie zu besänftigen vermag, würdest du dann eine Gefährtin wollen?«

»Es soll nicht sein.«

»Wie kannst du das sagen? Werden die Alphas dir nicht eine Gefährtin gewähren?«

»Spielt das eine Rolle, Rosalind?« Unter dem Bart verzog ein Mundwinkel.

»Warum sollten alle Berserker Gefährtinnen bekommen, nur du nicht? Das wäre ungerecht.«

Er schmunzelte. »Ich wusste gar nicht, dass dir so viel daran liegt.«

Nur zu gern hätte ich behauptet, dass dem nicht so war, aber er hätte es gemerkt, wenn ich log. »Tu mir den Gefallen und antworte mir. Wenn du dir eine Gefährtin nehmen könntest, wo würdest du leben?«

»Wo auch immer sie will.«

»Du würdest keine riesige Hütte als Zuhause haben wollen?«

Er schob einen Ast aus meinem Weg. »Wenn ich eine Gefährtin hätte, bräuchte ich keine Hütte, die ich mein Zuhause nennen könnte. Ich wäre überall dort zu Hause, wo sie wäre.«

Plötzlich traf mich Sehnsucht wie ein von einem Bogen abgefeuerter Pfeil. Ich überholte ihn und wandte den Kopf ab, um meinen Gesichtsausdruck zu verbergen.

»Ein schlichter Traum«, meinte ich mit allem Spott, den ich aufzubringen vermochte – als ich wieder sprechen konnte.

»Das ist deiner auch.« Ragnar beugte sich dicht zu mir. Bei seinem knurrenden Flüsterton richteten sich die Härchen in meinem Nacken auf. »Aber ich habe das Gefühl, du hast mir nicht alles verraten, was du wirklich willst. Sag mir, Rosalind ... wovon träumst du?«

»*Macht.*« Das Wort schoss regelrecht aus mir hervor. »Ich will so viel Macht, dass sich niemand gegen mich stellen kann.« *Damit mir nie wieder jemand wehtun kann.*

Ragnar zog an meiner Leine, und ich wirbelte zu ihm

herum. Meine Lunge arbeitete schwer wie ein Blasebalg. Langsam musterte er mich von oben bis unten. Meine Hände ballten sich an den Seiten zu Fäusten.

»Ich wollte auch Macht. Früher einmal. Vor langer Zeit.« Er studierte den Lederriemen in seiner Hand. »Sei vorsichtig mit deinen Wünschen, Rosalind.«

Du hast leicht reden, hätte ich dem Mann, der mich an der Leine hielt, beinah entgegengespien.

Er drehte sich um und führte mich weiter. Ich folgte ihm und achtete darauf, dass die Leine durchhing. Wir traten den Weg zurück in den Wald an. Als die Gebäude und der Blumengarten aus dem Blickfeld verschwanden, verspürte ich kein Bedauern.

Obwohl mich jeder unserer Schritte näher zurück in die Gefangenschaft führte. Ich war mein Leben lang auf die eine oder andere Weise gefangen gewesen. Es gab kein Entkommen.

Aber wenigstens steuerte ich nicht mehr auf den Tod zu. Den Hexen könnte ich mitteilen, dass ich versagt hatte. Bei dem Gedanken stolperte ich. Ragnar fing mich auf und ging langsamer weiter. Meine Augen brannten, als Schweiß in sie rann. Ich wischte ihn mit dem Unterarm weg.

Als wir dem Verlauf des Bachs aus dem Wald folgten, stand die Sonne bereits hoch am Himmel. Ragnar blieb stehen und umklammerte meine Leine fester. Er hob den Kopf und schnupperte.

»Was ist?«, fragte ich mit leiser Stimme.

»Ein Gestank im Wind.« Seine Augen leuchteten hell wie Fackeln. Langsam drehte er den Kopf. »*Draugr.*«

Die untoten Krieger des Totenkönigs.

»Komm.« Er verfiel in Laufschritt. Ich versuchte, mitzu-halten. Mein Beutel schwang wild hin und her und klatschte gegen meinen Oberschenkel. Ragnar wurde langsam genug, dass ich einigermaßen mithalten konnte, aber in seinem Gesicht zeichnete sich deutlich Ungeduld ab.

Er führte mich über den Bach und in ein Kiefernwäldchen. Nur wenig Licht kämpfte sich bis zu uns herab, als wir uns den Weg über einen rostfarbenen Laubteppich bahnten. Das Wäldchen endete abrupt. Äxte hatten an der Stelle Bäume gefällt – die Stümpfe wirkten vor Alter verwittert. Vor uns lag ein Gehöft mit Steingebäuden wie jenen, an denen wir zuvor vorbeigekommen waren.

»Ist das der richtige Weg?«, fragte ich. Das Gehöft kam mir so bekannt vor. »Ragnar ...«

»Wir gehen im Kreis. Irgendetwas stimmt nicht.« Er schüttelte den Kopf, als wollte er Fliegen verscheuchen. »Ich dachte ...« Er wurde langsamer, machte einen Schritt in die eine Richtung, dann in eine andere. »Der Totenkönig spielt mit uns«, murmelte er.

Dann wirbelte er zu mir herum und ließ die Leine los.

»Hier.« Er nahm mir die Fesseln um die Handgelenke ab und steckte den Lederriemen ein. Seine großen Hände überprüften meine Handgelenke, seine Daumen rieben über die roten Male, die der Riemen auf meiner Haut hinterlassen hatte.

Bei seiner Berührung breitete sich Wärme in meinem Bauch aus – mein Körper reagierte auf ihn, obwohl es der völlig falsche Zeitpunkt dafür war.

»Bleib dicht bei mir«, befahl Ragnar und ließ mich los. Ich kam seiner Aufforderung nach. Er vertraute mir genug, um mich ungefesselt bleiben zu lassen. Also würde ich ihm gehorchen – vorläufig.

Mit zusammengekniffenen Augen sah ich ihn an. »Kennst du den Weg?«

»Jetzt schon. Ich dachte nur ... egal. Zuerst müssen wir den *Draugr* entkommen.«

Trotz der Wärme des Tags lief mir ein eiskalter Schauder über den Rücken. Mein Führer, der so selbstsicher zu sein schien, war verwirrt. Ich konnte den Wahnsinn nicht vergessen, der ständig an den Berserkern nagte. Ragnar wirkte so groß, so unerschütterlich, so kraftvoll. *Auch ich wollte einst Macht. Vor langer Zeit.* Ein Krieger auf dem Höhepunkt seiner Stärke. Er hatte sich mit seinem Rudel dem Zauber einer Hexe unterzogen und war zum Berserker geworden. Allerdings ging mit der so erlangten Stärke auch Raserei einher. Raserei und Wahnsinn.

Während wir weitereilten, hielt ich mich an einem der kreuz und quer über Ragnars Rücken verlaufenden Lederriemen fest. Er war glitschig vor Schweiß, fühlte sich aber warm und handfest unter meinen Fingern an. Wenn der Totenkönig mit uns spielte, hatte ich meinen eigenen Verstand unter Verdacht. Wenn es nur um den Berserker-Wahnsinn handelte und sich Ragnar gegen mich wandte, wäre ich sowieso verloren. Nichts könnte mich vor diesem Berserker retten, wenn er den Halt an der Wirklichkeit endgültig verlöre.

Und doch empfand ich seine Nähe aus irgendeinem Grund als tröstlich. Aber ich war überzeugt davon, dass meine Gefühle vergehen würden, sobald wir außer Gefahr wären. Oder sobald Ragnar etwas sagte, das mich aufregte.

Kaum hatten sich meine Finger um das Leder geschlossen, hielt Ragnar inne. Ich rechnete mit einer Rüge von ihm. Stattdessen griff er nur nach hinten und legte meine Hand auf einen anderen Riemen an seiner linken Seite, seinem Schwert gegenüber. Einen Moment lang verweilten seine Finger und schlossen sich um meine. Er drückte sie kurz.

Dann verflog der Moment, und wir marschierten weiter,

tiefer in den dunklen Wald hinein. Ich blieb dicht bei meinem Entführer. Meinem vermeintlichen Beschützer. Ich bewegte mich mit ihm, klebte wie ein Schatten an seine Seite. Wir atmeten sogar im Einklang.

Wie schnell ich mich doch auf ihn eingestellt hatte. Vermutlich hätte ich darüber gestaunt, wenn ich nicht so beschäftigt damit gewesen wäre, am Leben zu bleiben. Am Leben, um später fliehen zu können.

Wir kamen an einem weiteren Dickicht vorbei. Doch bevor wir es verlassen und auf die vergleichsweise einfach zu bewältigende Straße zurückkehren konnten, packte Ragnar mich am Arm. »Runter.« Wir duckten uns hinter Felsbrocken und lauschten den schwerfälligen Geräuschen zahlreicher steifer Beine, die im Gleichschritt vor sich hin stapften.

Ragnar spähte über den Felsen. Ich lugte seitlich daran vorbei. Der Anblick jagte mir einen Schauder über den Rücken.

Die *Draugr* marschierten in mehreren Kolonnen dahin, füllten die gesamte Straße aus. Reihenweise Untote. Der Geruch von Gewürznelken und Grabtüchern trieb über ihnen wie ein wabernder Nebel.

»So viele. Woher kommen sie?« Meine Stimme zitterte ein wenig.

»Das willst du nicht wissen.« Sein Kopf drehte sich hin und her, während er nach einem guten Weg suchte.

»Eine Armee«, flüsterte ich. »Er baut eine Armee auf.«

»Schon seit einiger Zeit«, bestätigte Ragnar. Er sah mich mit zusammengekniffenen Augen an, als überlegte er, woher ich davon wissen konnte. Ich hoffte, er würde mich nicht fragen. Ich wusste deshalb, dass der Totenkönig eine Armee aufstellte, weil ich es gesehen hatte. Die Träume, die mich heimsuchten, waren Visionen, die er mir in den Kopf gepflanzt hatte.

Ich erschauderte, zog meinen Mantel enger um mich und legte eine Hand auf den Dolch zwischen meinen Brüsten. »Wie sollen wir an ihnen vorbei?«

»Können wir nicht. Wir dürfen keine Aufmerksamkeit erregen. Wir umgehen sie.«

»Ragnar. Das Gehöft. Die Familien.« Ich umklammerte seine Schulter. »Wir müssen ihnen helfen.«

»Nein, kleine Ausreißerin. Für sie gibt es keine Hilfe.«

Meine Hand sank auf meinen Bauch.

Er schob mir einen Finger unters Kinn und hob es an, bis ich ihm in die stürmischen blauen Augen sah. »Nimm jetzt allen Mut zusammen. Du wirst ihn brauchen.« Damit ergriff er meine Hand und fädelte die großen Finger zwischen meine. »Kopf runter«, befahl Ragnar. »Lauf.«

Ich tat, wie mir geheißen, starrte auf die Spitzen meiner Stiefel und ließ mich von Ragnar führen.

Wir brachen aus dem Wald hervor und rannten an einer weiteren Felswand entlang, dann überquerten wir einen Bach – Ragnar hob mich in seine Arme und sprang darüber hinweg. Ich verschränkte die Hände hinter seinem Nacken und verlangte nicht, hinuntergelassen zu werden.

»Das sollte helfen«, murmelte er bei sich. Wir folgten dem Bach bis zu einer anderen Straße. Dort stießen wir auf noch mehr Untote, die das welke Gras zertrampelten.

»Ragnar«, flüsterte ich und zeigte die Straße hinauf. Die *Draugr* bewegten sich ungelenk und ruckartig, als würden sie von einem entfernten Puppenspieler gelenkt. Jene, die ich zuvor im Wald gesehen hatte, waren beinah Skelette gewesen, an deren Knochen noch lose die Haut hing. Diese *Draugr* wirkten frisch. Sie sahen aus wie Menschen mit ungewöhnlich grauer Haut. Außerdem trugen sie glänzende Waffen, Schwerter und Schilde. Und sie marschierten in Formation die Straße entlang. In Reihen wie eine echte Armee.

Ragnar fluchte. »Halt dich fest.« Und die Welt verschwamm.

Ich bohrte die Fingernägel in Ragnars Nacken und drückte das Gesicht an seine Haut, um mich mit seinem verschwitzten Geruch zu umgeben. Wir bewegten uns mit Berserker-Geschwindigkeit – schneller, als jeder Mensch laufen könnte. Wenn uns jemand aus den Gebieten des Totenkönigs befördern könnte, dann Ragnar.

Aber wieder und wieder stießen wir auf *Draugr*, ganz gleich, welchen Weg wir einschlugen. Sie marschierten in Kolonnen auf den Straßen, wankten in unregelmäßigen Reihen am Fuß eines Hügels, streunten durch den Wald und hinterließen einen öligen Gestank.

Schließlich setzte mich Ragnar hinter einem Stein-haufen ab und zog mich neben sich in die Hocke. »Wir sind umzingelt.«

Obwohl er stundenlang unter der Mittagssonne in Berserker-Geschwindigkeit gerannt war, atmete er nicht mal schwer.

»Sie folgen uns. Irgendwie.« Mit tief gerunzelter Stirn drehte er sich mir zu. »Sie müssen dich wittern. Oder ...« Er hob die Hand und fingerte vorn an meinem Kleid. Ich schnappte nach Luft, aber er zog den Dolch heraus, bevor ich ihn davon abhalten konnte.

Diesmal leuchtete der Mondstein nicht, wie er es manchmal tat. Zum Beispiel wie in der vergangenen Nacht. Er lag nur als dumpfer, milchiger Stein in seiner Hand.

»Der Dolch. Er ruft sie«, sagte Ragnar plötzlich. Und bevor ich ihn aufhalten konnte, zog er mit einem Ruck daran, zerriss das Lederband um meinen Hals und warf es mitsamt dem Dolch in den Schlamm.

»Nein«, rief ich, aber er schleifte mich bereits weiter. Ich konnte nicht gegen ihn kämpfen. Wenn ich versuchte, ihm die Hand zu entwinden, würde ich mir nur den Arm aus der Gelenkpfanne kugeln, und Ragnar würde mich wieder tragen.

Immer wieder schaute ich zurück, konnte den Mondstein jedoch nicht mehr sehen.

»Du verstehst das nicht«, stieß ich mit gebrochener Stimme heraus. »Den habe ich gebraucht.«

»Warum?«

Ich schüttelte den Kopf. Welcher Bann auch auf meinen Lippen lastete, er ließ mich nicht über meine Aufgabe sprechen. Jedenfalls nicht mit Ragnar.

Der Mondstein muss in den Quell der Macht des Totenkönigs, hatte die alte Vettel zu mir gesagt, als sie mir den Dolch mit dem Mondstein am Knauf überreicht hatte. *Dazu musst du den Dolch tief ins Herz des Feinds stoßen.*

Nun war alles verloren, und ich konnte es nicht mal erklären. »Deinetwegen ist der Dolch weg.«

»Diese Waffe hat die Verfluchten angelockt, die Untoten. Sie hat nach ihnen gerufen.«

»Das hätte keine Rolle gespielt. Ich bin selbst verflucht. Das haben mir die Hexen gesagt.« Offensichtlich konnte ich über diesen Teil sprechen.

Ragnar blieb so unvermittelt stehen, dass ich mit ihm zusammenstieß. »Was meinst du damit?« Seine blauen Augen blickten mir fragend ins Gesicht.

»Ich ...« Wie sollte ich es ihm erklären? »Ich trage ein Mal an mir.« Zur Betonung strich ich mir dort über die Stirn, wo die alte Vettel mich berührt hatte. »Es verbindet mich mit ... ihm.« Ich senkte die Stimme. So nah bei seiner

Armee wollte ich den Namen des Totenkönigs nicht laut
aussprechen.

Ragnars Augen leuchteten hell auf. »Wie kann man
diesen Bann am besten brechen?« Seine Stimme klang rau.

Ich drückte seinen Unterarm. *Bitte verwandle dich nicht in
die Bestie.* »Ich weiß es nicht.« Plötzlich fühlte ich mich so
müde. Nebel breitete sich in meinem Kopf aus. Meine
Gedanken wurden träge, verschwommen. Mein Körper
fühlte sich klamm an, und ich bekam Gänsehaut, obwohl
ich zuvor in der Feuchtigkeit geschwitzt hatte.

*... spielt mit dem Wetter ebenso wie mit dem Leben und Tod
jedes Lebewesens. Sein mit Abstand bevorzugtes Ziel jedoch ist der
Geist.*

»Irgendetwas stimmt nicht.« Die Worte klangen gelallt.

»Rosalind?«

»Du solltest mich zurücklassen. Für mich gibt es keine
Hoffnung. Ich werde niemals frei sein.«

»Nein.« Ragnar knurrte. »Ich werde dich nie verlassen.«
Der Wind wehte böig um uns herum, und Ragnar zog mich
an sich. Sein rauer Daumen strich über meine Wange. Seine
Augen leuchteten nicht mehr in der schillernden Farbe der
Bestie. Aber sie waren immer noch strahlend und blau wie
ein Sommerhimmel. »Der Magier ist in deinem Kopf. Lass
ihn nicht gewinnen.«

Ich klammerte mich an Ragnars Arm und kämpfte
gegen ein Gefühl von Ohnmacht an. Die festen Muskeln
unter meiner Handfläche fühlten sich als Einziges solide an.
»Wie kann ich ihn aufhalten?«

»Du bist stark genug, um ihn zu besiegen.« Seine große
Hand legte sich um meinen Nacken und drückte ihn. Er
presste die Stirn an meine. »Komm zu mir zurück,
Rosalind.«

Ich öffnete den Mund und schnappte nach Luft wie ein

gestrandeter Fisch nach Wasser. Sie fühlte sich zu breiig zum Atmen an und roch durchdringend nach Gewürzen. »Er ist hier. Der Totenkönig ist hier.«

Ragnar riss sich von mir los. Seine plötzlich gezückten Klingen funkelten.

»Nein«, presste ich erstickt hervor. »So kannst du ihn nicht bekämpfen.«

Hinter Ragnar kroch dichter Nebel auf uns zu. Dann lösten sich daraus faulende Gliedmaßen. Die Untoten hatten uns gefunden.

Die Falle war zugeschnappt. Wir würden sterben.

»Ich kann gegen sie kämpfen«, rief Ragnar über die Schulter zurück, immer noch mit der Axt und seinem langen Messer gezückt. »Aber du musst am Leben bleiben. Versprich mir, dass auch du kämpfen wirst.« Er löste den Blick kurz von der feindlichen Front, beugte sich zu mir und raunte mir knurrend ins Ohr. »Versprich es.«

Seine Stimme hörte sich weit entfernt an. Ich hob die Arme, als könnte ich zu ihm zurückschwimmen. »Ich verspreche es.«

»Gut.« Sein Bart kratzte meine Wange.

Der Wind wurde heftiger und fegte durch den dichten Nebel. Plötzlich konnte ich wieder atmen.

»Ein Sturm braut sich zusammen.« Ich zeigte zu den dunklen, über uns brodelnden Wolken. Der Wind legte zu und zerrte an meinem Kleid. Ich wollte den Dolch an meinem Hals umklammern, bevor mir einfiel, dass ich ihn nicht mehr hatte.

»Der Magier mag seine Tricks.« Ragnar scheuchte mich rückwärts, bis wir beide hinter einem Baum kauerten. »Versteck dich hier«, forderte er mich auf. »Warte auf mich. Aber wenn du einen Weg hindurch siehst, dann lauf. Ich räume eine Schneise für dich frei.«

»Aber …« Ich zog ihn an den kreuz und quer über seinen Rücken verlaufenden Riemen zurück.

»Ja?«

Ich leckte mir über die Lippen und starrte in seine wilden Augen.

Ein Berserker konnte mit Sicherheit etliche wandelnde Leichen besiegen. Aber eine ganze Armee davon? Irgendwann würden sie ihn niederstrecken. Ich hatte ein paar magische Waffen in meinem Beutel, allerdings zu wenige, um damit groß etwas ausrichten zu können. Nicht genug, um auch nur ein Drittel dieser Streitkraft zu vernichten.

Hinter Ragnar rückten der Nebel und der Feind vor. »Sie kommen.«

»Rosalind«, sagte Ragnar sanft, als wären wir allein. »Hast du Angst um mich?«

Ich biss mir auf die Unterlippe und ließ den Kopf sinken, aber er ergriff mein Kinn.

»Rosalind«, säuselte er. »Liegt dir etwas an mir?« Seine saphirblauen Augen blitzten.

»Mir liegt etwas an deiner sicheren Rückkehr.« Ich schob ihn von mir. »Ich will nicht sterben.«

»Falls wir getrennt werden, musst du dich nicht fürchten. Ich komme dir nach. Ich finde dich.« Damit beugte er den Kopf über mich und küsste mich auf die Stirn.

Dann erhob er sich mit lautem Gebrüll.

»Ihr denkt, ihr könnt mich besiegen? Kommt her und versucht es.« Blitze zuckten über den Himmel, als er auf den Feind zustürmte.

Ich ging hinter den Baum in Deckung und berührte meine Stirn an der Stelle, wo er mich geküsst hatte. Seine Lippen hatten sich auf die Stelle gesenkt, an der die Hexe meine Stirn berührt hatte. Und dann fiel mir ein, was sie noch gesagt hatte.

Wir werden Hilfe schicken, hatte mir die Vettel versprochen. *Lass nicht zu, dass ihr getrennt werdet.*

»Warte«, flüsterte ich. Ragnars Kuss brannte auf meiner Haut, als wäre er etwas Greifbares. Aber Ragnar war weg. Ich durfte nicht von ihm getrennt werden. Obwohl ich mir nicht sicher sein konnte, ob die Hexen ihn geschickt hatten, um mir zu helfen, ich durfte nicht wieder versagen.

Falls wir fielen, dann zusammen.

Von der Lichtung ertönten Gebrüll und das Klirren einer auf Klingen prallenden Axt. Schaudernd duckte ich mich weiter zurück, dann jedoch riss ich mich zusammen. Wenn dies mein Ende werden sollte, dann würde ich dabei nicht auf den Knien im Dreck kauern. Ich würde mich dem Tod aufrecht stellen.

Ragnar erwies sich als so schnell, dass ich seine Bewegungen nur verschwommen wahrnahm. Er war vorgestürmt, bis ihm der Nebel zu den Knien reichte. Nun hieb er mit Axt und Messer auf die *Draugr* ein. Die wandelnden Leichen fielen wie Vogelscheuchen unter einer Sense.

Aber es waren zu viele, und während er vorwärts pflügte, füllten die schlurfenden Untoten die Lücke hinter ihm.

»Ragnar!«, schrie ich. Er wirbelte herum, hackte dabei weitere Leichen nieder. Mittlerweile hatte die Bestie übernommen und seine Finger in Klauen verwandelt. Seine Waffen wirbelten herum, zerfetzten einen Untoten nach dem anderen. Als er die Axt schleuderte, fegte sie durch mehrere Feinde auf einmal. Die Untoten fielen in den Nebel, und Ragnar schnappte sich einige weitere, warf sie auf einen Haufen.

Aber es strömten immer mehr *Draugr* herbei und ersetzten die Gefallenen.

Ich ballte die Hände zu Fäusten, wartete auf meine Gelegenheit zur Flucht. Und ich würde Ragnar dazu bringen, mit mir zu fliehen. Der Wind nahm zu, wirbelte den Nebel auf und vertrieb ihn.

Dadurch sah ich klar und deutlich, was hinter mir aus dem Wald kam. Weitere *Draugr*. Ich stieß mich von dem Baum ab, hinter dem ich mich versteckt hatte, und rannte zu einem anderen. Dabei stolperte ich über die verstreuten Kadaver, die Ragnar hinterlassen hatte.

Als ich einen zweiten Baum erreichte, schlug ein greller Blitz ein und flutete die Lichtung mit Helligkeit.

»Rosalind«, brüllte Ragnar. Rauch wallte vom Boden auf, als stünde die Erde selbst in Flammen. Ragnar sprang über einen Leichenhaufen hinweg an meine Seite. Ich drückte das Gesicht an seine Brust und schnappte nach Luft.

»Was passiert hier?« In einem Moment brachte mich der Geruch von Magie zum Husten, im nächsten erfuhr ich Erleichterung, als mir frischer Wind ins Gesicht wehte.

»Komm mit.« Ragnar half mir, vorwärts zu taumeln. Wir mussten weg von dieser Lichtung. Aber es leckte Feuer an unserem Pfad – *Draugr*, die in Flammen aufgingen.

»Pass auf!«, kreischte ich. Über uns erschien eine tosende Dunkelheit, ein wirbelnder, schwarzer Tunnel aus windgepeitschten Wolken. »Was ist das?«

»Ich habe so was schon auf dem Wasser gesehen«, brummte Ragnar. »Ein Wassertrichter, der das Meer und den Himmel verbindet. Aber noch nie an Land. Das ist das Werk des Totenkönigs.«

»Was sollen wir tun?« Die Dunkelheit hatte uns fast erreicht. Die schwarzen Wolken verdeckten die Sonne.

»Halt dich an mir fest.« Mein Haar dämpfte seine Stimme. Seine breiten Arme drückten mich fest an ihn.

Das Tosen hatte uns beinah erreicht. Doch je näher es kam, desto mehr klang es wie der Ruf eines Mannes.

Ich streckte mich auf die Zehenspitzen. Über Ragnars Schulter sah ich, wie immer wieder Blitze in den Boden einschlugen. Die Blitze verschwanden aus meiner Sicht. Zurück blieb eine schemenhafte Gestalt. Als ich blinzelte, erkannte ich, dass es sich bei der Gestalt um einen dunkel gekleideten Mann handelte, der die Arme ausstreckte, als könnte er im Wind schweben. Seine langen Finger streichelten den Nebel, der davonwogte. Dunkles Haar umrahmte ein glattrasiertes Gesicht.

Der schwarze, tosende Tunnel über uns war verschwunden. Die Luft knisterte vor Energie. Als würden die Blitze unter uns leben und atmen und über meine Haut lecken.

Der Mann schaute herüber ... und zwinkerte mir zu.

Hinter ihm tauchte eine Kolonne von *Draugr* auf, die sich im Gleichschritt mit gezückten Schwertern anschlichen.

»Pass auf!«, rief ich dem Neuankömmling zu. Langsam wandte er sich dem Feind zu. Sein Mantel wallte dabei im Wind.

Aus dem Himmel schoss ein Blitz herab, traf eine der wandelnden Leichen und setzte sie in Brand. Das Feuer breitete sich durch die vordersten Reihen der *Draugr* aus.

»Danke, Bruder!«, rief der Neuankömmling. Als er sich einen Schritt vorwärtsbewegte, schlug ein Blitz unmittelbar vor ihm in den Boden ein. »Bei Thors Nüssen«, fluchte er. Mit einer Hand hielt er seinen Mantel zu, die andere ballte er zur Faust, streckte sie dem Himmel entgegen und schüttelte sie. »Die winzig sind«, brummelte er bei sich. Dann schaute er jäh auf und sah mich an. »Hinter dir!«

Ragnar stieß mich zur Seite. Während wir gewartet hatten, waren *Draugr* von allen Seiten angerückt. Ragnar wirbelte herum, holte mit seinem langen Messer aus, duckte sich und schnitt den Leichen die Beine unter den Körpern weg.

Ein lodernder Ast flog durch die Luft. Ragnar konnte nur mit knapper Not ausweichen. »Du Narr«, rief er dem Krieger zu, der ihn geworfen hatte. Aber die behelfsmäßige Fackel landete auf einem der gefallenen *Draugr* und flammte zu einer grellen Feuerwand auf.

Ich hielt mir gegen den Gestank den Mund und die Nase zu, doch der neue Krieger grinste breit. »Was für ein Spaß.« Er lachte. »Kommt, machen wir einen Scheiterhaufen!«

Ragnar fuhr sich mit der Hand über den Bart. Ich trat näher zu ihm.

»Ist er ein Berserker?«, fragte ich mit leiser Stimme. Wir beobachteten, wie der Neuankömmling von Leiche zu Leiche tänzelte und eine nach der anderen auf einen riesigen Haufen warf.

»Ich glaube schon.« Ragnar legte die Stirn in Falten. »Ich glaube, ich kenne ihn.«

Flammen züngelten von dem wachsenden Feuer empor. Der dunkel gekleidete Krieger blickte stirnrunzelnd zu Boden. Er hopste zur Seite, griff mit einer Hand zwischen zwei gefallene Untote und hob Ragnars Axt auf. »Hast du das verloren?«

Ragnar streckte die Hand aus. Der Neuankömmling grinste – und warf die Axt. Die Waffe drehte sich in der Luft. Das breite Blatt blitzte, während es durch die Luft sauste. Und es raste geradewegs auf Ragnars Brust zu.

Im letzten Moment wich Ragnar zur Seite aus, halb taumelnd, halb rückwärts fallend. Die Axt zischte an ihm vorbei und traf einen der Untoten, die sich hinter uns angeschlichen hatten. Die Klinge spaltete die Brust der Kreatur. Ein widerlicher Gestank strömte aus dem verwesenden

Fleisch hervor. Der trockene, verrottete Körper sackte als klappernder Haufen von Knochen, rührte sich nicht mehr.

Ragnar fand das Gleichgewicht wieder und berührte sein Haar. Einer seiner Zöpfe fiel in den Dreck. »Guter Wurf«, brummte er und bückte sich, um sich seine Axt zurückzuholen.

»Gern geschehen, Bruder.« Der zweite Krieger grinste.

»Wie heißt du?«, rief Ragnar.

»Loki«, rief der Mann zurück. »Und du bist Ragnar. Ich bin hier, um zu helfen.«

Eine Bewegung zwischen den Bäumen erregte meine Aufmerksamkeit. »Ragnar, da sind noch mehr von ihnen.« Ich hob die Röcke an und eilte zum Rand der Lichtung, wo ich dem Kampfgeschehen hoffentlich nicht im Weg sein würde. Hinter mir loderte der Scheiterhaufen der Leichen.

Ragnar deutete mit der Axt in Richtung der vorrückenden Untoten. »Sollen wir kämpfen?«

»Oh ja.« Loki streifte den Mantel ab und ließ das dunkle Gewand zu Boden flattern. Darunter erwies sich der Krieger als splitternackt. Dunkle Wirbel prangten auf seiner breiten Brust – Tätowierungen und Schlammspritzer. Er legte den Kopf in den Nacken und schnupperte die verrauchte Luft. »Es ist ein guter Tag für einen Kampf!«

Kopfschüttelnd warf Ragnar sein langes Messer zu Loki. Die Waffe sauste sich drehend durch die Luft, aber irgendwie gelang es dem Berserker, sie geschickt am Griff aufzufangen. »Holen wir diese Knochenernte ein.«

Die beiden Krieger stellten sich Rücken an Rücken. Loki war beinah so groß wie Ragnar, aber schlanker. Sein kraftstrotzender, sonnengebräunter Körper wirkte geschmeidig, und während Ragnar die Striemen und Male etlicher Narben aufwies, war Lokis Haut glatt.

Ich umklammerte meine Röcke und betete still zu

keiner bestimmten Gottheit. *Bitte, bitte, lass sie es schaffen.* Wenn sie fielen, würde ich gefangen genommen werden. Ohne sie würde es mir nicht gelingen, zu entkommen.

Die Truppen des Totenkönigs rückten mit ruckartigen Bewegungen von allen Seiten an. Der Nebel verdichtete sich wieder und vermischte sich mit dem stinkenden Rauch der lodernden Gefallenen. Ich riss eine Hand ans Gesicht und schwankte auf den Beinen.

Die Reihe der wiederbelebten Leichen kräuselte sich wie der Körper einer Schlange. Der *Draugr* an der Spitze griff an – und Ragnar schnitt ihn nieder. Metall blitzte im Nebel auf. Die Waffen der beiden Männer hoben und senkten sich rhythmisch. Die Bewegungen der Krieger verschwammen.

Sie kämpften wie Wirbelwinde. Die Körper ihrer Feinde fielen zuckend und verkrümmt zur Seite.

Eine abgetrennte Gliedmaße fiel neben mich und bewegte sich noch. Ich trat sie ins Feuer und zog mir den Mantel über die untere Gesichtshälfte, um den Gestank zu dämpfen. Die Krieger hatte ich inzwischen aus den Augen verloren, aber Ragnars Gebrüll und Lokis an- und abschwellendes Lachen verrieten mir, wo sie sich befanden.

Ringsum herrschte ein Grau, als hätte der Tag einen Mantel über diese Lichtung geworfen. Rauch und Nebel verschmolzen zu einer undurchsichtigen Wand. Die Geräusche entfernten sich. Ich taumelte, und meine Augen brannten.

Eine Hand packte meinen Arm mit festem Griff. »Rosalind.« Ragnar zog mich an sich. »Geht es dir gut?«

»Ich stehe noch«, presste ich heraus. »Ist es vorbei?«

»Fast.« Die Kampfgeräusche waren leiser geworden. Der Berserker führte mich zum Waldrand und reichte mir den

Wasserschlauch. Ich trank ein wenig und spritzte mir etwas von dem kühlen Nass ins Gesicht, um wieder klar zu sehen.

»Wir haben überlebt«, murmelte Ragnar. Sein großer Körper versperrte mir die Sicht auf das Kampfgeschehen.

»Das sehe ich.« Ohne auf meinen sich verlangsamenden Herzschlag und die zwischen uns aufsteigende Wärme zu achten, schob ich Ragnar weg, damit ich sehen konnte, was aus dem Feind geworden war.

Der Nebel hatte sich verzogen, das Feuer war zu bitterer Asche erloschen.

Es standen kaum noch *Draugr* aufrecht. Einige zuckten immer noch belebt auf dem Boden und versuchten, sich aufzurappeln. Der nackte Krieger namens Loki sprang zwischen ihnen hin und her und erschlug sie.

Der Wind frischte auf, deshalb zog ich meinen Mantel enger um mich. Ich war so besorgt um Ragnar und den Ausgang der Schlacht gewesen und dann so erleichtert über Lokis Ankunft. Allerdings hatte ich es nun mit zwei Kriegern zu tun, denen ich entkommen musste.

Ragnars Schatten fiel über mich. Nun, da wir in Sicherheit waren, würde er mir nicht mehr von der Seite weichen.

Tja. Ein kleiner Teil von mir wollte aufgeben, sich an den riesigen Krieger schmiegen und sich von ihm forttragen lassen.

Ragnar lächelte, als könnte er meine Schwäche spüren.

»Zum Glück ist Loki aufgetaucht, um dir zu helfen«, meinte ich bissig. Auch wenn ein Teil von mir Ragnar begehrte, ich würde keine leichte Beute für ihn abgeben.

Aber er schüttelte nur den Kopf und grinste, als könnte ihn rein gar nichts verärgern, was ich sagte. »Es war ein guter Kampf.«

»Aye«, pflichtete Loki ihm bei. Er hatte ein träges, schiefes Lächeln auf den Lippen. Seine Lider standen auf halbmast, als hätte er geträumt. »Ein guter Kampf«, wieder-holte er wie betrunken.

»Gut gemacht, Bruder«, rief Ragnar. »Haben die Alphas dich geschickt?«

»Nicht sie«, murmelte Loki. Er fand seinen Mantel und benutzte ihn, um seine Klinge zu säubern. Beim Kampf hatte er irgendwie Ragnars Axt in die Hände bekommen.

»Nein?« Ragnar runzelte die Stirn.

»Aber ich habe eine Botschaft für Rosalind.« Loki drehte mir den Kopf zu. *Lauf*, bildeten seine Lippen ziemlich klar, und er deutete mit dem Kinn zum Wald – in die entgegen-gesetzte Richtung des Wegs, den Ragnar mit mir einschlagen wollte.

Ich glotzte Loki an, und er zwinkerte mir zu. Dann wirbelte er herum, holte mit dem Arm aus und schleuderte die Axt geradewegs auf Ragnar.

Wieder wirbelte die Waffe durch die Luft, und diesmal wich Ragnar zu spät aus.

Die Axt traf ihn mitten in die Brust. Blut spritzte auf, und ich kreischte. Ragnar taumelte zurück.

Bevor ich an seine Seite eilen konnte, packte Loki mich am Arm. Seine langen, blassen Finger umklammerten ihn wie ein Schraubstock.

Ich stieß einen spitzen Schrei aus und schlug nach ihm.

»Sei still.« Mit finsterer Miene schüttelte er mich. Ein Auge war braun, so dunkel, dass es fast so schwarz wie das eines Raben anmutete, das andere grün wie ein Lorbeer-blatt. Er senkte den Kopf so tief, dass seine Lippen mein Ohr berührten. Der Duft von Wintergrün umfing mich so heftig, dass es sich wie ein kühler Hauch auf meiner Wange anfühlte. Ich schmeckte Magie. Starke Magie. »Die Hexen haben mich geschickt.«

Der Boden schien unter meinen Füßen nachzugeben. Ich wankte. »Was?«

Aber Loki hatte sich wieder Ragnar zugewandt.

»Verräter«, stieß Ragnar knurrend hervor. Er lag auf dem Boden. Immer noch sprudelte Blut aus seiner Brust. Mit einem Grunzen packte er die Axt und riss sie heraus. Frisches Blut schoss hervor und tränkte den Boden, bis er in einer roten Lache lag.

Aber er war ein Berserker. Bald würde die Wunde verheilen.

Loki ließ mich los und ging mit ausgestreckten Händen auf Ragnar zu. »Komm schon, Bruder.«

Ragnars Augen blitzten golden. Seine Schultern veränderten sich, wurden praller. Schwarzes Fell spross aus ihnen. »Du bist kein Bruder.«

Loki zuckte mit den Schultern. Er drehte den Kopf zurück zu mir, und sein Lächeln verschwand. »Worauf wartest du? Lauf!« Er scheuchte mich mit einer langen Hand weg. »Ich halte ihn davon ab, dir zu folgen.«

Mit offenem Mund hob ich die Röcke an und bewegte mich einige Schritte auf den Wald zu.

»Rosalind«, brüllte Ragnar. Blut quoll zwischen seinen Fingern hindurch, doch er schien gar nicht darauf zu achten.

Loki trat zwischen mich und den am Boden liegenden Krieger. »Es wird alles gut.«

Damit bückte er sich, stibitzte Ragnars langes Messer aus der Scheide an seinem Bein und begann, es hochzuwerfen und aufzufangen.

»Probieren wir ein neues Spiel«, schlug Loki vor. »Du mit der Axt, ich mit dem Messer.«

»Ich töte dich.« Ragnar setzte sich auf. Die Wunde in

seiner Brust schrumpfte bereits, das zog sich vor unseren Augen zusammen.

»Klingt unterhaltsam«, meinte Loki zu Ragnar. Er drehte sich um und scheuchte mich erneut weg. *Geh schon*, bildeten seine Lippen. Ich entfernte mich einige weitere Schritte, bevor ich zwischen zwei Birken stehen blieb.

»Tu ihm nicht weh«, flüsterte ich.

»Werde ich nicht«, versprach Loki, wandte sich ab und schüttelte nach wie vor wild grinsend den Kopf.

Damit floh ich in den Wald. Ragnars Gebrüll verfolgte mich zwischen den Bäumen hindurch.

5

Rosalind

Der Wald begrüßte mich bei der Fortsetzung meines Unterfangens. Obwohl ich nicht mehr den Dolch hatte, der mich lenkte, marschierte ich mit sicheren Schritten. Ich wusste, dass ich mich in Richtung des Totenkönigs bewegte. Die wachsende Beklommenheit in meiner Brust diente mir als untrügliches Zeichen.

Wenigstens kamen mir keine *Draugr* mehr in die Quere. Im späteren Verlauf meiner Reise würde ich zwar auf weitere stoßen, aber daran durfte ich vorerst nicht denken. Ich musste es Schritt für Schritt angehen.

Unwillkürlich schüttelte ich den Kopf, als ich über die Ereignisse des vergangenen Tags und der vergangenen Nacht nachdachte.

Wir senden dir Hilfe, hatten die Hexen zu mir gesagt. Sie

hatten Loki geschickt, die Alphas Ragnar. Und ich steckte mittendrin.

Zwar hatte ich meine Mission wiederaufgenommen, aber ich hatte weder den Dolch noch den Mondstein.

Der Mondstein ist die Waffe. Er ist die Quelle der Macht und kann benutzt werden, um ihn zu binden.

Und Ragnar hatte ihn weggeworfen. Ich brauchte ihn zurück, aber welche Hoffnung bestand schon, ihn zu finden?

»Die Hexen haben gesagt, sie würden Hilfe schicken«, brummte ich zu den Eichen. »Und sie haben auch gesagt, dass ich mich nicht mehr von ihr trennen darf, sobald ich sie gefunden habe.«

Abrupt blieb ich stehen und raufte mir die Haare. Mein Zopf hatte sich längst gelöst. Ich war hungrig, verdreckt und müde. Ganz zu schweigen davon, dass ich nach *Draugr* stank.

Ich hatte keinen Mondstein, keine Hilfe, keine Hoffnung.

Warum sollte ich überhaupt weitermachen?

»Ich gebe auf«, verkündete ich dem Himmel, der durch das Blätterdach lugte. Ich sollte zu Ragnar zurückkehren und mich von ihm zum Berg der Berserker bringen lassen. Dort würde ich bei den anderen *Holzmouwas* ausharren, bis der Totenkönig kommen würde, um uns alle zu vernichten.

»Aber wo bleibt denn da der Spaß?«, fragte jemand gedehnt hinter mir. Mit einem erschrockenen Aufschrei wirbelte ich herum.

Loki stand im Schatten einer großen Eiche und grinste mich an. Er trug vom Scheitel des dunklen Kopfs bis zu den Stiefelspitzen Schwarz. Diesmal ohne Mantel. Ich fragte ihn nicht, woher er die Kleidung hatte.

Er breitete die Hände zum Gruß aus. »Freust du dich, mich zu sehen?«

Ich schüttelte den Kopf und kehrte ihm den Rücken zu, um den Teil meiner selbst zu verbergen, der ein wenig Erleichterung verspürte.

Er reichte sich neben mir ein, glich die langen Schritte an meine an.

»Wohin gehen wir?«, fragte er nach einer Weile.

Ich erwiderte nichts, ging nur weiter den Weg zurück, den ich gekommen war: in die entgegengesetzte Richtung des Totenkönigs. Mit jedem Schritt ließ meine Beklommenheit ein wenig nach.

»So still? Ragnar hat gesagt, du hörst nie auf zu reden.«

Ragnar. Unvermittelt blieb ich stehen. »Wo ist Ragnar?«

»Da hinten.« Der Krieger schwenkte achtlos die Hand.

»Du hast ihn zurückgelassen?«

»Natürlich«, erwiderte er. »Ich wollte dich retten.«

Beim Gedanken an Ragnar, wie er in einer sich ausbreitenden Lache seines Bluts auf dem Boden lag, musste ich schlucken. »Ist er ... Hast du ...«

Loki wartete geduldig, dass ich die Frage herausbekam. Seine Augen hatten wirklich zwei verschiedene Farben, wenngleich das braune Auge mittlerweile normaler wirkte, nicht mehr so unheimlich schwarz.

»Hast du ihn getötet?«, fragte ich schließlich.

»Liegt dir etwas an ihm? Ich hatte den Eindruck, dass er dich gegen deinen Willen entführt hat.«

Ich errötete. »Hat er auch«, erwiderte ich langsam.

Loki legte den Kopf schief und musterte mich mit zusammengekniffenen Augen – nicht so, als urteilte er über mich. Eher so, als wollte er herausfinden, was mir durch den Kopf ging. »Er wird schon wieder«, sagte er schließlich. »Du musst dir keine Sorgen um ihn machen.«

»Mache ich nicht«, gab ich barsch zurück, bevor ich die Lüge bremsen konnte.

»Wie du meinst. Aber wie es scheint, muss jetzt ich dich entführen. Du gehst nämlich in die falsche Richtung.« Er zeigte nach Osten. »Dein Unterfangen erwartet dich da entlang.«

»Ich kann es nicht fortsetzen«, gab ich zurück. »Ich kann nichts mehr tun.« Mittlerweile hatte ich beschlossen, dass ich nicht zu Ragnar oder zum Berserkerberg zurückkehren würde. Stattdessen würde ich weit weggehen, irgendwohin, wo mich weder Berserker noch Hexen finden könnten. Ich würde meinen eigenen Weg finden. Wenn ich lang, weit und schnell genug reiste, könnte ich es vielleicht in ein Land schaffen, in dem es den Totenkönig nicht gab.

Nur den Schuldgefühlen würde ich nie entkommen.

Du hast die Wahl, hatten die Hexen zu mir gesagt. Aber in Wirklichkeit hatte ich keine. Auch wenn ich die Welt und sämtliche Menschen darin hasste, wie könnte ich sie einfach tatenlos brennen lassen?

»Hast du dich verirrt?«, fragte Loki.

Ich rieb mir die Stirn. »Spielt keine Rolle. Ich habe den Mondstein und den Dolch verloren. Mein Unterfangen ist vergebens.«

»Ah. Dann interessiert dich vielleicht, was ich im Schlamm entdeckt habe.«

Er zog den Dolch mit der dünnen Klinge heraus. Am Heft funkelte der Mondstein.

Auf einmal hatte er genau das in der Hand, was ich brauchte.

Als ich mich nach dem Dolch streckte, zog er ihn zurück. Von seinem Waffengürtel zog er zwei weitere Dolche, klein und silbrig wie der mit dem Mondstein. Er begann, damit zu jonglieren.

Ich beobachtete ihn mit an den Seiten zu Fäusten geballten Händen. Er war zu groß und besaß eine zu lange Reichweite, als dass es mir möglich gewesen wäre, mir den Dolch mit dem Mondstein zu schnappen.

»Ich habe gefunden, was du brauchst. Was gibst du mir dafür?«

Ich verschränkte die Arme vor der Brust. »Meine unendliche Dankbarkeit.«

Loki fing die Dolche einen nach dem anderen aus der Luft auf und steckte sie wieder weg. Zuletzt hielt er nur noch den mit dem Mondstein. Er ließ ihn hoch über meinem Kopf baumeln. »Wie wär's stattdessen mit einem Kuss?«

Ich presste die Lippen zusammen.

Sein Grinsen wurde schelmisch. »Hast du je einen Kuss genossen?«

Ich wandte den Blick ab und dachte daran zurück, wie mich Ragnars Körper in die Blätter gedrückt hatte, erinnerte mich die Hitze und das Gewicht von ihm als Bestie.

»Jammerschade, dass du in diesem Leben keine Freude gefunden hast, bevor du dich davon verabschiedest«, murmelte Loki.

Mein Körper versteifte sich. »Also werde ich sterben?«

»Jedenfalls verhältst du dich so.« Er ließ sich auf dem dichten Blätterteppich nieder und lehnte sich gegen einen moosbewachsenen umgestürzten Baumstamm. »Ich gebe dir den Dolch, aber dafür will ich eine Gunst.«

»Was verlangst du?«

»Ich will dich küssen. Wann immer mir danach ist, und so oft ich will.« Sein rechtes Auge funkelte – das grüne. Das dunkle andere empfand ich nur als beunruhigend.

Zugleich jedoch war er so wunderschön wie ein gefallener Engel. Er räkelte sich auf dem Waldboden, königlich wie ein Prinz, der sich auf Fellen ausruht. Selbst nach der schmutzigen Schlacht erwies sich seine Kleidung als makellos.

Etwas in mir sehnte sich danach, zu ihm zu gehen. Ich verdrängte das Gefühl. »Nein.«

Er warf den Dolch hoch. Die Waffe drehte sich in der Luft. Loki fing ihn auf, führte ihn an seinen Mund, küsste den Stein im Knauf und warf den Dolch erneut hoch.

Meine Zehen zuckten in den Stiefeln. Nur wenige Schritte, dann könnte ich ihm den Fuß in den Schritt rammen. Aber was dann? Ich musste den Dolch zurückbekommen. »Na schön, ich küsse dich. Einmal.«

Loki fing den Dolch auf und schloss die Handfläche um die Klinge. Ich zuckte bei dem Anblick zusammen, aber als er die Hand öffnete, entpuppte sie sich als unversehrt.

»Du küsst mich? Bereitwillig?« Seine merkwürdigen Augen funkelten.

»Ja.« Ich verschränkte die Arme vor der Brust. »Ich habe noch nie einen Mann bereitwillig geküsst. Du wirst der Erste sein.«

»Ich fühle mich geschmeichelt. Bist du sicher, dass du bereitwillig bist?«

»Ja.«

»Na schön.« Mit einer geschmeidigen Bewegung rollte er sich auf die Beine und streckte sich zu voller Größe, während er sich mit den Händen das Wams über den Kopf zog. Er warf es beiseite, bot mir einen Blick auf seine perfekte Brust. Als ich ihn davor gesehen hatte, war er nackt und mit Schlamm beschmiert gewesen. Nun erwies sich seine Haut als sauber und frei von Tätowierungen.

Vermutlich hatte ich sie mir bloß eingebildet.

»Gefällt dir, was du siehst?« Loki zwinkerte mir zu. Seine

Finger waren damit beschäftigt, den Gürtel mit seinen Waffen zu lösen.

Ich hob die Hand, um ihn zu bremsen. »Was machst du da?«

»Ich ziehe mich aus.« Er streifte den Gürtel ab und warf ihn samt Waffen auf das zu Boden gefallene Wams. »Du hast gesagt, du würdest mich küssen. Aber du hast nicht gesagt, wohin.«

Um eine weitere Unterhaltung zu unterbinden, beugte ich mich vor, legte die Hand auf seine Brust, bemühte mich, nicht auf die harten, straffen Muskeln unter meiner Haut und seinen Duft nach Wintergrün zu achten, stellte mich auf die Zehenspitzen und drückte Loki einen Kuss auf die Wange.

Dann trat ich zurück und betrachtete seinen mürrischen Gesichtsausdruck.

»Ah, ein geschwisterlicher Kuss«, sagte er schlicht. »Wie schön. Ich habe schon Feinde mit mehr Leidenschaft geküsst.«

Ich verdrehte die Augen. »Von Leidenschaft hast du nichts gesagt. Nur, dass ich dich bereitwillig küssen soll.«

»Ja, bereitwillig hast du es wohl getan. Also gut, abgemacht ist abgemacht.« Er schnippte mit dem Handgelenk und warf den Dolch zu meinen Füßen auf den Boden. Ich behielt Loki im Auge, als ich die Waffe aufhob, weil ich mit einer List rechnete. Loki schnappte sich sein Wams und seinen Gürtel und zog sich wieder an.

Ich setzte mich auf den Baumstamm und drehte den Dolch auf meinem Schoß. Er strahlte kein bläuliches Licht ab. Ohne den Edelstein handelte es sich lediglich um einen gewöhnlichen Dolch.

Loki hatte mich über den Tisch gezogen. Er hatte mir zwar den Dolch gegeben, nicht jedoch den Mondstein.

»Was hast du getan?«

Langsam krümmten sich seine Lippen. Er zeigte mir die leere Hand, dann drehte er sie um, und der Stein erschien kurz zwischen den Fingern, bevor er ihn in die Luft schnippte.

»Den brauche ich.« Rasch biss ich die Zähne zusammen, um nicht darum zu betteln:

»Neue Abmachung.« Loki warf den Stein weiter in die Luft. »Diesmal küsse ich dich.«

Würde das denn nie enden? Ich hob einen Finger. »Du darfst mir im Austausch für den Dolch *einen* Kuss geben. Einen, wohlgemerkt.«

»In Ordnung.« Geschmeidig setzte er sich neben mich auf den Baumstamm.

Ich bot ihm die Wange an. Er beugte sich vor und tat so, als würde er das Gleichgewicht verlieren und auf meinen Schoß kippen.

»Nein.« Ich schubste ihn, aber er zog mich vom Baumstamm und auf den Rücken. So drückte er mich nieder und begann, meine Röcke hochzuschieben.

»Was machst du da?«

»Wir haben einen Kuss ausgehandelt. Ich habe vergessen, dir zu sagen, wo du mich küssen kannst.« Kurz verstummte er. »Aber das hast du auch. Somit kann ich dich küssen, wo ich will.«

Langsam schob er meinen Rock hoch. Mir stockte der Atem. Mein Herzschlag galoppierte in der Brust.

Meine Fäuste krallten sich in die Falten meines Rocks – allerdings wusste ich nicht, ob sie ihn hochziehen oder nach unten schieben wollten.

Loki wusste es – er schob ihn höher. Jegliche Heiterkeit war aus seinen Zügen verschwunden. Sein Gesicht wirkte vielmehr ernst wie das eines Priesters in der Kirche, als er meine Beine entblößte. Unter dem schwereren Kleid trug ich nur eine leichte Unterschicht. Er schob die Hand auch darunter, legte sie auf mein nacktes Bein. Sein kühler Duft nach Wintergrün erfasste mich.

»Wunderschön«, murmelte er. Seine Berührung fühlte sich zart wie der Flügelschlag eines Schmetterlings an. Plötzlich wurde mein Mieder zu eng zum Atmen.

Er ergriff mein Fußgelenk und streichelte es. Dabei betrachtete er den Verband, den Ragnar mir angelegt hatte. »Ihm liegt wohl etwas an dir.«

»So ist es.«

Zarte Finger fuhren meine Beine hinauf und kitzelten den weichen, goldenen Flaum an meinen Waden. Lokis Hand wanderte höher, legte sich auf mein Knie. Das Gelenk erwies sich als seltsam kitzlig. Ich zappelte, und Loki lächelte. »Ich würde dich ja hier küssen. Aber ich weiß eine heiligere Stelle.«

»Wo?«, fragte ich, denn ich konnte den Blick nicht von seinen Augen abwenden.

»Hier.« Er legte die Hand zwischen meine Beine. Meine Mitte pulsierte unter seiner Handfläche, pochte wie ein zweiter Herzschlag. »Darf ich dich hier küssen, Rosalind?«

Ich wünschte mir nichts sehnlicher, als dass er mich küsste. »Abgemacht ist abgemacht«, flüsterte ich zurück.

»Ein Kuss? Wird das reichen?«

Ich schluckte. Schweiß brach an meinem gesamten Körper aus.

Er schmunzelte. »Noch nicht. Ein anderes Mal.« Damit klappte er den Saum meines Kleides nach unten, bedeckte meinen Körper wieder und ließ meine Mitte sehnsüchtig zurück.

Stattdessen legte er eine Hand auf meine Hüfte und beugte sich vor, um mich auf den Mund zu küssen. Sein

Duft nach Wintergrün spülte über mich hinweg – seine
Magie roch durchdringend wie Minze und war berau-
schend wie Met.

Bevor sich unsere Lippen berührten, schlug ich ihm
gegen die Schulter. Er war größer und stärker, aber ich
überraschte ihn damit, und er kippte gerade weit genug
zurück, dass ich mich auf die Beine rappeln konnte.

Meine Brust hob und senkte sich heftig. Wut und Erregung brandeten gegeneinander und wiegelten sich gegenseitig auf, bis ich vor widerstreitenden Gefühlen zu platzen
drohte. Meine Wangen loderten.

Loki stand lachend auf, und ich schlug ihn erneut. »Verflucht sollst du sein«, presste ich zähneknirschend hervor.
»Lass mich in Ruhe!«

Damit wirbelte ich herum und stapfte von ihm weg.
Tränen ließen den Weg vor mir verschwimmen. Meine
Scham pulsierte nach wie vor. Verflucht sollte mein Körper
dafür sein, dass er mir in den Rücken fiel.

Verflucht sollte Loki sein. Und auch der Mondstein und
der Dolch.

Ich wollte, dass Loki mich berührte. Ich hatte mich ihm
praktisch entblößt, mich ihm geöffnet, und er wies mich
zurück?

Wäre ich in der Lage gewesen, ihn umzubringen, ich
hätte es getan.

»Rosalind.« Er holte mich ein. In seiner Stimme
schwang immer noch Gelächter mit. »Bei Odins Bart, geh
langsamer.«

»Nein.« Ich änderte die Richtung. Vor lauter Eile, um
von ihm wegzukommen, stolperte ich in ein Gestrüpp.
Dornen zerrten an meinen Röcken, und ich riss daran.
Dann fuchtelte ich wild herum, als sich das Gestrüpp an
meinen Armen und in meinem Haar verfing.

»Hör auf«, befahl Loki. »Sonst verletzt du dich noch.« Er folgte mir und befreite mich. Seine langen Finger entfernten die Stacheln und strichen auf der Suche nach Blut über meine Haut.

»Geh weg von mir.« Ich wich ihm aus. Wie könnte ich ihm entkommen?

Wie sich herausstellte, musste ich mir nicht den Kopf darüber zerbrechen. Ein lauter Schlachtruf hallte durch den Wald.

Loki drehte sich halb um. Eine riesige Gestalt pflügte verschwommen zwischen den Bäumen hervor, prallte mit voller Wucht gegen Loki und riss ihn zu Boden. Der Untergrund erzitterte unter dem Aufprall, und ein Felsbrocken spritzte davon.

Ich wich tiefer ins Dickicht zurück. Wenn zwei Berserker miteinander kämpften, empfahl es sich, aus dem Weg zu gehen.

Irgendwie gelang es Loki, sich zu befreien. Ragnar brüllte wutentbrannt, als ihm sein Gegner entkam.

»Loki! Komm zurück und kämpfe.«

»Schon wieder?« Loki bewegte sich tänzelnd rückwärts und zupfte sich Blätter aus dem Haar. »Bist du es nicht leid, dass ich dich besiege?«

»Du hast gemogelt«, warf Ragnar ihm knurrend vor.

Loki streckte die Arme aus. Sein braunes Auge hatte sich wieder rabenschwarz gefärbt. »Ich bin ein Gauner.«

Ragnar streckte eine warnende Hand in meine Richtung aus. »Rosalind, geh zurück. Er ist wahnsinnig. Er hält sich für einen Gott.« Mit der Axt in der Hand stellte sich Ragnar zwischen mich und den dunkelhaarigen Krieger. »Aber er blutet wie ein Mensch.«

»Wie ein Berserker.« Loki polierte sich die Fingernägel an seinem feinen Wams und schaute gelangweilt drein. »Du bringst unsere Ausreißerin durcheinander. Legen wir die Waffen nieder und regeln es auf faire Weise.«

»Du kämpfst nicht fair.«

»Na schön. Du behältst deine Waffe. Ich lege meine weg.« Damit ließ er den Gürtel fallen, mit dem an Scheiden unterschiedlich große Dolche steckten. Beinah beiläufig warf er mir den Mondstein zu. Ich fing ihn auf und umklammerte ihn fest, obwohl er an meiner Haut vibrierte. Zwischen meinen Fingern schimmerte das blaue Licht heraus.

Ich huschte hinter einen Baum, um mich zu vergewissern, ob ich den Stein wirklich in der Hand hielt. Die Schwingungen waren echt, das Licht war echt. Loki hatte mir tatsächlich geholfen.

Diesmal.

»Lass uns allein, Berserker«, befahl Loki an Ragnar gewandt. »Das hier geht dich nichts an.«

»Ich töte dich und lasse deinen Kadaver als Futter für die Raben zurück«, gab Ragnar mit knurrendem Unterton zurück. »Rosalind gehört mir.«

»Wenn du nicht hören willst, hämmere ich es dir in deinen Dickschädel.«

Ich ließ den Stein und den Dolch in meinem Beutel verschwinden.

Das reichte. Ich hatte den Mondstein, ich hatte den Dolch. Loki würde Ragnar davon abhalten, mir zu folgen. Mit etwas Glück würde Ragnar auch Loki von mir fernhalten.

Lautes Gebrüll zeigte an, dass Ragnar die Geduld mit Lokis Spielchen verlor und wieder angriff. Ein Knall ertönte, und eine mächtige Eiche erzitterte unter einem heftigen Aufprall. Blätter regneten herab.

Ich spähte um einen Lorbeerstrauch herum. Loki und

Ragnar lieferten sich ein Handgemenge. Beide standen aufrecht. Ihre Stiefel gruben Furchen in den von Blättern übersäten Boden, während sie sich in einer beinah brüderlich anmutenden Umarmung umklammerten. Ragnars Züge röteten sich vor Anstrengung. Loki wirkte eher gelangweilt, aber seine Stiefel rutschten nach und nach rückwärts.

Das war meine Gelegenheit. Ich umklammerte fest meinen Mantel, damit er sich nicht wieder in Dornen verfing, und entfernte mich weiter von den Kriegern.

»Rosalind!« Ragnars Ruf ließ mich innehalten. Aber ich konnte nicht für ihn bleiben. Es gab auch keinen einleuchtenden Grund, warum ich es überhaupt wollen sollte.

»Einen Kuss!«, rief Loki mit irrer Freude in der Stimme. Gleichzeitig hörte er auf, sich gegen Ragnar zu stemmen, und ließ ihn vorwärts gegen sich fallen. Loki half dem blonden Berserker, sich aufzurichten, und nahm sein Gesicht in beide Hände.

»Was?«, stieß Ragnar entsetzt hervor. Seine blauen Augen weiteten sich, als Loki die Lippen auf seine senkte.

Ich wartete nicht, um zu beobachten, wie leidenschaftlich Loki einen anderen Mann küsste. Stattdessen klatschte ich mir die Hand vor den Mund, um ein Lachen zu ersticken, und huschte zurück hinter die Lorbeeren. Hinter mir ertönte abermals Gebrüll, das den Wald erschütterte, als ich davonrannte.

Ragnar

»Du Narr«, brüllte ich Loki zum wohl fünfzigsten Mal an. Ich hätte geleugnet, dass er ein Berserker war, wenn ich ihn nicht aus dem Rudel gekannt hätte. Mein Gedächtnis war zwar nicht mehr, was es einmal war, aber ich vermeinte, mich an einen Krieger mit einem braunen und einem grünen Auge zu erinnern. Er mochte schon früher seltsam gewesen sein, aber er hatte nie einen solchen Verrat begangen. Wenn ich ihn den Alphas meldete, würden sie ihn in Stücke reißen.

Allerdings hatte ich vor, ihn zuerst in Stücke zu hacken.

Ich rieb mir wie wild über die Lippen, um das Gefühl von Lokis Berührung loszuwerden. »Warum küsst du mich?«

»Sag nicht, es hat dir nicht gefallen.« Loki schürzte die Lippen.

Die Welt wurde rot. Als ich anstürmte, hechtete er aus dem Weg, überschlug sich in der Luft, rollte sich ab und sprang wieder auf die Beine.

»Ich bringe dich um«, gelobte ich.

»Nicht, wenn ich dich vorher umbringe«, merkte er an. »Komm doch und hol mich«, sang er und tänzelte um mich herum.

Ich holte mit der Axt über den Kopf aus. Betont auffällig. Dann griff ich schnurstracks an, doch im letzten Moment senkte ich die Axt zu einem Hieb auf seine Mitte.

Loki zuckte zurück, und ich verfehlte ihn um Haaresbreite.

»Halt still, du Narr!«, brüllte ich.

»So wie du, als ich dich geküsst habe?« Loki zwinkerte.

Ich stürzte mich auf ihn, und er tänzelte rückwärts. »Halt die Klappe und kämpfe!«

»Damit du mich umbringen kannst?«

»Dann stirbst du wenigstens wie ein Mann.«

»Ich kann nicht sterben.« »Noch nicht«, sagte ich. »Die Götter wollen es nicht. Ich muss erst meine Aufgabe erfüllen.« Er legte die Hand aufs Herz und verneigte sich. Mitten in einem Kampf verneigte er sich.

»Ich schicke dich zurück zu deinen Schöpfern. Du wirst deine Aufgabe nicht erfüllen.«

»Ich darf nicht versagen«, sagte er traurig. »Wenn ich diesmal sterbe, ist es endgültig. Ich muss für meine Sünden büßen.« Wieder verbeugte er sich. »Aber zuerst müssen wir unsere Beute finden. Weißt du, wo unsere kleine Ausreißerin ist?«

Abrupt hörte ich auf, ihn zu verfolgen, und richtete mich aus der geduckten Kampfhaltung auf. »Rosalind?«,

Die Lichtung erwies sich als verwaist. Aber als ich den Kopf hob, nahm ich einen Hauch ihres Dufts in der Luft wahr.

Ich stieß einen Fluch aus. »Bei Thors Nüssen.«

»Die sind nicht so groß, wie du vielleicht denkst«, scherzte Loki.

»Hältst du wohl die Klappe?« Knurrend marschierte ich in die Richtung los, in die Rosalind verschwunden war. Ich musste sie finden, und das würde ich auch. Niemand sonst konnte sie in diesen Wäldern beschützen. Außer vielleicht Loki, und ihm traute ich nicht über den Weg. »Hör auf zu reden, als wärst du ein Gott.«

»Aber ich bin kein Gott«, sagte Loki. »Nicht mehr.«

Ich zupfte an meinem Bart und rieb mir die Stirn. Loki ahmte meine Bewegungen nach und zupfte stattdessen an seinem Kinn, weil er keinen Bart hatte. Was für ein Berserker rasierte sich?

Mein Schädel brummte. War Loki, der Berserker, an den ich mich erinnerte, immer so verrückt gewesen?

»Du bist völlig wirr im Kopf«, brummte ich.

»Besser wirr im Kopf als im Bett«, entgegnete Loki mit Singsang-Stimme.

»Halt die Klappe und lauf.«

Ich stürmte zwischen die Bäume hindurch los und versuchte, ihn abzuschütteln. Aber ganz gleich, wie schnell ich rannte, Loki blieb stets an meinem Ellenbogen. Sein langes dunkles Haar flatterte im Wind, während er gackernd wie ein Wahnsinniger lachte.

Rosalind

DIE SONNE GING GERADE UNTER, als ich erkannte, dass ich im Kreis lief. Ich kam zweimal an denselben Felsbrocken und demselben Birkenhain vorbei.

Unterwegs hielt ich den Mondstein in der ausgestreckten Handfläche. Früher hatte er mir den Weg erhellt. Diesmal jedoch blieb er stumpf. Befand ich mich näher am Land des Totenkönigs oder weiter davon entfernt?

Seit ich Ragnar begegnet war, lief nichts mehr richtig. Als ich bei ihm gewesen war, schien uns die Armee der Untoten zum Totenkönig zurückzutreiben. Ich spürte zwar seine nahende Gegenwart im Kopf, aber kein klares Geleit, das mir half, den Weg zu finden. Nur den Widerwillen, mich überhaupt zu bewegen. Der Boden selbst schien an meinen Stiefeln zu saugen.

Ich umklammerte den Dolch, den ich mir wieder um den Hals gehängt hatte, und sank gegen einen Baumstamm. Warum sollte ich meine Mission fortsetzen? Loki mochte mir den Mondstein und den Dolch zurückgegeben haben, doch was würde ein simpler Dolch schon gegen einen mächtigen Magier nützen?

Die Hexen hatten gesagt, sie würden mir Hilfe schicken. Bisher wurde ich nur von zwei Kriegern behelligt: der eine verrückt, der andere fest entschlossen, mein Unterfangen zu vereiteln.

Ich entschied mich wahllos für eine Richtung und setzte mich wieder in Bewegung, blieb jedoch abrupt stehen, als ein Schatten auf meinen Weg fiel.

Ragnar trat hinter einem Baum hervor. Ich hatte ihn nicht kommen gehört. »Rosalind.«

Mit einem spitzen Aufschrei preschte ich davon, wurde allerdings von Loki abgefangen.

»Du gehst schon wieder in die falsche Richtung«, murmelte er mir ins Ohr und schob mich zurück in Ragnars Arme.

»Hab ich dich«, sagte der blauäugige Krieger.

»Lass mich los!« Als ich Ragnar von mir stoßen wollte, schlang er die Arme um mich. Ich versuchte, tiefer zu rutschen und ihm zwischen die Beine zu treten.

»Sie kämpft gegen dich«, merkte Loki an.

»Halt den Mund und hilf mir«, brummte Ragnar. Da ich nicht in den richtigen Winkel für einen Tritt gelangte, stampfte ich ihm stattdessen auf die Füße, bis er mich vom Boden hob.

»Ich sehe lieber zu.« Loki hatte sich an einen Baumstamm gelehnt und die Finger hinter dem Kopf verschränkt. »Ihr könnt euch gegenseitig auslaugen, dann kann ich sie mir schnappen und mich mit ihr auf den Weg machen.«

»Kannst du ja versuchen.« Ragnar rang mit mir, hielt mich mühelos an den Handgelenken zurück, während ich versuchte, ihm die Augen auszukratzen.

»Wir können nicht weiter um sie kämpfen«, meinte Loki. »Das ergibt keinen Sinn.«

»Wie schön, dass du es endlich einsiehst«, sagte Ragnar. »Also überlass sie mir, und ich bringe sie zu den Alphas. Halte du mir den Weg frei.«

»Nein, nein, nein«, widersprach Loki. »Die Hexen haben einen anderen Plan. Rosalind ist der Schlüssel zum Sieg über den Totenkönig.«

Ragnar lockerte den Griff. Ich riss mich los und preschte ein paar Schritte davon – bevor ich erneut von Loki eingefangen wurde.

»Halt still, kleine Ausreißerin.« Loki hielt mich mühelos fest.

Ragnar legte die Stirn in Falten. »Sie kann den Totenkönig nicht besiegen«, sagte er über meinen Kopf hinweg zu Loki. »Der Totenkönig ist ein Magier mit großer Macht. Welche Erfolgsaussichten soll eine junge Frau gegen sein Übel haben?«

»Und dennoch haben die Hexen so gesprochen.« Loki presste mich an sich, mit meinem Rücken an seiner Brust. Er schmiegte das Gesicht an meine Wange. Knurrend versuchte ich, ihm den Ellbogen in den Bauch zu rammen.

»Die Hexen sind genauso verrückt wie du«, sagte Ragnar. Seine Augen blitzten gelb auf. »Ich werde Rosalind retten und mich nicht davon abbringen lassen.«

»Ich gehe mit keinem von euch!«, brüllte ich und riss mich los. Ich wich zurück und sah mich panisch nach einem Fluchtweg um. Die beiden Berserker folgten mir langsam, als hätten sie alle Zeit der Welt, um mich einzufangen.

»Wir müssen einen Weg finden, um uns friedlich zu einigen«, meinte Loki zu Ragnar, ohne mich aus den Augen zu lassen. »Was hältst du von einem Spiel mit Steinen?«

»Das ist blanke Torheit«, murmelte ich und huschte in den Wald. Zwei Hände packten meine Arme und zogen mich zurück. Ein Aufschrei entfuhr mir.

»So zerreißen wir sie noch«, meinte Loki warnend. »Fesseln wir sie und entscheiden wir dann, was wir machen.«

Wenig später stand ich aufrecht an einen Baum gefesselt da. Seile verliefen kreuz und quer über meine Brust. Mit den Haaren im Gesicht lehnte ich den Rücken an die Rinde zurück. Meine Füße pochten. Ich war so müde.

»Armes, süßes Ding.« Loki lehnte neben mir am Baumstamm, das Gesicht dicht an meinem. »Lass mich dir helfen.« Er strich mir die blonden Strähnen zurück, kämmte die Blätter aus ihnen und rieb mit den Fingern über meine Kopfhaut.

»Du bindest mich nicht los?«, fragte ich erschöpft. Mein Kopf pochte, aber Lokis Berührung und sein kühler Duft von Magie schienen die Enge in meinen Schläfen zu vertreiben.

»Nicht, bevor wir entschieden haben, was wir mit dir machen«, rief Ragnar, der gerade ein Feuer anzündete.

»Ich verspreche, nicht wegzulaufen.«

»Das hast du schon mal versprochen.« Ragnar stand auf und klopfte sich die Hände ab. Er lehnte sich an meiner anderen Seite gegen den Baumstamm. Zwei Berserker, der eine dunkel, der andere hell. Beide so uneins und doch gegen mich vereint.

Seufzend ließ ich den Kopf zurückfallen. Es hatte keinen Sinn mehr, zu kämpfen.

Loki legte den Kopf schief. »Wie wäre es, wenn wir sie losbinden, aber zuerst dafür sorgen, dass sie zu müde zum Wegrennen ist?«

Ragnar strich sich über den Bart. »Das wäre vielleicht eine Möglichkeit.«

»Es gibt viele Wege, sie auszulaugen«, meinte Loki. Beide Berserker richteten den Blick auf mich und lösten damit einen Hitzeschwall zwischen meinen Beinen aus.

Ich presste die Schenkel zusammen, was jedoch nicht half. Warme Flüssigkeit sickerte an meinen Beinen hinab. Ich blinzelte, als sich die schwere Last der Magie des Totenkönigs von mir hob. Der Nebel lichtete sich, löste sich auf wie verbrennendes Laub. Meine Kopfschmerzen verschwanden, wurden abgelöst von einem in meinem Unterleib pochenden Hunger.

Loki schnippte mit den Fingern. »Ich hab's. Das wird unser Wettbewerb.« Er wackelte in Ragnars Richtung mit den Brauen. »Wer sie zuerst zum Kommen bringt, gewinnt.«

»Einverstanden«, sagte Ragnar, erhob sich und steuerte mit entschlossener Miene auf mich zu.

»Warte«, riefen Loki und ich gleichzeitig.

Ragnar blieb an meiner Seite stehen und ragte über mir auf. Seine Wärme und sein Duft umhüllten mich. Gebannt vom blauen Feuer in seinen Augen bebte ich in meinen Fesseln.

»Was ist?«, schnauzte Ragnar in Lokis Richtung, ohne den Blick von mir abzuwenden.

»Du musst sie zum Höhepunkt bringen, darfst sie aber nicht berühren«, sagte Loki.

»Was?«

»Du musst sie zum Höhepunkt bringen, darfst aber ihre Haut nicht berühren«, wiederholte Loki und kam an meine Seite. »Deine Haut darf ihre nicht berühren. Das ist die Herausforderung. Bist du einverstanden?«

Ragnar starrte Loki so finster an, als könnte er ihn jeden Moment angreifen. Die Spannungen zwischen den Männern zu meinen beiden Seiten wurden so heftig, dass

ich kaum noch atmen konnte. »Ja«, willigte Ragnar schließlich ein.

»Wirklich?« Ich schnappte scharf nach Luft. Sie wollten
mich zum Höhepunkt bringen, dabei aber nicht berühren?
Wie sollte das gehen?

Dann begutachteten mich die beiden Männer von oben
bis unten, zogen mich mit ihren Blicken regelrecht aus. Ihre
Musterung ließ meine Beine schwach werden. Wäre ich
nicht gefesselt gewesen, ich wäre gefallen.

»Schneiden wir sie los«, schlug Loki vor. »Wir lassen den
Körper frei, aber binden ihr die Arme über dem Kopf
zusammen.« Beide Krieger machten sich mit schnellen
Handgriffen daran.

Sie fesselten mich näher am Lagerfeuer, banden mich
mit über den Kopf gestreckten Armen fest. An den zusam-
mengebundenen Handgelenken hing ich von einem langen,
an einem Ast befestigten Seil. Der Rest des Körpers konnte
ich in der Brise drehen und krümmen. Die Länge des Seils
ermöglichte es mir, auf beiden Füßen zu stehen.

»Bequem?«, erkundigte sich Loki, als er das Seil über
meinem Kopf überprüfte.

»Nicht wirklich«, gab ich grummelnd zurück und verlagerte das Gewicht von einem Bein aufs andere.

»Bald, meine Schöne«, sagte er, schmiegte sich kurz an
mich und strich mir das Haar zurück. »Bald.«

»Nicht anfassen.« Ragnar knurrte. Er befand sich auf
meiner anderen Seite dicht neben mir. Seine Hitze strahlte
auf mich wie ein Ofen und briet jene Hälfte meines Körpers
geradezu. Die würzige Schärfe seiner Wut prallte auf Lokis
frischen Duft von Wintergrün.

»Richtig.« Loki entfernte sich einen Schritt. Er flocht
sein Haar zurück und klopfte sich die Hände ab. »Der Wettbewerb beginnt jetzt«, verkündete er.

»Ich zuerst«, sagte Ragnar. »Da du die Art der Herausforderung bestimmt hast.«

»Natürlich.« Loki schwenkte die Hand und zog sich zum Lagerfeuer zurück, wo er die Arme vor der Brust verschränkte und sich zum Zusehen niederließ. Ich starrte ihn finster an, um meinen Unmut zu bekunden, aber er ließ keine Reue erkennen. Stattdessen zwinkerte er mir zu.

Ragnar beugte sich mit entschlossener Miene näher zu mir. Langsam umkreiste er mich. Ich kämpfte gegen den Drang an, den Kopf zu drehen, um ihn im Blick zu behalten. Meine Wirbelsäule kribbelte, als wüsste meine Haut, dass ich gejagt wurde. Schließlich schritt er vor mir auf und ab, bevor er ein Stück entfernt stehen blieb. Ich spürte seinen Blick auf meinem Gesicht.

»Du bist wunderschön«, sagte er.

»Ich weiß«, flüsterte ich.

Ragnar bewegte den Kopf auf mich zu. Er kam mir nah – so nah, dass sein Atem auf meine Wange hauchte. Ich schloss die Augen. Er atmete tief ein. Eine leichte Bewegung, und seine Bartstoppeln streiften meine Haut.

»Nicht berühren«, rief Loki.

Ragnar reagierte mit einem Knurren tief in der Brust, aber er drehte sich nicht um. Stattdessen kniete er vor mir nieder und neigte den Kopf auf Höhe meines Schritts zu meinen Röcken. Er legte den Kopf schief und atmete erneut ein, nahm meinen Geruch in sich auf. Meine Wangen erwärmten sich.

Ragnar heftete den Blick der blauen Augen auf mein Gesicht, ergriff den Saum meines Kleids und zog es hoch. Meine Mitte zog sich heftig zusammen, als kühle Luft meine Unterschenkel umwehte.

»Nicht anfassen«, beharrte Loki.

»Du hast gesagt, wir dürfen ihre Haut nicht berühren. Ihre Kleidung hast du nicht erwähnt.«

»Stimmt.« Loki legte den Kopf schief, als grübelte er darüber nach. »Damit hältst du dich zwar an den Wortlaut der Regel, nicht aber an die Absicht dahinter.« Er setzte ein Grinsen auf. »Gut gemacht.«

Ragnar verdrehte die Augen. Wir tauschten ein flüchtiges verstohlenes Lächeln, bevor mich der vor mir kniende Krieger weiter quälte. Langsam, so langsam schob er meine Röcke hoch und legte mein weißes Untergewand frei. Der dünne Stoff bildete die einzige Barriere zwischen meiner Haut und seinem heißen Atem.

Ich verlagerte das Gewicht von einem Bein aufs andere.

»Soll ich sie festhalten?«, ertönte Lokis Stimme von hinten. Ich wusste nicht, wann er sich vom Feuer entfernt hatte, jedenfalls hatte er es getan.

»Nein«, entgegnete Ragnar grollend. »Rühr sie nicht an.«

»Doch nur an der Kleidung«, sagte Loki beschwichtigend, aber er kam nicht näher, was ich für klug hielt. Ragnar könnte jeden Augenblick die Herrschaft über die Bestie verlieren und angreifen.

»Keine Sorge«, sagte Loki zu mir, als könnte er meine Gedanken lesen. »Du würdest überleben.«

»Bist du dir da so sicher?«, gab ich zurück und verbarg mein Unbehagen. Dieser Loki war nicht, was er zu sein schien. »Vielleicht sorgst du dich lieber um die eigene Haut.«

»Du sorgst dich um meine Haut?« Loki hob spöttisch die Hand ans Herz. »Ich bin gerührt.«

»Halt die Klappe«, murmelte Ragnar, der immer noch mit dem Kopf dicht an meinem Schritt vor mir kniete. »Du störst gerade meinen Versuch.«

»Ja, das tue ich wohl«, sagte Loki, entfernte sich aber nicht.

»Beachte ihn gar nicht«, forderte Ragnar mich auf. Nach wie vor kniend drehte er den Kopf hin und her. Sein Kopf befand sich mir so nah, dass sein rauer Bart den Stoff meines Untergewands erfasste und anhob. »Spreiz die Beine.«

Meine Lippen teilten sich, aber ich widersprach nicht. Aus irgendeinem Grund gehorchte ich. Meine Mitte pulsierte in Einklang mit meinem Herzschlag. Nektar tropfte aus meiner Scham und lief mir an der Innenseite der Schenkel runter.

Als Ragnar den Kopf hob, leuchteten seine Augen golden.

»So bezaubernd«, stieß er hervor. »So wunderschön.« Er zog mein Untergewand hoch und entblößte meine Mitte. In meiner hellen Schambehaarung zeichneten sich Tröpfchen wie Tau ab.

»Was für ein Anblick.« Loki verlagerte leicht die Position, um mich ebenfalls zu bewundern. Ragnar schien vor mir wie gebannt zu sein. Seine Finger betasteten den Stoff meines Untergewands. Mit einer Hand hielt er meine Röcke hoch, während er mit der anderen einen Lederriemen von sich löste und mir damit mein Kleid um die Taille band. Als er beide Hände frei hatte, stemmte er sie auf den Boden und beugte sich vor, um erneut an mir zu riechen. Sein Bart streifte beinah mein Bein ...

»Ragnar«, rief ich. »Ragnar.«

Blinzelnd sah er zu mir hoch.

»Wenn du meine Haut berührst, verlierst du«, warnte ich ihm. In dem Moment wollte ich nicht, dass er verlor.

Er nickte knapp. »Kein Anfassen«, pflichtete er mir bei. »Kein Anfassen.« Seine breiten Schultern hoben sich, als er seufzte. Ein Hauch seines Atems traf meine Scham, und meine Zehen rollten sich in den Stiefeln ein.

Er rutschte auf den Knien näher.

»Loki«, rief ich. »Darf ich ihn berühren?«

Ein gehässiges Grinsen breitete sich über Lokis Züge aus. »Hmmm, mal überlegen.« Er tat so, als dächte er darüber nach und tippte sich dabei ans Kinn. »Nein.«

»Nicht mal versehentlich?«, ließ ich nicht locker.

Zu meinen Füßen erschauderte Ragnar.

»Willst du, dass er verliert?« Loki schnaubte. »Na schön, ein Versehen gestehe ich dir zu. Nur eines.«

Ragnar schien es nicht zu hören. Er beugte sich vor und winkelte den Kopf so an, dass sein stoppeliges Kinn den blonden Flaum zwischen meinen Beinen streifte. Mein Herzschlag dröhnte durch meine Ohren.

»Berührt er dich?«, fragte mich Loki, und Ragnar antwortete.

»Nur mein Bart. Nicht meine Haut.«

»Das ist beinah geschummelt, aber nicht ganz.« Loki schüttelte zwar den Kopf, grinste aber dabei. »Na gut, ich lasse es gelten.«

Ragnar bewegte den Kopf auf und ab, befeuchtete seinen Bart an mir. »Bist du knapp davor?«, fragte er mich.

Ein Schauder durchlief mich, und ich umklammerte die Fesseln über meinem Kopf. Mein Körper fühlte sich an wie ein Fisch am Haken – gefangen zwar, aber noch nicht eingeholt.

»Knapp davor«, murmelte Ragnar bei sich, beantwortete sich die Frage selbst. »Aber nicht knapp genug.« Er lehnte sich zurück und zog ein langes Messer aus einer Scheide.

»Ragnar?« Meine Stimme zitterte, als er die Klinge dicht an meine Mitte hielt.

»Vorsichtig« warnte Loki.

Und Ragnar war vorsichtig. Er bewegte das Messer bald hierhin, bald dorthin, um die blonde Beharrung von meiner Scham zu scheren. Als er fertig war, bekam ich an der frisch rasierten Stelle eine Gänsehaut. Sauber und nackt wurde meine Scham der Luft ausgesetzt.

Als er diesmal mit dem mittlerweile feuchten Bart über meine empfindsame Haut, fluteten Empfindungen meinen Bauch. Ich schrie auf und umklammerte das Seil über meinem Kopf fester, um mich zu stützen.

Seine Lippen streiften meine Haut.

»Eine Berührung!«, rief Loki prompt, wenngleich ich mir nicht erklären konnte, wie er es von seiner Position aus gesehen haben wollte.

»Das war ich«, stieß ich atemlos hervor. »Ein Versehen.« Ich ließ den Kopf zurückfallen. Mein Körper wurde zu einem schweren Gewicht, einem Pendel – jede Bewegung könnte mich in das Vergnügen schwingen, nach dem ich mich so sehnte. »Du hast mir ein Versehen zugestanden.«

»Sorg lieber dafür, dass es das einzige bleibt.« Loki pirschte sich näher und ging in die Hocke, damit ihm keine weiteren Ausrutscher entgehen würden.

Ragnar tastete blindlings um sich herum. Er fand ein frisches grünes Blatt und hob es an meine unteren Lippen. Ich hielt den Atem an, als er es vor und zurück bewegte, damit meine empfindlichsten Stellen kitzelte. Die Empfindungen folterten mich, reizten mich, ohne mich auf den Gipfel zu treiben. Mein Inneres zog sich zusammen. Mein Verlangen steigerte sich bis zum Zerreißen.

Eine ganze Weile verging. Ich krümmte mich hin und her, während ich versuchte, Erleichterung zu finden. Das Blatt tänzelte über meine unteren Lippen, bis die grüne Oberfläche nass glänzte.

»Gibst du dich geschlagen?«, fragte Loki schließlich.

»Nein«, entgegnete Ragnar. »Nein.« Aber er ließ das Blatt fallen und richtete sich auf.

Nein ... Am liebsten hätte ich aufgeheult.

Ragnar rieb sich mit der Hand übers Gesicht. Als er die Hand sinken ließ, leuchteten seine Augen auf wie Fackeln in der Nacht. Er entfernte sich, baute sich ein Stück abseits auf und verschränkte die kraftvollen Arme vor der Brust. »Aber lass uns mal sehen, ob du es besser kannst.«

Loki bewegte sich an meine Seite. »Rosalind«, flüsterte er. Sein Duft von Wintergrün umwehte mich, kühlte meine Haut und ließ mich seine Wärme begehren. Ich wimmerte. Meine Scham zog sich zusammen, sehnte sich nach Reizen. Meine Zehen hatten sich in den Stiefeln eingerollt.

Er zog meine Röcke runter, dann legte er die Hand auf den Stoff. Seine Finger schmiegten sich an meine darunterliegende Pforte. Die Berührung war gleichzeitig zu viel und doch nicht genug. Seine Finger streichelten mich. Der dicke Stoff dämpfte die Empfindungen zwar, trotzdem reichten sie, um eine neue Welle der Erregung durch meinen Körper zu jagen. Ich stemmte mich auf die Zehenspitzen.

»Das ist nicht fair«, flüsterte ich.

»Ich spiele nicht fair.« Er neigte den Kopf zu mir, bis sein schwarzes Haar den Rand meines Ohres kitzelte.

Dann lehnte er sich zurück und flocht einige Strähnen seines Haares zu einem festen Zopf. Er leckte über das Ende des Zopfs, hob ihn an mein Ohr, strich mit seinem Haar über den empfindsamen Rand und schob den Zopf dann hinein.

Plötzlich spürte ich ein Zucken in meiner Scham. Ich biss die Zähne zusammen und kämpfte dagegen an.

»Nein, wehr dich nicht, kleine Ausreißerin. Lass dich gehen.«

Ich zuckte in meinen Fesseln, als eine unsichtbare

Klammer meine Hüften erfasste. Ein Gefühl wie von Zungen glitt an der Innenseite meines Schenkels hoch, bis sie meine unteren Lippen leckten.

Was für eine Magie ist das? Ich keuchte, zu überwältigt, um zu fragen, was vor sich ging. Lokis rechtes Auge leuchtete grün. Der andere war schwarz wie der Nachthimmel.

Die unsichtbaren Zungen leckten weiter. Einer davon tauchte in mich.

»Oh!«, entfuhr es mir. Meine Finger krallten sich in das Seil, als ich mich daran festklammerte, als ginge es um mein Leben.

»Lauter«, befahl Loki. Die mich leckenden Zungen beschleunigten den Takt.

Mein Höhepunkt bahnte sich an und ließ mich in seinen Klauen erzittern. Ein Schrei entrang sich mir, bevor ich ihn zurückhalten konnte.

Ragnar fluchte.

»Er hat geschummelt«, stieß ich atemlos hervor. Ich zuckte in meinen Fesseln, konnte jedoch dem Kribbeln in meinem Schritt nicht entkommen. Ich verrenkte mich zu Loki herum, der die Lippen zu einem verruchten Grinsen verzogen hatte. »Du hast geschummelt.«

»Er hat dich nicht berührt«, räumte Ragnar zähneknirschend ein. »Ich habe es gesehen.«

Ich schüttelte den Kopf.

»Einen Kuss.« Loki packte mein Kinn und senkte den Mund auf meinen. »Ich fordere meinen Kuss ein.« Seine Zunge stieß in meinen Mund.

Dann wanderten seine Lippen meinen Hals hinab.

Meine Schnüre lockerten sich, und plötzlich hingen mein Kleid und mein Untergewand schlaff von meinen Schultern. Mit einem Ruck entfernte Loki sie von mir. Sie sanken zu einem Haufen vor meine Füße. Nackt hing ich mit den Armen über dem Kopf da. Ein entblößtes Opfer.

»Ja«, sagte Loki mit den Lippen nach wie vor auf meiner Haut, knapp über dem rechten Busen. Mein Nippel kribbelte in der Nachtluft.

»Mein Kuss«, murmelte er an meiner Haut. »Immer noch derselbe.« Seine Lippen lösten sich nie von meiner Haut, während sein Mund tiefer und tiefer wanderte. Seine Zunge erkundete meinen Bauchnabel, und meine Beine spannten sich an.

»Derselbe Kuss.« Er zwängte meine Schenkel auseinander. Mittlerweile keuchte ich und hatte den Kopf so hängen gelassen, dass sich mein Haar über meine Schultern ergoss. Loki stützte eines meiner Beine auf seine Schulter und bewegte den Mund in meinen Schritt. Da warf ich unwillkürlich den Kopf zurück und heulte anschwellend wie eine Wölfin auf.

Loki umklammerte meine Schenkel, hielt den Mund auf meine Scham gedrückt, stieß mit der Zunge in mich und trank meine Säfte wie Met.

Das Gefühl von Zungen auf meiner Haut steigerte sich, und ich schrie meinen Höhepunkt dem Mond entgegen. Die Empfindungen nahmen kein Ende. Meine Höhepunkte rollten wieder und wieder über mich hinweg, bis mir Tränen übers Gesicht liefen. Ich war verloren in einem aufgewühlten Meer, wurde von den Wellen der Lust hin und her geschleudert. Ich verrenkte die Handgelenke in den Fesseln, bis mir Tropfen einer Flüssigkeit aufs Gesicht fielen – ob Schweiß oder Blut, das wusste ich nicht.

»Rosalind, Rosalind«, murmelte Ragnar. Seine großen Hände streichelten meinen nackten Rücken und erdeten mich. »Sachte.« Er stützte mich, schnitt das Seil über meinem

Kopf durch und fing mich auf, bevor ich zu Boden sacken konnte. Behutsam senkte er mich nach unten und bettete mich auf seinen Schoß. Sein Daumen rieb über meine Unterlippe.

Loki löste den Mund nicht von mir. Er sank mit mir zu Boden, bis er ausgestreckt zwischen meinen Beinen lag. Ich hing schlaff in Ragnars Armen.

Erst nach einem letzten, schwachen Höhepunkt richtete sich Loki auf, leckte sich die Lippen und schaute drein wie eine Katze, die sich an Sahne gütlich getan hatte.

»So«, meinte Loki selbstgefällig zu Ragnar. »*Jetzt* ist sie zu müde, um wegzulaufen.« Er wischte sich über den Mund und kostete seine Finger. Mein Körper krampfte sich abermals voll Lust zusammen.

Ich wandte das Gesicht ab. Mein Leib bebte noch unter den Nachwehen. Mein Inneres fühlte sich wund an.

Stirnrunzelnd hockte sich Loki dicht vor mich. Seine Hand schloss sich um mein Fußgelenk.

»Nein!« Ich zuckte in seinem Griff und versuchte, mich freizustrampeln.

»Schhh«, machte er beruhigend. »Ist schon gut. Es ist vorbei.«

»Was ist los?« Ragnar setzte sich aufrechter hin und stützte mich mit einem Arm um meine Vorderseite. »Hast du sie verletzt?«

»Nein. Aber zu viel Vergnügen kann schlimmer sein als zu wenig. Komm.« Loki kniete näher und breitete die Arme aus. »Meine Berührung bringt das in Ordnung. Gib sie mir.«

Ein Knurren grollte tief in Ragnars Brust, aber er überließ mich Loki. Der dunkelhaarige Krieger hob mich hoch und trug mich zum Feuer, wo er mich auf seinen Schoß bettete. Ich drückte die Beine zusammen und wimmerte bei der Erinnerung an die unsichtbaren Zungen an meiner Scham. Was war gerade passiert?

Loki kümmerte sich um mich, bedeckte mich mit seinem Mantel. Sein Duft umhüllte mich, und obwohl ich es eigentlich nicht wollte, schmiegte ich mich näher an seine Brust. »Na, wer sagt's denn. So ist es gut.« Er schmunzelte. »Ein bisschen Essen, ein bisschen Met, und schon geht es ihr wieder gut.«

»Wir haben keinen Met«, merkte Ragnar an.

»Sieh in meinem Beutel nach.« Loki deutete mit dem Kopf in Richtung eines Baums. Ragnar ging hin und fand einen großen Sack, der daran lehnte.

»Vorhin hast du keinen Sack gehabt«, flüsterte ich.

Loki zwinkerte mir zu. Seine Augen hatten wieder ihre normalen zwei Farben. Aber diesmal war das linke Auge grün. Bevor ich mich bremsen konnte, streckte ich die Hand aus und berührte sein Gesicht.

Loki legte mir einen Finger an die Lippen. »Schhh. Hast du den Met gefunden?«, fragte er Ragnar laut.

Ragnar warf den kleinen Trinkschlauch in unsere Richtung. Er landete auf der Erde, aber in Lokis Reichweite.

»Fisch haben wir auch«, fügte Loki hinzu.

»Gefunden«, kam von Ragnar.

Loki neigte mich so zurück, dass ich trinken konnte, während Ragnar brummelnd das Feuer schürte. Das honigartige Gebräu stärkte mich, aber als Ragnar den Fisch fertig gebraten hatte, ließ Loki mich nicht selbst essen. Ich war immer noch nackt, nur von meinem Haar verhüllt.

»Das hast du gut gemacht, Rosalind«, flüsterte Loki.

»Du hast geschummelt«, flüsterte ich zurück. »Ich weiß zwar nicht, wie, aber es stimmt.«

»Pst.« Er schob mir ein Stück gebratenen Fisch zwischen die Lippen. »Iss, Liebes, und komm wieder zu Kräften«, sagte er lauter.

»Du hast also gewonnen.« Ragnar stocherte im Feuer

und starrte mürrisch in die Flammen, als wären sie Lokis Gesicht. »Was jetzt?«

»Wir setzen unser Unterfangen fort.«

»Welches Unterfangen?« Ragnar bemerkte, dass ich zitterte, und zog einen Mantel aus Lokis Bündel. Loki drehte mich so auf seinem Schoß, dass Ragnar mich einwickeln konnte.

Dann schüttelte Loki den Kopf. »Fragst du dich nicht, wie es eine Frau vorbei an Berserker-Wachen geschafft hat? Die Hexen wollten es so, also ist es geschehen.« Er zeigte auf meine Stiefel. »Die Hexen haben ihr die gegeben. Sie haben sie mit einer Aufgabe betraut, aber sie kann nicht darüber sprechen.«

Ragnar sah mich an. »Rosalind?«

Ich leckte mir die Lippen und schüttelte den Kopf.

»Das kannst du nicht beweisen.« Ragnar legte die Stirn in Falten.

»Könnte ich nicht ... wenn ich ein gewöhnlicher Mann wäre«, sagte Loki.

Ragnar schnaubte. »Das schon wieder.«

»Du weißt, dass ich die Wahrheit sage.« Loki hob die rechte Hand und schnippte mit den Fingern. »Wie es der Zufall will, verfüge ich über ein wenig Magie.« Die Luft verdichtete sich. Energie raste knisternd über meine nackten Arme. Der Geruch von Minze umfing mich, durchdringend wie der von Wintergrünbeeren.

Ich wimmerte.

»Ruhig, du wirst nicht verletzt. Empfindlich für Magie, was?« Er rieb meine Arme, und das Gefühl ließ nach. »Ich habe einen Bann geschaffen, der uns vor den Ohren des Totenkönigs abschirmt. Hier kannst du frei sprechen.«

Ich öffnete den Mund und stellte fest, dass ich es wirklich konnte. Der Zauber, der mich davon abgehalten hatte, war verschwunden. »Es ist wahr«, sagte ich zu Ragnar. »Die Hexen haben mir einen Mondsteindolch gegeben. Sie haben gesagt, ich muss den Totenkönig besiegen.«

»Aber wie?«, fragte Ragnar mit rauer Stimme. »Nicht einmal ein Berserker kann gegen den Magier bestehen.«

Er sprach es zwar nicht aus, trotzdem hörte ich es zwischen den Zeilen: *Dieses Unterfangen wird dein Untergang.* Ich ließ den Kopf hängen.

»Nein.« Ragnar kauerte sich vor mich hin und legte mir eine raue Hand auf die Wange. »Ich lasse dich nicht gehen.«

Ich lehnte mich an seine Hand und schloss die Augen. Sein Duft umgab mich.

»Rührend«, sagte Loki. »Aber sie muss gehen. Sie ist unsere einzige Hoffnung.« Er verlagerte mich auf Ragnars Schoß und zog meine Füße auf seinen. Mit den Daumen rieb er herrlich angenehm meine Fußrücken. Meine Lider flatterten.

»Was soll ich tun? Ich muss diese Aufgabe erfüllen. Du verstehst das nicht ...«

»Versuch, es zu erklären.« Loki rieb mir die Fersen.

Ich zwang mich dazu, deutlich zu sprechen. »Ich muss sühnen. Es ist meine Schuld, dass der Totenkönig beinah in den Besitz des Mondsteins gekommen wäre.«

»Aber du wolltest ihn mitten hinein ins Gebiet seiner Macht tragen«, sagte Ragnar und zupfte an seinem Bart.

»In meinen Händen ist er eine Waffe gegen ihn ...«

Ragnar ließ die Hand niedersausen und auf den Boden klatschen. »Und weißt du auch, wie man ihn benutzt?«

Ich vergrub das Gesicht in den Händen.

»Genug«, ging Loki dazwischen. »Sie ist müde. Wir sind hier in Sicherheit. Sie kann sich ausruhen, und wir halten Wache.«

Gemeinsam legten die Krieger mich zwischen sich. Ragnar ergriff meine Handgelenke und fesselte sie vor mir.

»Sie ist zu müde zum Weglaufen«, beschwerte sich Loki. Ragnars Antwort hörte ich nicht mehr, weil mich bereits der Schlaf überkam.

6

Rosalind

Als ich erwachte, kämpften sich bereits die Strahlen der Sonne durch das Blätterdach der Bäume.

Als ich mich hochstemmte, fühlte ich mich steif. Ragnar hockte sich neben mich und entfernte die Fesseln von meinen Handgelenken.

Ich fand die Sprache wieder. »Du hast mich schlafen lassen.«

Um seine Augen erschienen Fältchen, als er mein Haar anfasste. »Du hast es gebraucht.«

Ich leckte mir die Lippen und genoss seine Berührung. Wir mochten nunmehr Verbündete sein, trotzdem blieb Ragnar gefährlich. Und eine Ablenkung von meiner Aufgabe konnte verheerend sein.

»Wo ist Loki?«

Die Herzlichkeit in Ragnars Gesicht verblasste. »Zum

Kundschaften vorausgegangen.« Er griff hinter sich und hob ein dunkles Stoffbündel auf. Als er es aufschüttelte, schnappte ich nach Luft. Das Bündel entfaltete sich gleich einem prunkvollen Wasserfall aus schimmerndem Purpur, so dunkel, dass es beinah schwarz wirkte. Es handelte sich um ein Kleid, wie ich es noch nie gesehen hatte. Ein Kleid für eine Königin.

»Loki hat das für dich hiergelassen.« Ragnar drückte es mir in die Hand, als widerstrebte es ihm.

Ich berührte den glänzenden Brokat. »Das ist aus Magie entstanden.«

Er brummte.

»Ragnar, wer ist Loki? Kennst du ihn?«

»Das dachte ich zumindest. Ich erinnere mich an ihn als Krieger. Aber er behauptet, ein Gott zu sein.«

Lokis perfektes Gesicht blitzte vor meinem geistigen Auge auf. »Könnte es wahr sein?«

»Wenn ja, dann lass uns hoffen, dass er wirklich auf unserer Seite ist.« Als er sich erheben wollte, hielt ich ihn mit einer Hand auf dem Arm zurück.

»Vertraust du ihm?«

»Kein bisschen«, antwortete Ragnar und seufzte. »Rosalind ...« Er ergriff meine Hände und strich mit den Daumen über die Spuren der Fesseln an meinen Handgelenken. »Wenn stimmt, was ihr beide sagt – dass die Hexen dich für diese Aufgabe auserwählt haben –, dann war es falsch von mir zu versuchen, dich zurückzubringen.«

»Ist schon gut. Das verstehe ich.« Indem ich den Kopf neigte, hoffte ich, die Röte zu verbergen, die seine Berührung in meine Wangen zauberte.

Seine Augen blitzten golden. »Was ich nicht begreifen kann, ist, warum sie ausgerechnet dich damit beauftragen, dich dem Monster zu stellen. Du bist so jung und unerprobt.«

Ich entzog ihm die Hände und vergrub sie in den Falten meines neuen Kleids. Darüber wollte ich nicht reden. Kurz wünschte ich mir, ich wäre wieder mit dem Bann belegt. »Das habe ich dir schon gesagt. Ich habe das Zeichen des Totenkönigs an mir.« Meine Finger zuckten, weil sie über meine Stirn reiben wollten. Nur würde es nicht helfen. Das Mal ließ sich nicht abwischen. Das hatte ich schon auf dem Berserkerberg mit allen möglichen Seifen und mit heftigem Schrubben versucht. Den gesamten Winter über. Und das Geflüster des Totenkönigs hatte sich in meinen Schlaf geschlichen. So schlimm, dass es eine Frau um den Verstand bringen konnte. Kein Wunder, dass ich der Aufgabe zugestimmt hatte. Das stellte die einzige Möglichkeit dar, meinen Geist zu befreien.

Ein tiefes Knurren brach aus Ragnars Brust hervor und erschreckte uns beide. »Gibt es gar keine Möglichkeit, das Mal zu entfernen?«. Seine Stimme ertönte im kehligen Ton der Bestie.

»Die Hexen haben gesagt, sie würden mir Helfer schicken, die mir beistehen.« Ich zog die Knie unters Kinn an. Sollte ich ihm den nächsten Teil erzählen? »Du hast mich damals auf die Stirn geküsst, als wir von der Armee bedrängt wurden, und da wurde in meinem Kopf alles klar.«

Ragnar schwieg, aber sein gesamter Körper spannte sich wie der eines angriffsbereiten Raubtiers an. Ich legte ihm eine Hand auf den straffen Unterarm und strich mit dem Daumen über die Adern zwischen den harten Muskeln. »Der Totenkönig ist seit Langem mit meinem Geist verbunden. Aber ich glaube, dein Kuss ... hat etwas bewirkt.« So, nun hatte ich es ausgesprochen. Damit wusste Ragnar alles über mich.

Er ließ den Kopf so weit sinken, dass seine Zöpfe die meinen streiften. »Glaubst du, dass es daran gelegen hat?«, fragte er sanft. Er legte die Arme um mich und zog mich an ihn.

»Ich weiß es nicht.« Ich lehnte mich an ihn. »Jedenfalls ist etwas passiert. Es ... hat geholfen.«

»Vielleicht sollten wir es wiederholen.« Sein Atem kitzelte mein Ohr. Er senkte den Kopf tiefer, um sich an meine Wange zu schmiegen. »Nur sicherheitshalber.«

»Ragnar ...« Jeglicher Einwand, den ich erheben wollte, erstarb mir auf den Lippen. Ich schloss die Augen, neigte das Gesicht zu seinem und bot ihm meinen Mund an.

Diesmal küsste er mich zärtlich. Seine Lippen bewegten sich verspielt über meine, streiften sie, neckten sie. Verführerisch. Raue Finger ergriffen mein Kinn und hielten mich für einen noch innigeren Kuss fest. Seine Zunge schob sich in meinen Mund. Aus dem zurückhaltenden Abtasten wurde ein forsches Erobern.

Durch meinen Körper flutete Wärme, als hätte ich feinen Met getrunken und als strömte köchelnder Honig durch meine Adern. Ich drehte mich in Ragnars Umarmung seinem Gesicht zu. Das Kleid rutschte mir vom Schoß. Es war mir egal. Mein Körper bebte, meine nackte Haut wollte sich an seine pressen.

Ein Stück entfernt räusperte sich jemand. Ich war zu tief versunken, um mich darum zu scheren.

»So sehr mir das gefällt«, durchbrach Lokis spöttische Stimme meinen Taumel, »es ist an der Zeit, aufzubrechen.«

Ein Schatten fiel über uns. Loki stand über uns, die Arme vor der Brust verschränkt, im schmalen Gesicht ein abwägender Ausdruck. Ich zuckte in Ragnars Armen zusammen, aber er ließ mich nicht los.

»Du störst«, grummelte Ragnar und schmiegte sich

weiter an meinen Hals. Ich schnappte mir das violette Kleid vom Boden und benutzte es, um meine nackte Gestalt zu bedecken.

Loki grinste mich an. »Geht nicht anders. Der Weg ist frei. Wir müssen los. Es kommen noch mehr Untote.«

Ragnar gab mich frei, und ich rappelte mich auf die Beine. »Gib mir einen Augenblick zum Anziehen.«

Als die Sonne aufging, marschierten wir los, drangen tiefer ins Gebiet des Totenkönigs vor.

Loki ging voraus. Seine schwarz gekleidete Gestalt bahnte sich vor mir einen Weg zwischen den Bäumen hindurch. Ragnar blieb an meiner Seite, ein wandelnder Fels, der mir den Rücken deckte. Seine Gegenwart beruhigte mich wie zuvor, als wir uns unter den *Draugr* befunden hatten und der Totenkönig sich meines Geists bemächtigen wollte.

Ich tupfte mir die Stirn. Meine Stiefel und mein Kleid fühlten sich zu schwer für die Hitze an. Mein Haar war ein heilloses Durcheinander, schweißgetränkt und schmutzig von den Nächten, die ich auf dem Boden geschlafen hatte. Früher war ich eine so eitle junge Frau, mittlerweile jedoch war ich bereit zu tun, was immer nötig war, um meine Aufgabe zu erfüllen.

»Vor uns ist alles klar«, verkündete Loki vergnügt, als er zu uns zurückkam. Er reihte sich rechts neben mir ein. Sein gepflegtes dunkles Haar glänzte wie ein Rabenflügel, seine schwarze Kleidung war tadellos. Ich beneidete und hasste ihn zugleich. Vielleicht lag es an seiner edlen, so gutsitzenden Kleidung, vielleicht an seinen verschiedenfarbigen Augen, jedenfalls beunruhigte mich irgendetwas an Loki. Er hatte etwas Übernatürliches an sich, als wäre er wirklich ein magisches Wesen, das die Hexen heraufbeschworen hatten, um mir zu helfen. Ein magisches Wesen, das zufällig die Gestalt eines Mannes hatte.

Obendrein eines wunderschönen. Ich hatte noch nie zuvor ein so vollkommen geformtes Gesicht gesehen. Ragnar war auf kantige Weise gutaussehend, hatte herbe Züge und eine einst gebrochene Nase. Er sah genau wie das aus, was er war – ein Krieger, ein Plünderer, gesandt, um sich den Weg über die Erde zu morden und zu brandschatzen. Loki erinnerte eher an einen Prinzen oder einen stolzen Vertreter der Rasse der Elfen, nur zu Besuch im Reich der Menschen. Sein Gang wirkte so geschmeidig, als würde ihm die Luft um ihn herum den Weg ebnen. Ich ertappte mich dabei, dicht neben ihm zu gehen, als wäre er ein Magnet und ich ein Nagel. Seine langen, eleganten Finger zogen immer wieder meinen Blick auf sich und riefen die Erinnerung an den Zauber wach, den sie an mir gewirkt hatten. Obwohl ich wusste, dass es nicht gut für mich wäre, Lust auf einen solchen Mann zu empfinden.

Mein dummer Körper achtete nicht auf die Warnung meines Verstands. Während ich zwischen den beiden wanderte, kribbelte meine Haut. Hatten sie mich wirklich erst vergangene Nacht gefesselt und untereinander einen Wettbewerb darüber veranstaltetet, wer mich als Erster zum Höhepunkt bringen könnte?

Ich blieb mit einem Stiefel an einem Stein hängen und stolperte.

»Vorsicht«, sagte Loki und streckte eine Hand aus, doch da hatte Ragnar mich bereits am Ellbogen gestützt. Ich erlangte das Gleichgewicht wieder, aber Ragnar ließ mich nicht los.

»Wir müssen uns ausruhen«, brummte der blonde Krieger.

»Nein«, entgegnete ich. »Es geht mir gut.« Ich strich mir

eine verschwitzte Strähne hinters Ohr. »Wir müssen in Bewegung bleiben.«

»So versessen darauf, ins Verderben zu eilen.« Lokis Stimme klang spöttisch, aber aus seinen Augen sprach etwas Wissendes. Ich schüttelte den Kopf in seine Richtung, als Ragnar nicht zu mir schaute.

»Warum sagst du das?«, verlangte Ragnar zu erfahren. Mittlerweile ruhte seine Hand auf meiner Schulter und drückte mich an seine Seite.

Loki zuckte mit den Schultern. »Dieses Unterfangen kommt Wahnsinn gleich. Niemand weiß das besser als Rosalind. Aber ich bin hier, um zu helfen, so gut ich kann.« Er verbeugte sich.

»Wahnsinniger«, murmelte Ragnar und drehte mich zu sich. »Rosalind, wir müssen nicht weitergehen.«

»Doch«, gab ich zurück. »Ich schon.«

Nach einer kurzen Pause nickte Ragnar, als wäre es seine Entscheidung, nicht meine. Seine Fürsorglichkeit verärgerte und erregte mich zugleich.

So widersprüchlich war ich. Von allen Männern auf der Welt begehrte ich einen, mit dem ich ständig zankte, und einen, der seltsame Magie beherrschte und sich für einen Gott hielt. Beide auf ihre Weise gefährliche Ungeheuer.

Je weiter wir in den Wald vordrangen, desto drückender wurde die Luftfeuchtigkeit. Und die Stille.

»Seltsam«, sagte ich, hauptsächlich, um das Schweigen zu brechen.

»Was ist seltsam?«, fragte Loki. Ragnar hielt einen Ast zur Seite, damit ich mich daran vorbeischieben konnte.

»Ich habe nachgedacht«, erwiderte ich. »Als Kind im Waisenhaus hat man mir eingebläut, nie in den Wald zu gehen. Die Nonnen haben uns mit Geschichten über

Bestien und furchterregende Wesen verängstigt, die uns entführen würden.«

»Wie recht sie doch hatten«, meinte Loki und schaute mit hochgezogener Braue in Ragnars Richtung.

Ich schüttelte den Kopf. »Dann wurde ich älter und musste feststellen, dass die wahren Bestien nicht die Tiere im Wald sind, sondern die Menschen. Eigentlich ein Wunder, dass ich mich nicht schon früher in den Wald gewagt habe.« Das wäre besser als mein Leben im Kloster gewesen. Vielleicht hätte ich fliehen können, bevor ich gebrochen wurde.

»Du hast nichts zu befürchten«, verkündete Ragnar nach einer Pause. »Wir beschützen dich.«

»Rosalind spricht von Schrecken, die sie vor langer Zeit erlitten hat«, klärte Loki ihn auf. Mir gefiel nicht, wie er meine Gedanken zu lesen schien.

Mit zusammengekniffenen Augen sah ich ihn an. »Vielleicht solltest du wieder vorauskundschaften.«

»Vielleicht.« In seinen Augen schimmerte Belustigung. Er verhöhnte mich.

»Wechseln wir uns ab?«, schlug er Ragnar vor. »Du bleibst bei ihr, ich kundschafte. Danach umkehrt. Ich mache den Anfang.« Loki marschierte voraus, bevor Ragnar widersprechen oder zustimmen konnte.

Ragnar verzog das Gesicht und schüttelte den Kopf. »Ich vertraue ihm nicht.«

»Gib Bescheid, wenn er wieder versucht, dich zu küssen. Dann beschütze ich dich.« Ich tätschelte seinen Arm.

Schweigend wanderten wir weiter. Ragnar wich nicht von meiner Seite. Seine großen Hände umklammerten den Griff seiner Axt, sein Kopf schwenkte ständig auf der Suche nach Gefahren hin und her. Gelegentlich schnupperte er den Wind. Er würde die Armeen des Totenkönigs wittern, noch bevor wir sie sehen könnten.

Mein Fuß verfing sich an einer Baumwurzel. Ragnar fing mich am Ellbogen ab und stützte mich, bevor ich stolperte. »Wie geht es deinem Fußgelenk?«

»Gut.« Ich nickte ihm zu.

Er rieb sich mit der Hand übers Gesicht und streckte dann einen Arm aus, zeigte mir an, ich sollte vorausgehen. Ich spürte die Hitze seines Blicks im Rücken. Könnte ich in seinen Geist blicken, würde ich seinen einzigen Wunsch darin sehen: mich in Sicherheit zu bringen. Ich bahnte mir einen Weg durch das dichte Gewirr von Ästen. Dabei wartete ich nur darauf, dass seine aufgestaute Frustration aus ihm hervorbrach und seine Fragen einsetzten.

Was sie letztlich taten. »Rosalind, warum haben die Hexen dich ausgewählt?«

»Ich weiß es nicht«, behauptete ich, wenngleich ich es sehr wohl wusste. Ich hasste es, über meine geheime Schande zu sprechen, meine Hingezogenheit zum Totenkönig. Von dem Zeichen, das ich trug, hatte ich Ragnar bereits erzählt. Musste ich es wirklich erneut tun?

»Und wie sieht der Plan aus? Wie sollst du dieses Unterfangen beenden?«

Ich verzog das Gesicht zu einer Grimasse und spähte zu Loki. *Hilf mir.*

»Die Hexen haben sie davor gewarnt, über den Plan zu sprechen«, sagte Loki zu Ragnar. »Sie fürchten, das könnte die Aufmerksamkeit des Magiers erregen. Sie haben ihr einen Bann auferlegt, der sie daran hindert, darüber zu reden. Aber hier sind wir in Sicherheit. Versuch es, Rosalind.«

Ich öffnete den Mund und rechnete damit, dass der Zauber der Hexe meine Antwort verhindern würde, doch nichts geschah. Ich konnte es ihm also sagen. »Es gibt eine Waffe – den Dolch. Ich soll ihn gegen ihn einsetzen. Der Mondstein ist seine Schwäche. Durch ihn können die Hexen ihn vernichten. Meine Rolle dabei ist gering. Aber ich bin die beste Aussicht der Hexe darauf, nah an ihn heranzugelangen.«

»Weil du sein Zeichen trägst«, murmelte Ragnar, und ich nickte bestätigend. Meine Wangen loderten dabei. Ich schämte mich. Von allen *Holzmouwas* war ich die einzige, die der Totenkönig gezeichnet hatte. Es musste meine Schuld gewesen sein. Irgendwie hatte ich ihn ungewollt angelockt. Und dann war ich zu schwach gewesen, ihm zu widerstehen. Den gesamten Winter hatte ich mit diesen Schuldgefühlen gelebt.

Vielleicht wäre es sogar gut, wenn ich dieses Unterfangen nicht überlebte.

»Wenn du ihn angegriffen hast, was dann?«, fragte Ragnar, als könne er den roten Faden meiner Gedanken spüren.

Ich zuckte mit den Schultern.

Ein Knurren ging durch seinen Körper. Er packte mich am Arm und zwang mich, anzuhalten. »Dann zeig es mir«, verlangte er. »Zeig mir, wie du die Waffe benutzen willst.«

Ich fasste mir vorn ans Kleid und drückte mir den Dolch an die Brust. »Was?«

»Lass uns üben.« Ragnar gestikulierte ungeduldig. Ich drehte mich halb von ihm weg, um den Dolch aus seinem Versteck zwischen meinen Brüsten zu ziehen. Ein milchigblaues Licht schien mir ins Gesicht.

»Nein«, entschied er, bevor ich mir den Lederriemen über den Kopf heben konnte. »Lass ihn besser versteckt.«

Der Aufforderung kam ich nur allzu gern nach und verbarg den Dolch wieder.

»Hier.« Er reichte mir stattdessen einen seiner Dolche. »Üben wir. Das ist der Totenkönig.« Er zeigte auf einen Baum. »Lass mich sehen, wie du ihn hältst.«

Ich zeigte es ihm. Er passte die Haltung meiner Finger so an, dass der Griff leichter in meiner Handfläche lag. »Ja.« Seine große Hand schloss sich über meine.

»Jetzt stoß zu. Mit Unterhandgriff. So.« Er zog meinen gesamten Arm mit einer geschmeidigen, plötzlichen Bewegung nach vorn. Ich schloss die Augen und versuchte, mir vorzustellen, wie die Klinge zwischen die Rippen eines Mannes fuhr.

»Noch mal.« Er wiederholte die Bewegung mehrmals mit mir, bis ich schneller wurde. »Und jetzt ...« Er drehte mich dem Baum zu. Seine Hände auf meinen Schultern beruhigten mich. »Treib die Klinge in den Stamm.«

Ich versuchte es, aber meine unsichere Bewegung bohrte die Spitze der Klinge kaum in die Rinde.

»Tiefer«, wies Ragnar mich an. »Du musst dein gesamtes Gewicht hineinlegen.« Er ließ mich den Dolch so in Hüfthöhe halten, dass ich den Arm vorschnellen und den Körper mitschwingen lassen konnte. Mein erster Versuch sprengte ein Stück Rinde vom Stamm. Der Berserker half mir, den Dolch herauszulösen und es mit seinem großen Körper hinter meinem Rücken erneut zu versuchen. Zusammen übten wir einen flüssigeren Ablauf.

»So ist es richtig«, murmelte er mir ins Ohr. »Versuch es noch mal.«

Ich stieß den Dolch vorwärts und setzte dabei den Schwung meiner Hüften ein.

»Gut«, lobte Ragnar. Sein Körper lehnte sich an meinen. Als ich den Dolch aus dem Baum riss, prallte ich gegen seine harte Brust. Seine Hände senkten sich auf meine Hüften und hielten mich dicht an ihm. Eine Waffe stieß gegen meinen Hintern – nicht seine Axt oder sein Dolch, sondern seine Mannespracht.

»Ist das ein Spiel für zwei?«, ertönte Lokis belustigte Stimme hinter uns. »Oder kann ich übernehmen?« Der dunkelhaarige Krieger schlenderte in Sicht.

»Geh weg«, forderte Ragnar ihn auf.

Loki schenkte seinen Worten keine Beachtung und lehnte sich gegen den Baum, den wir angriffen. »Was hat euch der Baum getan, dass ihr ihn abstechen wollt?«

»Meldest du dich freiwillig dafür, seinen Platz einzunehmen?« Ragnar drehte mich Loki zu. »Halt still. Es ist für einen guten Zweck.«

»Ragnar«, protestierte ich.

»Oh nein.« Loki trat vor, zog den Kragen seines Wamses weit hinunter und entblößte die glatte Haut über seinem Herzen. »Nur zu, liebe Rosalind.«

»Es ist sinnlos.« Ich ließ den Arm sinken und den Dolch zu Boden zeigen. »Ich kann das Herz des Totenkönigs nicht treffen.«

»Da wäre ich mir nicht so sicher.« Loki kam näher und ergriff meinen Arm. »Der Mondstein hat seinen eigenen Willen.« Er zog meinen Arm nach vorn, bis der Dolch seine Brust berührte. Mein Blick begegnete seinem, und meine Eingeweide krampften sich zusammen. Einen Moment lang vermeinte ich, seinen Herzschlag zu hören und meinen daran anzupassen.

»Fühlst du es, liebe Rosalind?«, murmelte Loki.

»Genug.« Ragnar zog mich zurück, und der Bann war gebrochen.

Ich schüttelte den Kopf, um ihn freizubekommen. Ragnar starrte Loki finster an. Die beiden Krieger konnten sich jeden Augenblick gegenseitig mit Waffen an die Kehle gehen.

»Marschieren wir weiter.« Ich räusperte mich.

»Was für eine bezaubernde Idee«, meinte Loki. »Bruder, du bist mit Kundschaften an der Reihe.«

»Ich bin nicht dein Bruder«, brummte Ragnar.

»Keine Sorge«, säuselte Loki »Ich kümmere mich gut um Rosalind.« Bei seinem Blick biss ich mir unwillkürlich auf die Unterlippe. War es klug, mit ihm allein zu sein? Irgendetwas an dem seltsamen Krieger zog mich geradezu magisch an. Was mein Misstrauen schürte. Ich hatte bereits eine Verbindung mit einem Magier. Eine weitere konnte ich nicht gebrauchen.

Ragnar richtete sich auf, umklammerte seine Axt und sah Loki an, als bräuchte er keinen Grund, um ihm den dunkel behaarten Kopf vom Rumpf zu hacken.

»Geh«, sagte ich zu Ragnar. »Mir passiert nichts.«

Mit tief gerunzelter Stirn stapfte der blonde Berserker in den Wald davon. Loki rieb sich die Hände. »Da er jetzt weg ist, wollen wir eine eigene Übungsrunde abhalten?«

»Sollten wir nicht weitergehen?« Ich hob die Röcke und marschierte los, folgte Ragnars Richtung.

Loki schlenderte hinter mir her. Ich spürte seinen Blick im Rücken.

»Kommst du?«, fragte ich barsch.

Er legte den Kopf schief. »Ich bevorzuge die Aussicht von hier.«

»Oh, du Törichter.« Ich marschierte zurück und packte ihn am Arm.

»Also, das gefällt mir.« Er legte die Hand auf meine, als wären wir Liebende, die zu einem Stelldichein schlenderten. Ich verbarg die Erregung, die seine Berührung in mir auslöste. »Ein schöner Tag für einen Spaziergang durch den Wald.«

»Bis wir auf die *Draugr* treffen«, entgegnete ich.

»Die werden wir wohl nicht so bald wiedersehen.«

»Weil wir sie überholt haben?«

Loki zuckte mit den Schultern. »Oder der Totenkönig spürt, dass du kommst, und will dich näher heranlassen. Seine Diener schickt er nur, wenn du umkehrst und in die andere Richtung fliehst.«

»Woher weißt du das?«

Er verzog die Lippen zu einem freudlosen Lächeln. »Ich weiß Dinge einfach.«

Ich ließ seinen Arm los und brachte etwas Abstand zwischen uns. »Ragnar sagt, du hältst dich für einen Gott.«

Er breitete die Hände weit aus. »Bin ich denn nicht gottgleich?«

Ich rieb mir die Stirn. »Du bringst mich dazu, dich mit Dingen bewerfen zu wollen.«

»Das sagt Freya auch.« Er verbeugte sich und streckte die Hand aus. »Vor allem, wenn ich das mache.« Der Mondstein leuchtete auf seiner Handfläche.

Ich umklammerte die Lederschlaufe um meinen Hals. Der Dolch hing noch daran, aber der Mondstein fehlte. »Loki!«

»Beruhig dich.« Der Mondstein tänzelte wie beim letzten Mal über seine Finger, verschwand hinter einem Knöchel und tauchte am nächsten wieder auf.

Unwillkürlich trat ich einen Schritt vor. Der Anblick zog mich in seinen Bann. Nachdem ich eine Weile zugesehen hatte, murmelte ich: »Du musst ihn mir zurückgeben.«

»Hm, vielleicht mache ich das. Vielleicht auch nicht.«

Ich seufzte. »Was willst du dafür?«

»Wie gut du mich schon kennst. Ja, lass uns verhandeln.« Loki warf den Mondstein in die Luft und fing ihn auf, dann zeigte er mir seine leere Handfläche. Er hatte den Stein verschwinden lassen.

Ich schluckte einen frustrierten Aufschrei hinunter.

»Erklär mir etwas, Rosalind.« Lokis verhaltenes Grinsen schien mich zu verhöhnen. »Du bist jung, besitzt keine besonderen Fähigkeiten und keine Magie. Dennoch haben die Hexen ausgerechnet dich für diese Aufgabe auserwählt.«

»Ja. Ich weiß.« Meine Stimme klang barsch. Worauf wollte er damit hinaus?

Er legte den Kopf schief, nicht wirklich höhnisch, eher neugierig. »Warum machst du das?«

»Warum machst du es?«, feuerte ich zurück.

Er zuckte mit den Schultern. »Sobald ich diese Gefälligkeit erledigt habe, ersuchen die Hexen Odin, mir meine Kräfte zurückzugeben. Du bist dran. Und keine Lügen.«

Ich schluckte. »Für meine Schwester. Damit sie ein gutes Leben führen kann.«

Loki trat näher. Schatten fielen über seine hohen Wangenknochen. Seine gesamte Aufmerksamkeit galt mir, und ich hatte das Gefühl, dass er mir bis auf die Knochen sehen konnte. »Was ist mit dir?« Er strich mir eine schweiß-getränkte Strähne hinters Ohr. »Wünschst du dir kein gutes Leben?«

»Für mich ist es zu spät. Aber nicht für sie.«

»Hm.« Loki tippte sich mit den langen, eleganten Fingern an den Mund, während er mich betrachtete. »Ich verstehe einfach nicht, was du dabei gewinnen kannst. Du weißt so gut wie ich, dass du nicht ...«

Ich fiel ihm ins Wort, bevor er weitersprechen konnte. »Hast du je etwas für jemand anderen als dich selbst getan?«

Er schürzte die Lippen, als würde er gründlich nachden-ken. »Nein.«

Ich schnaubte höhnisch. »Wenigstens bist du ehrlich.«

»Ich will kein Held sein. Ich begnüge mich damit, kein Schurke zu sein.« Er öffnete die Faust, und der Mondstein lag wieder auf seiner Handfläche. Vor meinen Augen fädelte er ihn wieder geschickt durch die Finger.

Als ich ihn mir schnappen wollte, streckte er die Hand hoch in die Luft.

Die Verärgerung, die in meiner Brust brodelte, quoll über. »Ist das für dich nur ein Spiel? Denn für mich ist es das nicht.«

Er hob die andere Hand. »Zum ersten Mal in meinem langen Dasein bin ich sterblich. Ich bin es gewohnt, mir die Zeit mit Spielen und Streichen zu vertreiben. Aber im Augenblick ist das Leben kein Spiel. Entschuldige, dass ich mich daran erst gewöhnen muss.«

»Dann wirst du dich schneller daran gewöhnen müssen«, herrschte ich ihn an. »Für mich geht es bei diesem Unterfangen um Leben oder Tod. Wenn du zu selbstsüchtig bist, um das zu begreifen, dann geh. Deine Hilfe ist nicht erwünscht.«

Damit wirbelte ich herum und marschierte zwischen den Bäumen hindurch davon.

»Rosalind«, rief Loki. Als ich mich nicht umdrehte, eilte er hinter mir her. Ich huschte davon, zwängte mich durch eine Gruppe hochaufragender Kiefern. Die nadeligen Äste peitschten mir ins Gesicht. Es war mir egal.

»Bei Odins Bart, Rosalind, bleib stehen.«

Dank seiner langen Beine holte Loki mich mühelos ein. Er zog mich aus dem Gewirr der Äste. Ich hielt mit erstarrter Miene und schmerzendem Gesicht still, während er mir Kiefernnadeln aus dem Haar zog.

»Kleine Ausreißerin, es tut mir leid.«

»Du sollst mir helfen.«

»Ja. Hier.« Er ergriff meine Hand und legte mir den Mondstein hinein.

»So ist er nutzlos. Es muss am Dolch angebracht sein ...«

»Nein. Hab einen Augenblick Geduld mit mir.« Er hob meine Hand. »Kannst du ihn so durch die Finger gleiten lassen wie ich?«

Ich schloss die Faust um den Edelstein und drückte ihn mir an die Brust. »Warum?« Naserümpfend sah ich ihn an.

»Ich möchte etwas ausprobieren. Versuch es einfach, Rosalind. Für mich.«

Mürrisch streckte ich die Hand aus. Meine Finger und mein Daumen bewegten sich wie aus eigenem Antrieb und rollten den Mondstein über meine Knöchel.

Loki wippte auf die Fersen zurück und schaute selbstgefällig drein. »Wie ich es mir dachte.«

»Was?«, bohrte ich nach.

»Du besitzt eine ... Neigung.«

»Eine Neigung«, wiederholte ich mit tonloser Stimme.

»Magie, Rosalind. Du besitzt Magie.«

Als ich verächtlich schnaubte, hob er die Hand.

»Deine Macht ist ungeschult, unerprobt. Die Hexen hatten keine Zeit, dich zu unterrichten. Keine Sorge. Wenn die Zeit reif ist, wirst du wissen, was zu tun ist.«

Ich nahm den Mondstein wieder in die Hand. Bildete ich mir das ein, oder pulsierte der Edelstein vor schwacher magischer Energie? »Das verstehe ich nicht.«

»Zeig mir den Trick noch einmal.« Er wartete geduldig, während ich ihn musterte.

Diesmal überlegte ich zu viel. Es misslang mir mehrmals, dennoch bewegte ich den Stein das eine oder andere Mal richtig über die Knöchel.

»Du bist ein Naturtalent«, murmelte Loki an meiner Schulter. Er stand mit über mich gebeugtem Kopf da, so nah, dass meine Haut kribbelte.

Ich zog mich von ihm zurück, ging zu einem umgestürzten Baumstamm und setzte mich darauf. »Der Stein sollte am Dolch sein.« Ich zog die Waffe heraus, setzte den Mondstein in den Griff und brachte die Silberdrähte so an, dass sie den Stein an seinem Platz hielten.

Obwohl ich mich bei Loki nicht erkundigte, wie er ihn in seiner Hand hatte erscheinen lassen, las er meinen fragenden Blick.

»Er hat seinen eigenen Willen.« Loki zuckte mit den Schultern, was keine richtige Antwort war. »Wie seine Besitzerin.«

»Er gehört mir nicht. Die Hexen haben ihn mir gegeben.« Ich biss mir auf die Unterlippe, scheute mich, mehr zu fragen. »Du hast gesagt, ich hätte eine Neigung ... Was genau hast du damit gemeint?«

Er zuckte mit den Schultern. »Ich bin mir nicht sicher, aber es scheint so zu sein, dass du dich schnell auf die Magie um dich herum einstellst. Und sie aufsaugst. Eine interessante Fähigkeit, die bei diesem Unterfangen nützlich sein könnte ... Aber warum schaust du denn so drein? Rosalind, was ist los?«

Verzweiflung war in mir aufgestiegen und schnürte mir die Kehle zu. »Du hattest recht. Es war dumm von den Hexen, mich für diese Aufgabe auszuwählen.«

Mit nüchterner Miene setzte er sich neben mich auf den Baumstamm. »Warum sagst du das?«

»Der Totenkönig weiß, dass ich empfänglich für Magie bin. Er benutzt mich wie eine Spielfigur.« Ich rieb mir die Augen. »Meine Neigung ist keine Fähigkeit, sondern eine Schwäche. Ich bin keine Verbündete. Ich gehöre zum Feind. Wenn ich die Hoffnung der Welt auf Rettung sein soll, dann fürchte ich, das Unterfangen hat geendet, noch bevor es richtig begonnen hat. Mit mir sind alle dem Untergang geweiht.«

Loki zog mich auf seinen Schoß, bevor ich mich dagegen

wehren konnte. »Rosalind«, sagte er sanft. »Es heißt, der Totenkönig kann in Köpfe eindringen und Verzweiflung auslösen. Er kann Menschen dazu bringen, ihn zu fürchten, und sie so in den Wahnsinn treiben. So schart er seine Armeen von Untoten. Aber er kann auch Lebende beeinflussen.« Er fädelte eine Hand in mein Haar. »Du leidest schon seit geraumer Zeit unter dieser Melancholie. Schon bevor der Totenkönig dich heimgesucht hat.«

Eine unsichtbare Faust schien sich um meine Kehle zu legen und zuzudrücken. Trotzdem brachte ich die Antwort heraus. »Ja.«

Ein langsames Nicken. Der Ausdruck in Lokis Augen wurde beinah zärtlich. »Wie lange schon?«

»Seit ich im Waisenhaus zurückgelassen wurde.« Ich presste die Lippen zusammen, denn ich wollte nicht mehr darüber reden. Ich stemmte mich von seinem Schoß hoch und strich mein Kleid glatt. Als ich fertig war, hatte Loki seine Maske wieder aufgesetzt. Ein schiefes Lächeln prangte in seinem unnatürlich schönen Gesicht.

»Eine Waise, die das Schicksal der Welt in den Händen hält. Das wird eine wunderbare Geschichte.«

»Wirst du sie erzählen?«, fragte ich mit forscher Stimme.

»Das werde ich. Wenn ich weiterlebe.« Er stand auf und rieb sich die Hand an der Hose. »Also, denk an den Trick. Das ist eine bessere Fähigkeit als der Umgang mit einem Dolch.«

»Trick?« Natürlich musste er das sagen.

Loki zeigte vorn auf mein Kleid, wo sich der Mondstein unter den Stoffschichten und der Lederscheide des Dolchs verbarg. »Dieser Stein ist unsere Rettung. Nicht der Dolch. Mit dem Stein besiegst du den Totenkönig.« Er bemerkte meinen Gesichtsausdruck und berührte mich an der Wange. »Kopf hoch. Er wird dich nicht verdächtigen.«

»Ich fürchte, ich bin zum Scheitern verurteilt«, flüsterte ich.

Sein Daumen streichelte meine Kieferpartie. »Sag das nicht. Wenn du stirbst, sterbe ich mit dir.«

Ich drückte gegen seine Hand. »Wenn ich versage, sterben wir alle.«

»Dann werde ich all meine Tricks einsetzen, um dir zum Erfolg zu verhelfen.« Er drehte sich mir zu und nahm mein Gesicht in die Hände. Ich schaute hoch zu ihm auf – er war größer als Ragnar, größer als jeder Mann, dem ich je begegnet war. Und so wunderschön.

»Ich unterrichte dich.« Er starrte auf meinen Mund. Meine Lippen prickelten vor Bereitschaft. »Du hast viele Waffen, Rosalind, nicht nur den Dolch.« Sein Gesicht befand sich so nah, dass sich unser Atem vermischte. »Blende deinen Feind.« Sein grünes Auge funkelte.

Ein Anflug von Erregung trieb mich auf die Zehenspitzen. Ich presste die Lippen auf seine. Energie knisterte zwischen uns wie ein Blitz. Meine Haut kribbelte.

Ich packte ihn vorn am Wams und zog ihn näher. Dann drückte ich den Mund fester auf seinen, um das rasende Verlangen in meiner Brust zu stillen.

Loki lachte, als sein Mund auf meinen traf. »Gut so, genau so ist es richtig.«

»Das ist Kämpfen?«, murmelte ich an seinen Lippen.

»Ja. Und du kämpfst so gut.« Seine Brust hob und senkte sich heftig unter meiner Handfläche, und da wusste ich, dass er dasselbe empfand wie ich. Eine warme Berührung wanderte meinen Rücken hoch wie eine heiße, flüssige Hand. Lokis echte Hände hielten meine Arme fest, also konnte es sich nur um eine magische Berührung handeln.

Es fühlte sich so gut an. Ich lehnte mich ein wenig dagegen und genoss, wie sich die Empfindung über meine

Haut ausbreitete. Schon bald überzog die wohlige Wärme meinen gesamten Rücken, und insgeheim flehte ich dieses flüssige Empfinden an, weiter nach unten zu wandern.

»Du willst Macht, Rosalind?«

Ich zuckte zurück, denn ich hatte Ragnar verraten, dass ich Macht wollte. Aber nicht Loki. War das ein weiterer Beweis dafür, dass Loki Gedanken lesen konnte?

»Du besitzt Macht. Große Macht.« Seine Hand wanderte mein Kleid hinab und legte sich auf meine Scham. »Du musst dich ihr nur stellen.« Die magische Wärme breitete sich nach unten aus, glitt über meinen Hintern und sickerte meine Schenkel hinab.

Feuer zischte durch mein Blut. Ich hob ein Bein an. Loki hakte den Arm darunter und schlang es sich so um die Hüfte, dass ich meine Mitte an ihm reiben konnte. Er beugte sich über mich. Seine Lippen und seine Zunge erwiderten gierig, forschend, fordernd meine Zuwendungen. Meine Brüste schwollen an, bis sich das Kleid zu eng anfühlte. Ich krallte an Lokis Wams, als könnte ich das Leder wie Pergament zerreißen. Dabei gebärdete ich mich wie ein Tier. Ich gierte nach seiner Haut, seinen Lippen und seiner Zunge, wollte, dass sein Gewicht meinen Körper auf den Waldboden drückte und seine Mannespracht seinen Samen in mich pumpte.

»Rosalind.« Loki fing meine fuchtelnden Arme an den Handgelenken ab. »Sachte. Rosalind.«

Ich knurrte wie ein Berserker, wie von Sinnen.

»Rosalind ...« Eine Stimme hallte durch die Bäume und brachte mich zur Besinnung. Meine Aufmerksamkeit kehrte in die düstere Wirklichkeit und zum Wesentlichen meiner Aufgabe zurück. Musste ich lediglich ein Gefäß für den Untergang des Totenkönigs sein? Konnte ich mir keinen Moment Zeit nehmen, um ich selbst zu sein?

»Rosalind.« Es war Ragnar, der meinen Namen rief.

Ich schob Loki von mir und trat zurück, um mein Kleid zu richten, bevor Ragnar zwischen den Bäumen hervorkam. Ich wollte nicht, dass er mich an Loki gepresst sah. Es fühlte sich wie ein Verrat an.

Wie hatte sich mein Herz nur so verrannt? Nie zuvor hatte ich einen Mann gewollt, und nun begehrte ich gleich zwei. Obendrein zwei, die sich gegenseitig hassten. Und es spielte ohnehin keine Rolle. Alles, was ich hatte, all meine Liebe und Hingabe, musste ich dem Unterfangen opfern.

Ragnar tauchte auf und steuerte geradewegs auf mich zu.

Loki trat vor mich und hielt ihn auf. Was einerseits Ragnar verärgerte, andererseits jedoch mir etwas Zeit verschaffte, um mich zu sammeln. Wie ich Loki mittlerweile kannte, wollte er damit genau diese beiden Ergebnisse erzielen.

»Was hast du gefunden?«, fragte Loki.

»Weit und breit nichts. Aber im Wind liegt durchdringend der Gestank der *Draugr*. Wir könnten in eine Falle laufen.«

»Nein.« Loki klang gelangweilt. »Wir marschieren geradewegs ins Hoheitsgebiet des Totenkönigs. Mittlerweile sind wir sehr nah, falls nicht sogar bereits *mittendrin*. Wir müssen auf der Hut sein. Schon bald werden wir auf seinen Hort stoßen.« Seine verschiedenfarbigen Augen hefteten den Blick auf mich. »Wenn nicht heute, dann morgen.«

Ich öffnete den Mund, dann schloss ich ihn wieder. Ich wusste nichts zu sagen. Was konnte ich tun? Mir mehr Zeit mit diesen Kriegern zu wünschen, würde sie mir nicht bescheren. »Dann lasst uns gehen.« Mit erhobenem Haupt schritt ich in den Wald.

Noch eine weitere Nacht. Mir blieb noch eine Nacht mit

den Berserkern. Dann würde ich mich dem Totenkönig in seinem Hort stellen.

Auf die eine oder andere Weise würde mein Unterfangen enden.

EINE NIEDRIGE WOLKENSCHICHT bedeckte den Himmel. Ich stapfte mit gesenktem Kopf vor mich hin. Jeder Schritt schien bergauf zu führen. Ragnar ging voraus zwischen Felsbrocken hindurch und über scharfkantige Steine, die unsere Stiefel zu zerschneiden drohten.

»Hier«, sagte er, und ich schaute auf. Wir befanden uns auf einem Hügel mit Blick über eine weitläufige Ebene. Ein Nebel, der den tiefhängenden Wolken glich, trieb darin. In der Ferne zeichnete sich Bewegung ab.

»*Draugr*.« Ragnar knurrte. Er zeigte auf die wimmelnde Masse. »Da. Und dort.«

»So viele.«

Beinah wie in dem Traum, der mich ereilt hatte, nur mit Ragnar und Loki statt des Totenkönigs an meiner Seite.

Die Armee der Untoten glich einem silbrigen Meer.

Ich hätte zurückschrecken und in die entgegengesetzte Richtung flüchten sollen, doch ich empfand gar nichts. Mein Herz fühlte sich leer an. Ich hatte bereits alles gefühlt, was es zu fühlen gab, und nun, da mein Unterfangen beinah zu Ende war, blieb mir nichts anderes übrig, als weiterzumachen.

»Noch ein paar Meilen Fußmarsch, dann haben wir sie erreicht«, brummte Ragnar.

»Wir können uns um sie herumschleichen«, schlug Loki vor.

»Und was dann?« Ragnar fuhr sich mit der Hand über die Zöpfe. »Wie sieht der Plan aus?«

»Wir gehen zusammen«, verkündete ich. »Die Hexen haben gesagt, ich darf nicht von meinen Helfern getrennt werden.« Bei den Worten sah ich Loki in die Augen. Langsam nickte er, denn er wusste genau, was ich damit sagen wollte. Nur er war geschickt worden, um mir zu helfen. Ragnar musste zurückgelassen werden. Er würde es mir nicht danken, aber es würde ihm das Leben retten.

Die Luft wirkte geradezu undurchsichtig.

»Was ist das für ein seltsamer Nebel?«, fragte Ragnar mit kratziger Stimme.

»Das ist Rauch«, presste ich heraus. »Von Scheiterhaufen.«

»Der Totenkönig erlangt seine Macht durch Opfer«, erklärte Loki, und danach verstummten wir.

Ich hielt den Kopf gesenkt. Meine Schritte wurden langsamer, als watete ich mit den Stiefeln durch tiefen Schlamm.

Morgen würde ich den Hort des Totenkönigs betreten. Allein. Mutterseelenallein.

Es würde nie wieder Hoffnung für mich geben.

Der Nebel stieg um mich herum auf, dichter als Rauch. Meine Glieder bewegten sich so langsam, als befände ich mich unter Wasser.

Zu spät lichtete sich der Nebel und gab den Blick auf Gestrüpp frei, das an meinem Kleid zerrte. Dornen so breit wie meine Finger bohrten sich durch meine Röcke und zerkratzten meine Haut. Ich spürte zwar nichts, aber als ich herumfuchtelte, konnte ich mich plötzlich nicht mehr bewegen. Ich saß fest.

»Rosalind.« Ich hörte Ragnars Stimme mit einem Anflug von Panik. »Rosalind, komm zurück zu mir!«

Er berührte mich, und ich konnte wieder atmen. Seinen sauberen Geruch empfand ich als Erleichterung nach den sengenden Zügen der fauligen Luft. Seine Handfläche streichelte mein Gesicht.

»Sachte«, mahnte Loki.

»Sie wacht gerade auf.« Ragnar hielt mich fest, während ich hustete. Asche brannte in meiner Lunge.

Lokis lange Finger strichen über mein Gesicht. »Suchen wir uns Schutz.«

»Kannst du die Luft von diesem elenden Rauch befreien?«, fragte Ragnar barsch.

»Ich kann es versuchen.« Ausnahmsweise wirkte Loki ernst, nicht scherzhaft.

Ich drückte das Gesicht an Ragnars Schulter und atmete seinen trockenen Duft von Zedernholz ein. Er drang durch den Nebel in meinem Kopf. »Es geht mir gut.«

»Still jetzt.« Loki drückte mir drei Finger auf die Stirn, genau an die Stelle, an der mich der Totenkönig gezeichnet hatte. Dort hatte mich Ragnar geküsst, und ich spürte noch immer den Hauch seiner Lippen. »Schließ die Augen und ruh dich aus.«

VIELLEICHT LAG es an der Last der Hexerei des Magiers. Vielleicht an Lokis Berührung. Jedenfalls träumte ich von beiden, als ich die Augen schloss.

Zuerst setzte die Erinnerung an den Totenkönig ein, dessen Augen wie Mondsteine loderten. Ich hatte mich verlaufen, irrte durch den Wald, schleifte meine Schwester neben mir her. Zwischen den schwarzen Baumstämmen hindurch vermeinte ich, vor uns ein Licht auszumachen. Ich hielt es für irgendein Feuer, das Rettung verhieß. Doch als ich näher hingelangte, erwies es sich nur als eine in Nebel gehüllte Gestalt. Das Flackern von Licht war verschwunden.

Dann drehte sich der Magier um und heftete den Blick seiner lodernden Augen auf mich.

»Espe, lauf«, sagte ich zu meiner Schwester, aber sie schüttelte den kleinen Kopf und wollte nicht gehen. Auch ich wollte nicht wirklich, dass wir getrennt wurden. Wir waren zusammen gewesen, seit die Dörfler uns vor dem Waisenhaus zurückgelassen hatten.

Also schob ich sie hinter mich, so gut es ging. Sie wollte meine Hand nicht loslassen.

»Wer bist du?«, fragte ich.

»Näher ... näher«, sagte die Gestalt.

Ich kämpfte. Die Stimme nahm mich gefangen. Sie war tief und schien widerzuhallen, als käme sie vom Grund eines Brunnens. Ich trat erst einen Schritt vor, dann noch einen, die Hand meiner kleinen Schwester fest in meiner. Sie folgte mir, vertraute darauf, dass ich sie beschützen würde.

Irgendwie zwang ich meine Beine, einige Ellen vor der Erscheinung anzuhalten. Im Wald hinter uns ertönten Schreie, Gebrüll, die Geräusche einer Schlacht. Die kämpfenden Berserker. Einige von ihnen starben. So mächtig sie sein mochten, gegen Nebel und Magie hatten sie nichts aufzubieten. Später erfuhr ich, dass einige von ihnen den Verstand verloren und ihre Brüder zwangen, sie zu erschlagen.

Wer war ich denn, dass ich gegen den Totenkönig bestehen könnte? Ich hatte nie eine Chance.

»Komm zu mir, meine Braut.«

»Nein«, stieß ich hervor, doch es war zu spät. Der Totenkönig hatte mich gefangen. Er streckte die Hand aus, und sein Arm erwies sich als lang genug. Sein knochiger Finger strich über meine Stirn.

Sein Abbild löste sich auf wie Nebel, und es war zu spät. Der Totenkönig hatte seine Erscheinung von weit her übertragen, um in der Welt jemanden aufzuspüren, der ihm hörig sein würde. Und er hatte mich gezeichnet.

»Weißt du, er ist in deinem Kopf«, sagte Loki.

Als ich mich umdrehte, verschwanden der dunkle Wald, der Totenkönig und meine Schwester.

Im zweiten Teil meines Traums war der Tag zurückgekehrt. Allerdings dämpften Nebel und Wolken das Licht. Ein sauberer Nebel, der nach Wintergrün roch, nicht nach dem Gestank der *Draugr*.

Loki saß im Schneidersitz da, die Augen geschlossen. Sein dunkles Haar wehte wie im Wind, doch sofern eine Brise herrschte, spürte ich sie nicht. Ein Mondstein hing an einem silbernen Ring in seinem rechten Ohr. Er hatte die Augen geschlossen, aber als ich mich näherte, öffnete er eines. Das Schwarze.

»Ich weiß.« Ich berührte mich am Kopf, »Wenn ich könnte, würde ich ihn hinauswerfen.«

»Ich könnte versuchen, ihn aus dir zu vertreiben, nur sind meine Kräfte nicht mehr, was sie mal waren.«

Darüber lächelte ich. Loki, der immer noch darauf anspielte, ein Gott zu sein. »Vielleicht erlangst du sie zurück.«

»Vielleicht.«

Der Nebel wurde dichter. Vier weiße Wände schlossen uns ein.

»Ein Zauber«, antwortete Loki auf meine unausgesprochene Frage. »Er schützt uns.«

Gebrüll ließ den Wald erzittern. Der Nebel wirbelte,

aber welches Ungeheuer sich auch auf der Lichtung draußen herumtrieb, es konnte nicht herein.

»Er will dich.« Ob er Ragnar oder den Totenkönig meinte, wusste ich nicht. Vielleicht beide.

Ich berührte die Nebelwand. Sie erwies sich als massiv wie ein Fels.

»Es soll nicht sein«, flüsterte ich dem Monster jenseits des Nebels zu.

»Schade«, rief Loki. Er benutzte einen Stock, um etwas auf den Boden zu schreiben. Den Kopf hatte er so geneigt, dass ich seine Augen nicht sehen konnte. Ich hatte das Gefühl, dass mittlerweile beide schwarz waren.

Ich ließ mich neben Loki auf dem Boden nieder. Der Nebel wirbelte so um seine Hüften, dass es aussah, als säße er auf einem Wolkenkissen. »Du kennst also die Wahrheit«, sagte ich.

»Die Hexen haben es mir gesagt.« Seine Kieferpartie wirkte angespannt. Runen erschienen in der Erde. Sie flammten blau auf, bevor sie verbrannten. Der Rauch vermengte sich mit der Nebelwand. »Ich kann es nicht aufhalten.«

»Ist schon gut«, sagte ich, und zum ersten Mal, seit ich meine Aufgabe angenommen hatte, stimmte es. Ich empfand inneren Frieden.

7

Rosalind

Als ich erwachte, nahm ich saubere Luft im Gesicht wahr. Der weiche Mantel, der mich umhüllte, roch sowohl nach Loki als auch nach Ragnar – nach Wintergrün und Zedernholz. Als ich den Kopf drehte, stellte ich fest, dass es sich um zwei Mäntel handelte, einen unter mir und einen über mir. Ich lag dazwischen, umgeben vom Duft der beiden Krieger, eine herrliche Mischung, in der ich am liebsten gebadet hätte.

Die Stimmen der Krieger schwollen leise murmelnd in der Nähe an und ab.

»Es muss einen Weg geben ...«, brummte Ragnar.

»Es gibt keinen.« Loki klang so niedergeschlagen wie in meinem Traum. »Glaubst du, ich hätte es nicht versucht? Mit meinen Kräften könnte ich vielleicht etwas ausrichten, aber ...«

»Ach ja, weil du ein Gott bist«, spottete Ragnar.

»... aber ohne meine vollen Kräfte bin ich machtlos.«

»Dann hol sie dir zurück«, raunte Ragnar.

»So einfach ist das nicht. Ich muss dafür eine Aufgabe erfüllen. Ich muss mich für jemand anderen opfern.«

Eine Pause entstand. »Aber wenn du stirbst ...«

»Dann sterbe ich für immer, ja. Ich glaube, sie wollen, dass ich mich den Folgen stelle. Sie wollen, dass es wehtut.«

Ragnar lachte leise. »Willkommen im Leben.«

»Das ist nicht witzig«, brummte Loki. Er hockte auf dem Boden neben mir und kratzte Runen in die Erde. Asche verschmierte seine Wange, das Haar hing ihm strähnig ins Gesicht. Er wirkte weniger gottgleich, menschlicher.

Ragnar hörte zu lachen auf. »Stimmt, ist es nicht.«

Als ich mich leicht rührte, schwenkte Ragnars Kopf abrupt zu mir herum.

»Rosalind.« Er erhob sich, ging neben mir in die Hocke und strich mir mit den Fingern über die Wange. »Du bist wach. Ist dir kalt? Wir können ein Feuer anmachen.« Er wickelte den Saum des Mantels um mich, und mir wehte ausgeprägter Zederrnduft ins Gesicht.

»Kein Feuer.« Ich rieb mir die Augen. Die Luft um uns herum war klar, aber wenige Schritte entfernt ragte eine Nebelwand auf. Tatsächlich schlossen die undurchdringlichen Schwaden uns ähnlich wie in meinem Traum ein. Ich hob die Hand dem Nachthimmel entgegen – an dem ich nur wenige Wolken entdeckte. Vielleicht Ranken des Nebels des Totenkönigs, die in unsere Zuflucht eindringen wollten.

»Das war Loki«, beantwortete Ragnar meine unausgesprochene Frage. »Er hat einen Zauber um uns herum gewirkt.«

»Für diese Nacht sind wir sicher«, bestätigte Loki. »Meine Magie wird die Barriere bis zum Morgen aufrechterhalten. Niemand kann in diesen Ort eindringen.«

»Und wir haben etwas zu essen.« Ragnar hob einen Sack auf und kramte darin herum.

»Ich bin nicht hungrig«, eilte ich den Männern mit. »Ich möchte die Nacht hier verbringen und morgen früh weitergehen.«

Loki rieb sich das Gesicht, wodurch er den Rußfleck weiter über die Wange verteilte. »Ragnar hofft, dir die Reise ausreden zu können.«

Langsam schüttelte ich den Kopf. »Es ist meine Entscheidung, mein Unterfangen.« Ich sah Loki in die Augen und wusste, dass er derselbe wie aus meinem Traum war. Was bedeutete, dass er wusste, wie das Unterfangen für mich enden würde.

Es würde mein Tod sein. Für mich bestand keine Hoffnung, gegen den Totenkönig anzutreten und zu gewinnen. Ich konnte bestenfalls hoffen, ihn für den Angriff der Hexen ausreichend zu schwächen.

Aber ich hatte noch diese eine Nacht. Und zum ersten Mal seit langer Zeit wollte ich mehr als ein schnelles Ende. Zum ersten Mal im Leben wollte ich einen Mann. Zwei Männer. Diese Männer. Loki und Ragnar.

Mir blieb eine Nacht mit ihnen. Nur eine. Meine letzte Nacht auf Erden. Und ich wollte sie beide.

»Wenn wir die Nacht hier verbringen, zünde ich ein Feuer an«, sagte Loki.

Ich hob den Kopf. »Gibt es frisches Wasser?«

»In der Nähe ist ein Bach«, erwiderte Ragnar. Er half mir beim Aufstehen. Dann blieben seine Hände dicht bei mir, um mich aufzufangen, sollte ich fallen. Aber ich stand fest auf den Beinen. Ich hatte einen Plan und ein Ziel.

Als Ragnar mir bis zum Bach folgen wollte, blieb ich stehen und schaute mit klimpernden Wimpern zu ihm auf. »Kann ich allein gehen?«

Er musterte mich argwöhnisch.

»Ich passe gut auf«, sagte ich, nahm mein Haar zusammen und strich es über eine Schulter, damit ich mit den Fingern hindurchkämmen konnte. »Ich verspreche es.«

»Das hast du mir schon einmal versprochen.« Seine Stimme klang barsch, jedoch mit einem schelmischen Unterton.

Ich lächelte nur und schwang die Hüften, als ich mich von ihm entfernte.

»Behalte sie im Auge«, rief Loki von seinem Platz am Feuer. Ragnar brummte eine Antwort, aber ich hörte sie nicht, weil er mir den Rücken zuwandte.

Ich ging ein Stück weiter, bis der Bach eine Biegung beschrieb. Dahinter hatte das niedrigere Gelände einen tieferen Tümpel gebildet. Dort konnte ich mich hinter den Gräsern verstecken. Wenn ich um eine Birke herumspähte, konnte ich Ragnars obere Hälfte sehen. Er stand immer noch mit dem Rücken zum Bach, um mir Freiraum zu geben.

Ich trat hinter ein Büschel Sumpfgras und bückte mich, um mir Wasser ins Gesicht zu spritzen. Es fühlte sich kalt und gut an. Dann raffte ich die Röcke hoch und watete hinein. Das frische Wasser auf meiner Haut erweckte meine Lebensgeister. Auch mein Plan half dabei mit.

Ich würde Ragnar und Loki verführen. Und ich wusste auch schon, wie ich es anstellen würde.

Ich zog die Stiefel aus und warf sie beiseite. Dann mein Kleid, mein Unterleibchen und all die restlichen Schichten. Nackt watete ich in den tiefsten Teil des Tümpels. Ein paar Meter weiter mündete das Wasser in eine Nebelwand – ähnlich wie in meinem Traum. Es gab eine klare Grenze zwischen der klaren Luft und dem Rauch vor mir – wo Lokis Zauber endete und das Land des Totenkönigs begann. Ich watete hin und berührte die Barriere. Ein Kribbeln ging durch meine Hand, als sie hineinfuhr.

»Rosalind!« Ragnar platschte in den Bach. Loki folgte ihm. »Wolltest du weg?« Der blonde Krieger zog mich von der Grenze zurück und musterte mich, als wäre ich in Trance und stünde unter dem Bann des Totenkönigs. »Bist du bei uns?«

»Ja«, antwortete ich ihm. »Ich bin ganz ich selbst.«

»Du wolltest uns verlassen?« Ragnar knurrte.

»Ich hab doch gesagt, du sollst sie im Auge behalten.« Loki grinste. Die Anspannung fiel von seinem wunderschönen Gesicht ab, während er meine nackte Gestalt betrachtete. »Wie konntest du bei einer so verlockenden Aufgabe versagen?« Seine schwarzen Augenbrauen wippten auf und ab. »Unanständiges Mädchen.«

Ein Lachen brach aus mir heraus.

»Findest du das lustig?« Ragnar hob mich hoch, warf mich über seine Schulter und stapfte mit mir zurück zum Lagerplatz. Er hatte seinen Mantel für uns zum Schlafen auf dem Boden ausgebreitet. Der Berserker legte mich darauf ab und achtete darauf, dass ich mir dabei nicht den Kopf stieß.

Nach wie vor lachend entspannte ich mich auf dem Rücken.

Ragnar blickte mit strenger Miene auf mich herab. »Du hast gesagt, du würdest nicht weglaufen. Du hast es versprochen.«

»Ich habe schon früher Versprechungen abgegeben.« Lächelnd sah ich zu ihm hoch. Meine Wangen fühlten sich seltsam an. Es kam nicht oft vor, dass sich meine Lippen vor Heiterkeit verzogen.

»Wir waren uns einig, dass wir zusammen gehen.«

»Ich habe es mir anders überlegt. Vielleicht solltest du mich bestrafen«, köderte ich ihn.

In Ragnars Augen flammten zwei Feuer auf. »Spiel nicht mit mir ...«

»Bruder«, unterbrach Loki ihn. »Vielleicht sollten wir sie bestrafen. Ich denke, sie hat eine kleine Züchtigung verdient. Meinst du nicht auch?«

Diesmal verwehrte sich Ragnar nicht dagegen, dass Loki ihn *Bruder* nannte. »Vielleicht hast du recht.« Er zog mich hoch und schleifte mich zu einem niedrigen, breiten Stein, auf den er sich setzte. Mit einer fließenden Bewegung hievte er mich über seinen Schoß.

»Sie ist bereits nackt«, merkte Loki an. »Wie praktisch.«

»Vielleicht sollten wir sie so lassen.« Ragnars Stimme grollte durch meinen Körper. Seine raue Hand strich die Rückseite meines nackten Beins hinauf. »Nackt. Gefesselt. Unserer Gnade ausgeliefert.«

»Ihr Po könnte mehr Rosa vertragen.« Loki umkreiste den Stein und betrachtete mich aus verschiedenen Blickwinkeln.

Ich wand mich auf Ragnars harten Oberschenkeln. Mir widerstrebte, dass sie über mich sprachen, als wäre ich nicht anwesend.

Ragnar klatschte mir auf den Hintern. »Halt still.«

»Noch mal«, verlangte Loki. Ragnar kam der Aufforderung nach und versohlte mir die rechte Pobacke, bis die Haut brannte.

»Sehr schön.«

Ich wollte eine scharfe Äußerung abgeben, aber als ich den Mund dafür öffnete, hockte sich Loki vor mich hin und schob mir zwei Finger zwischen die Lippen.

»Still jetzt«, sagte er in seiner herablassenden, gebieterischen Art. »Das können wir im Augenblick nicht gebrauchen.«

Ich schleuderte ihm einen finsteren Blick zu.

»Ich glaube, sie hat gern etwas im Mund«, meinte Loki zu Ragnar.

Als ich fluchte, drückten Lokis Finger auf meine Zunge. Was prompt einen Strom von Feuchtigkeit in meiner Mitte auslöste.

Loki legte den Kopf schief und schnupperte. »Und meine Güte, was für ein süßer Duft.«

»Ihre Spalte braucht Zuwendung.« Ragnar ließ die Hand über meinen Hintern wandern ... und tiefer, bis seine Finger meine empfindsamen unteren Lippen berührten. »Aber das verdient sie nicht. Noch nicht.«

»Bring sie besser dazu, es sich zu verdienen«, stimmte Loki ihm zu.

Ragnar entfernte die Hand von meiner sehnsüchtigen Mitte und knetete meine Hinterbacken, wärmte sie auf.

»Ich könnte wilden Ingwer suchen und daraus einen Stöpsel schnitzen, um ihr Inneres zu wärmen«, dachte Loki laut nach. »Dann würde sie innen wie außen lodern.«

»Nächstes Mal«, brummte Ragnar. Seine harte Länge drückte gegen meinen Bauch. »Färben wir erst mal diese Backen rot.«

Und damit versohlte er mich so kräftig, dass ich nach vorn rutschte und Lokis Finger halb verschluckte.

»Sachte.« Loki entfernte die Finger und stützte meine Schultern.

Ragnars Hand hob und senkte sich in einem gleichmäßigen Takt. Seine Handfläche sauste als Hagel harter Schläge auf die gesamte Breite meiner Pobacken nieder.

Loki bückte sich und strich mit den Lippen über mein Gesicht. »Ich verlange einen weiteren Kuss«, sagte er.

Ich drehte den Kopf weg. Seine Küsse kannte ich inzwischen. Sie waren gefährlich.

»Die gefährlichste Waffe«, pflichtete Loki mir bei, als hätte ich es laut ausgesprochen. Seine langen Finger liebkosten mein Gesicht. Ragnars Handfläche erwischte die Unterseite meiner Pobacke und ließ mich nach Luft schnappen. Als sich meine Lippen teilten, legte Loki den Kopf schief und senkte den Mund auf meinen. Die Berührung seiner Lippen hievte mich auf eine neue Ebene der Erregung. Hitze stieg um mich herum auf, und die Schmerzen an meinem Po rückten in den Hintergrund, während sich Loki an mir gütlich tat. Seine Zunge drang in meinen Mund ein und strich über die Innenseite meiner Wangen, als suchte sie nach etwas Süßem.

Dann zog er sich zurück und hob einen kleinen Flachmann aus Holz an. Während er daraus trank, ließ er mich nicht aus den Augen. Anschließend beugte er sich vor und gab mir aus seinem Mund zu trinken. Es handelte sich um Met, der mich innen von oben bis unten wärmte.

Ragnar hatte indes aufgehört, mich zu versohlen. Er legte die Hand auf meinen lodernden Hintern.

»Wie läuft es mit ihrer Bestrafung?«, fragte Loki. »Bekommst du von der Arbeit Durst?«

Ragnar grunzte.

Loki hob den Flachmann an. »Ich habe Met, aber keinen Becher«, erklärte er. »Aber ich habe ein besseres Behältnis gefunden. Soll ich es dir zeigen?«

Ragnar neigte mich so nach oben, dass ich auf seinem Schoß saß. Seine großen Hände glitten an meiner Vorderseite hinab, legten sich auf meinen Busen und drückten mich gegen die nackte Brust des Berserkers. Seine pralle Härte nistete sich in die Spalte meiner erhitzten Pobacken ein.

Mit einem verruchten Schimmer im grünen Auge goss Loki mir Met in den Mund. Er entfernte den Flachmann, brachte den Kopf so in Stellung, dass er die Lippen auf meine senken konnte, und leckte den süßen Honigtrank aus meinem Mund.

Meine Zunge kämpfte mit seiner um eine Kostprobe. Als wir uns voneinander lösten, hob und senkte sich meine Brust heftig, doch Loki lachte nur.

»Probier mal«, lud er Ragnar ein.

Ragnar neigte meinen Kopf nach hinten, und Loki goss mir behutsam Met in den Mund. Bevor ich schlucken konnte, drehte Ragnar meinen Kopf mit einer Faust in meinem Haar herum und presste die Lippen auf meine. Seine Zunge schnellte vor und in meinen Mund. Ich wölbte mich dem Kuss entgegen und stöhnte ein wenig, brauchte mehr. Als er sich zurückzog, fühlte ich mich leer. Durch meine Mitte vibrierte sehnsüchtiges Verlangen.

»Süß.« Ragnars Stimme klang heiser.

Mein Kopf wäre zurückgesunken, wenn er ihn nicht hochgehalten hätte.

»Mehr.«

Loki füllte meinen Mund erneut und kostete, leckte dabei über meine Lippen. Ein bisschen Met schwappte heraus und lief mir übers Kinn. Ragnar drehte meinen Kopf hin und her, fing jeden Tropfen der honigfarbenen Flüssigkeit mit sanften Küssen auf.

»Rosalind«, brummte er an meiner Haut. Sein Bart war nass.

Mein Kopf baumelte, und Loki stützte mich.

»Schon betrunken, kleine Unruhestifterin?«

Als ich den Mund öffnete, träufelte er ein wenig Met hinein, doch der Großteil rann mein Kinn hinab und bildete ein Rinnsal zwischen meinen Brüsten.

Loki ließ ein atemloses, leises Lachen vernehmen. Er kniete sich vor uns nieder und leckte sich über meinen Bauch nach oben. Als ich nach seinem dunklen Kopf griff, packte er meine Handgelenke. Seine Zunge fuhr mir in den Bauchnabel. Darauf folgte ein zartes Knabbern seiner Zähne.

Schließlich wanderte sein Mund tiefer auf der Spur des Mets zwischen meine Beine.

Dort streifte er die empfindsame Haut meiner Scham und fand sie feucht vor. Seine tastenden Finger spreizten meine unteren Lippen.

»Ich habe einen Becher gefunden. Ein Becher in Form von Rosalind.« Er klang entzückt.

Ragnar spottete nicht über Lokis Albernheit. Der große Krieger war zu beschäftigt damit, die raue Hand an meine Brust zu pressen und meine klebrige Haut zu streicheln, bis sich meine Hüften vor Verlangen hoben.

»Ein hübscher rosa Becher.« Loki drückte mir einen zarten Schmatz zwischen die Beine. »Soll ich daraus trinken?« Sein Daumen fand eine erlesene, sehnsüchtige Stelle und rieb sie sanft. Ein Beben ging durch meinen angespannten Bauch.

»Leg sie hin«, sagte Ragnar.

Zusammen senkten er und Loki meinen schlaffen Körper auf den Mantel. Loki blieb zwischen meinen Beinen und rieb mit seinen flinken Fingern über meinen rasierten Venushügel, während er gleichzeitig meine Spalte streichelte. Ragnar bettete meinen Oberkörper so auf seinen Schoß, dass er weiter mit meinen Brüsten spielen konnte. Ausgestreckt und schimmernd im Schein des Feuers lag ich zwischen ihnen. Meine Haut fühlte sich klebrig von Met und Küssen an.

Loki legte sich hin und küsste meine Mitte. Er hielt den

Flachmann mit Met hoch und ließ die Flüssigkeit langsam über meine untere Körperhälfte fließen. Sein dunkler Kopf ruhte auf meinem Bein, sein Mund befand sich nah an meiner verlangenden Mitte. Seine Zunge leckte die Rinnsale des Mets auf, strich über meine Haut hin und her.

Meine Zehen rollten sich ein, mein gesamter Körper spannte sich hart am Rand eines erschütternden Höhepunkts an.

»Nein.« Loki entfernte den Mund und klatschte auf die feuchte Stelle zwischen meinen Beinen. Der Laut hallte über die Lichtung.

Ich schnappte scharf nach Luft. »Oh bitte.«

»Kein Kommen ohne Erlaubnis.« Ragnar knetete fest meinen Busen. Wimmernd ließ ich die Hüften kreisen.

»Mach das noch mal.« Loki setzte den Mund wieder an meine Mitte. »Sie reagiert wunderbar auf Schmerz.« Seine Zunge leckte von unten nach oben über meine Pforte, und er leckte sich über die Lippen. »Sahne und Met.«

Ragnar brummte, fasst nach unten, strich meine Spalte entlang und beschichtete sich mit der Mischung der Flüssigkeiten dort. Er saugte an seinen Fingern. »Gut.« Prompt wollte er sich Nachschub holen.

»Warte.« Loki klatschte erneut auf meine Mitte. »Jetzt.«

Ragnar rieb kräftig zwischen meinen Beinen.

»Schön rosig.« Loki lag auf dem Bauch und betrachtete mit zusammengekniffenen Augen mein Geschlecht.

»Köstlich.« Ragnar führte mir seine Finger zu. Ich schmeckte mich selbst zusammen mit Met. »Dreh sie um«, sagte er.

Sie stützten mich auf die Hände und Knie. Irgendwie konnte ich mich in der Stellung halten.

»Zeit, dass sie sich ihre Belohnung verdient.« Ragnar hatte seine Mannespracht aus der Hose befreit. Seine lange, gerade Härte ragte aus einem Büschel blonder Behaarung, als suchte sie nach mir. »Hier und jetzt.« Er legte mir eine Hand an die Wange und stützte meinen Kopf, während er mir seinen Schaft zuführte. »Sachte.«

Sein Zedernduft umfing mich, als er meinen Mund ausfüllte. Zaghaft leckte ich über die heiße Haut.

»So ist es gut.« Er schob sich tiefer in meinen Mund. Mein Körper spannte sich vor Überraschung an, und ich würgte. Ragnar zog sich zurück, bis nur noch die Eichel zwischen meinen Lippen ruhte. »Noch mal. Du kannst mich aufnehmen. Ich bringe es dir bei.« Seine Hände hielten meine Wangen zwar entschlossen, aber zärtlich. Ich lehnte den Kopf keuchend an seinen starken Oberschenkel, und er ließ mich ausruhen.

Als ich bereit war, rollte ich die Zunge um seine pralle Eichel.

Seine blauen Augen sprühten goldene Funken. »Braves Mädchen.« Ein Ruck durchlief mich. Ich ließ ihn seinen Schaft tiefer in meinen Mund schieben. Ich wollte, musste erneut sein Lob hören.

Loki war auf seinem Platz hinter mir beschäftigt. Flüssigkeit tropfte auf meinen Rücken und floss mir über den Po. Ich konnte den Kopf nicht drehen, doch das musste ich auch nicht. Er beträufelte mich immer noch mit Met. Der kleine Flachmann schien bodenlos zu sein.

Die Flüssigkeit sickerte über meinen erhitzten Hintern. Loki leckte über meine gezüchtigte Haut. Seine Zunge fühlte sich lindernd und kühl an.

Er spreizte meine unteren Backen und träufelte weiteren Met geradewegs auf meine verborgenste Körperöffnung. Sein Gesicht zwängte sich in die Spalte. Seine Stoppeln kratzten meine Haut, als er über die empfindsame Stelle leckte und die Zunge gegen meine runzlige Haut drückte.

Ich zuckte zusammen, aber Ragnar hielt meinen Kopf fest. Also konnte ich nur auf allen vieren den Körper anspannen, währen Lokis Zunge mich reizte. Dunkle Begierde züngelte durch meinen Körper.

»So süß«, murmelte Loki. Er zog das Gesicht zurück, packte meine Hinterbacken, knetete sie und klatschte darauf, ließ sie aneinander wippen.

Ich stöhnte um Ragnars Härte in meinem Mund.

»Halt sie still«, sagte Loki zu Ragnar, und der blonde Berserker verstärkte den Griff in meinem Haar.

Als ein Finger mein Poloch betastete, quiekte ich und zuckte nach vorn. Durch die Bewegung bekam ich Ragnar tiefer in den Rachen, und ihm rutschte ein raues Stöhnen heraus, das durch die Nacht hallte.

»So eng und heiß«, sagte Loki genüsslich. Sein Finger steckte tief in meinem Hintereingang und kreiste darin.

Ich wollte dagegen aufbegehren, doch es drang nur ein Brummen um Ragnar herum aus meinem Mund.

»Bei Thors Nüssen«, brummte Ragnar dem Himmel entgegen.

»Nicht die von Thor«, berichtigte ihn Loki.

Ragnar hielt meinen Kopf weiter fest, während er sich tiefer in mich schob. Knurrend raunte er: »So ist es gut. Nimm alles auf.«

Ich gab mein Bestes und atmete durch die Nase, als Ragnars muskelbepackter Bauch näher kam. Seine Mannespracht pfählte meine Kehle beinah. Einen Moment lang hielt ich still, dann verkrampfte sich mein Körper und ich rang panisch nach Luft. Ragnar zog sich zurück, ließ mich husten und Luft einsaugen. Seine Männlichkeit tippte gegen meine Wange, und ich drehte den Kopf, um ihn wieder aufzunehmen.

»Braves Mädchen«, lobte Ragnar.

Mittlerweile streichelte etwas meine Scham – groß, hart und heiß. Ich senkte die Hüften, wollte mir mehr Reibung holen. »Nein, nein, lass das Hinterteil oben.« Lokis harter Schaft entfernte sich, und er klatschte mir mit der freien Hand auf den Allerwertesten. Mit der anderen erforschte er nach wie vor meinen Hintereingang.

»Rosalind.« Ragnar nahm mein Kinn in die Hand und drehte mein Gesicht nach oben, während sich mein Mund um ihn herum dehnte. »Sieh mich an, Mädel.«

Er strich mir die Haare aus dem Gesicht, eine seltsam zärtliche Geste von dem Krieger, der mich eben erst mit seinem dicken Prügel zum Würgen gebracht hatte.

»Du läufst nicht von mir weg. Du verlässt mich nicht. Wir gehören zusammen.«

Ich blinzelte.

»Sag es.« Er beugte sich vor, und seine Hand klatschte auf meinen hochgestreckten Po.

Dann zog er sich zurück, bis er aus meinem überbeanspruchten Mund flutschte. Seine Hand packte erneut mein Kinn und hob meinen Kopf, zwang mich, ihm in die goldenen leuchtenden Augen zu sehen.

»Du verlässt mich nicht«, wiederholte er knurrend, und ich hörte die Bestie in den Worten mitschwingen. »Du gehörst mir, Rosalind. Du bist mein. Ich werde niemals zulassen, dass dir etwas zustößt.«

Ich öffnete den Mund, doch es drang nur ein Japsen heraus.

Hinter mir zog Loki meine Hüften nach unten, bis meine Mitte auf seinem Gesicht ruhte. Ich presste mich an ihn.

Seine Zunge traf die perfekte Stelle. Meine Augen rollten in den Höhlen nach oben, als mich grelle Ekstase durchzuckte.

Ragnar wartete, bis er meinen Kopf festhalten konnte, dann stieß er sich in meinen Mund. Einmal, zweimal, noch mal. Mit steten Bewegungen füllte er meinen Rachen. Schließlich spritzte sein Amen in meine Kehle, und ich schluckte alles. Einige Tropfen liefen mir seitlich über das Kinn. Er fing sie mit dem Daumen auf und fütterte mich damit.

»Gut gemacht.« Er streichelte meine Wange. »Musst du dich ausruhen?«

Ich schüttelte den Kopf. »Mehr.«

Mir blieb nur eine einzige Nacht. Ich würde die Berserker mit mir anstellen lassen, was immer sie wollten, und mir dabei alles nehmen, was sie mir geben würden.

~

Ragnar

ROSALINDS NACKTER KÖRPER schimmerte im Schein des Feuers. Wie immer, wenn ich sie betrachtete, stockte mir der Atem, als hätte ich ein noch nie gesehenes Wunder vor mir.

Sie glich einer Göttin in Menschengestalt, ihr Haar einem honigfarbenen Wasserfall, ihre Haut einem Gespinst aus Mondlicht und Met.

Ich bedauerte, was ich zu ihr gesagt hatte. Ich konnte mir nie eine Gefährtin nehmen. Aber Rosalind gehörte so sehr mir, wie ich ihr gehörte.

Was Loki anging, ihn würde ich töten, wenn ich könnte. Aber in dieser Nacht hatte er sich als nützlich erwiesen, indem er eine Barriere zwischen uns und dem Rest der Welt errichtet hatte.

Als hätte er meine Gedanken gehört, hob er den Kopf und zwinkerte mir zu. Ich schleuderte ihm einen finsteren Blick zu.

»Ich bin mit ihrem Mund dran.« Loki drehte sie herum. »Da bist du ja, meine Süße«, säuselte er, nahm ihr Gesicht in die Hände und führte es zu seinem besten Stück.

Der morgige Tag gehörte dem Schicksal, unserem Unterfangen und dem Kampf um unser Leben. Doch diese Nacht gehörte uns.

Rosalinds heller Kopf bewegte sich vor Loki auf und ab, während sie zwischen uns kauerte. Ich hatte ihren hochgestreckten Hintern unmittelbar vor mir. Röte überzog ihren prallen Po und ihre Oberschenkel – der Beweis ihrer Züchtigung durch mich. Ich rieb die Haut, bewunderte mein Werk. Schließlich streckte ich mich über ihren Hintern, legte die Handfläche auf ihren Rücken und drückte sie nach unten. Dadurch streckte sich ihr Po noch höher empor. Ihre Ritze teilte sich wie ein reifer Pfirsich. Nektar tropfte heraus. Mir lief das Wasser im Mund zusammen. Meine Fänge wurden messerscharf.

Rosalind löste sich von Loki und schaute neugierig zurück zu mir.

»Beachte ihn gar nicht.« Loki tippte mit seinem feuchten Teil gegen ihre Wange, bis sie ihn wieder in den Mund nahm.

Ich beugte mich vor, um ihre triefende Scham zu lecken. Meine Zunge fuhr zwischen ihren Falten hindurch bis hinauf zu ihrem winzigen, pulsierenden Hintereingang. Sie schmeckte nach Erde und Süße. Als ich an ihr knurrte, erbebte ihr Körper.

Meine Mannespracht reckte sich ihr entgegen. Ich konnte nicht länger warten.

Also packte ich ihre Hüften, ging an ihrer Pforte in Stellung und stieß zu. Die Wucht dahinter trieb sie weiter auf Lokis Schaft. Er stöhnte, und sein schlanker Körper spannte sich wie eine Bogensehne. Sein Mund öffnete sich zu einem Knurren und ließ knochenweiße Fänge aufblitzen. Unsere Bestien drängten sich in den Vordergrund, wollten unsere Gefährtin zeichnen. Vielleicht war er ja doch ein Berserker.

Meine Härte pulsierte tief in Rosalinds süßer Mitte. Ihr Körper zog sich um mich herum zusammen, bis schiere Lust meine Sicht verdunkelte. Das bewirkte diese Frau bei mir. Nur ein Stoß, und schon drohte ich, mich zu entladen wie ein Halbwüchsiger.

An Rosalinds anderer Seite hob Loki herausfordernd das Kinn. Ich biss die Zähne zusammen und zog mich fast vollständig aus Rosalinds perfektem Körper zurück. Loki schob die Hüften vorwärts, und Rosalind wippte nach hinten. Ihre Scheide umhüllte erneut mein Schwert. Mein Knurren hallte über die Lichtung.

Lokis schmales Gesicht lag halb im Schatten, aber als er grinste, schimmerte Mondlicht auf seiner Wange. »Noch mal.«

Wir schaukelten in einem entgegengesetzten Takt hin und her und wiegten Rosalinds Körper zwischen uns. Sie glich einem zierlichen, goldenen Gefäß für unsere Vergnügen. Als wir die Stöße beschleunigten, erzitterte ihr Körper. Sie kippte in Ekstase und wurde zu einem Wesen reiner Lust. Ihr Inneres zog sich um mich herum zusammen, als wollte sie mich in sich saugen. Wenn es nach mir gegangen wäre, wir wären für immer so vereint geblieben.

Mein Bauch spannte sich an, und ich krümmte mich über sie, zog sie an mich, bis unsere schweißnasse Haut aneinanderklebte. Die Lust bündelte sich in meinem Kreuz. Mir gegenüber grunzte Loki seine Ekstase den Sternen entgegen. Ich stieß ein letztes Mal zu und ließ meinem

Höhepunkt freien Lauf. Er begann als Knoten am Ansatz meines Rückgrats und strahlte von dort in Form von Ranken sengender Ekstase rasant durch meinen gesamten Körper aus.

Rosalind erschlaffte zwischen uns. Loki packte sie an den Schultern, stützte sie und murmelte ihr beruhigenden Unsinn zu. Ich zog mich mit zusammengebissenen Zähnen aus der heißen Umklammerung ihres Körpers zurück. Sie kippte zur Seite.

Loki und ich streckten sie zwischen uns aus und wuschen sie mit kühlem Wasser.

Sie rührte sich kaum.

»Ich übernehme die erste Wache«, verkündete Loki. Er drückte kurz Rosalinds zierliches Fußgelenk, bevor er sich erhob und ging. Ich schloss sie in die Arme. Ihr Honigduft umgab mich, als ich mich an sie schmiegte.

Ich vertrieb mir die Zeit damit, ihr das goldene Haar aus dem Gesicht zu streichen. Ihre Mundwinkel verzogen sich zu einem Lächeln, ihre Lider öffneten sich flatternd. »Als ich dir zum ersten Mal begegnet bin, dachte ich, du wärst ein Rohling.« Ihre Hand legte sich auf meine Wange und ertastete meine lächelnden, hinter dem Bart versteckten Lippen.

»Das bin ich.« Ich zog sie näher. »Vergiss nicht, ich bin ein Monster.«

»Mein Monster«, murmelte sie und schmiegte sich an mich. Ihre Wange ruhte auf meiner Brust. Ihr Körper entspannte sich. Sie fand in meinen Armen Frieden, vertraute mir vollkommen.

Ich schloss die Augen und genoss den vollkommenen Moment. »Als ich dir zum ersten Mal begegnet bin, hattest du den Geruch des Totenkönigs an dir.«

Ich spürte, wie sie zusammenzuckte, und legte ihr die

Hand auf den Kopf, um sie zu beruhigen. »Ist schon gut, Rosalind. Weißt du, nach wem du jetzt riechst?«

»Nein.« Ihre Stimme klang sehr leise.

Ich senkte den Mund zu ihrem Ohr. »Nach mir. Du trägst jetzt meinen Geruch, und ich habe vor, dafür zu sorgen, dass es so bleibt.«

Sie seufzte, und die Anspannung floss aus ihren Schultern ab. »Was ist mit Loki?«

Ich schnupperte. »Du riechst auch nach ihm. Daran versuche ich, nicht zu denken.«

Ihr Lachen hauchte an meine Brust. Ihr Körper entspannte sich weiter, und sie schlief von einem Atemzug zum nächsten ein.

8

Ragnar

Ich wollte nicht schlafen. Ich wollte wach bleiben und dem Augenblick genießen. Aber sowohl Rosalind als auch ich brauchten Ruhe. Am nächsten Morgen würde ich aufstehen und das Unterfangen an ihrer Seite fortsetzen. In dieser Nacht konnte ich sie nur festhalten und beten, es würde nicht das letzte Mal sein.

Meine Hoffnung, Rosalind würde traumlos schlafen, wurde zerschmettert, als sie mit dem Mund zu einem stummen Schrei aufgerissen erwachte. Schnell zog ich sie in meine Arme und rief ihren Namen, während ihr Körper an mir strampelte.

»Rosalind.« Ich hielt sie fest, beruhigte sie. »Alles ist gut. Du bist in Sicherheit.«

Sie erwachte vollständig und schnappte nach Luft. Einen Herzschlag lang blitzten ihre Augen hell wie der

Mondstein auf. Dann verblasste das Leuchten. Zurück blieb ihre verängstigte Miene.

»Ich habe geträumt, dass der Totenkönig gewonnen hat. Wir sind alle gestorben.« Sie schmiegte sich an mich und drückte ihre Stirn an meine Brust.

»Es war nur ein Traum. Das wird nicht geschehen.« Ich sah mich um und verlangte barsch von Loki: »Sag es ihr!«

»Er hat recht.« Loki kauerte sich neben uns. Seine Hand legte sich um ihr Fußgelenk. »Es besteht noch Hoffnung, Rosalind.«

Schließlich setzte sie sich auf und wischte sich das Gesicht ab. »Ich muss mich waschen.« Blindlings stolperte sie zu ihrem Kleid. In der vergangenen Nacht hatte Loki es abgebürstet und auf einen Busch gehängt.

Ich wandte mich ab, damit sie ungestört war. Als sie vom Fluss zurückkam, reichte ich ihr einen sauberen, flachen Stein, den ich gefunden hatte und als Teller für den gebratenen Fisch benutzte.

»Ich bin nicht hungrig.« Sie wollte die Mahlzeit ablehnen, aber Loki und ich bestanden darauf, dass sie aß.

Während ein paar halbherzigen Bissen starrte sie ins Feuer. Ihr Gesicht war eingefallen und blass, der Ausdruck in ihren Augen wirkte gequält, als befände sie sich noch immer in den Klauen des Traums.

Ich berührte ihr Handgelenk. »Ich lasse dich nicht sterben.«

Loki und sie wechselten einen Blick. Ich kämpfte gegen den Drang an, mich zwischen die beiden zu schieben. »Es ist sinnlos.« Rosalind stellte den Teller ab. »Du kannst mich nicht am Leben erhalten.«

»Doch, kann ich. Werde ich«, gelobte ich.

Rosalind stand auf und schüttelte ihr Kleid aus. »Es ist sinnlos«, wiederholte sie in forschem, nüchternem Ton.

»Das Unterfangen endet mit meinem Tod. Die Hexen haben es vorhergesagt.«

»Das ist wahr«, bestätigte Loki.

»Nein.« Ich knurrte ihn an. Wir standen gleichzeitig auf, und wäre der Augenblick nicht so heikel gewesen, Rosalind nicht so verzweifelt, ich hätte mich auf ihn gestürzt, um ihn in den Boden zu stampfen. Mir gefiel nicht, was er sagte. Warum schlug er sich auf ihre Seite? »Wie kannst du das sagen? Gibst du etwa auf?«

»Es ist Schicksal«, flüsterte Rosalind.

»Wir schmieden unser Schicksal selbst.«

»So wie du das deine?«, schoss Loki zurück.

Ich bleckte ihm die Zähne entgegen. »Das ist etwas anderes.« Ich starrte Loki finster an und warnte ihn stumm davor, noch etwas zu sagen.

Rosalind nahm mein Gesicht in die Hände und löste meinen Blick von Loki.

»Geh nach Hause, Ragnar. Such dir eine Gefährtin und führe ein glückliches Leben mit ihr. Dafür erfülle ich diese Aufgabe. Nicht für mich selbst, sondern für meine Schwester und die anderen *Holzmouwas*. Damit sie ein gutes Leben frei von der Bedrohung durch den Totenkönig führen können.« An diesem Morgen wirkte sie noch kleiner und zerbrechlicher. In der vergangenen Nacht hatten wir sie als Göttin erlebt, an diesem Morgen war sie nur eine junge, verängstigte Frau.

»Ich verlasse dich nicht«, teilte ich ihr mit.

»Geh nach Hause, Ragnar«, rief Loki über die Lichtung. Er hatte den Morgen damit verbracht, die Runen bis auf wenige strategisch platzierte aus der Erde zu entfernen. Im Augenblick stand er mit einem Fuß auf einem Stein gestützt da und schärfte seine zahlreichen Messer. »Die Alphas haben dich geschickt, um Rosalind aufzuspüren und zurückzubringen. Wenn du das nicht tust, hast du hier nichts mehr zu suchen.« Er senkte die Stimme. »Du weißt, dass sie nicht deine Gefährtin sein kann.«

»Das weiß ich«, herrschte ich ihn an. Ich suchte nach einer Rudelverbindung, um ihm schweigend zu übermitteln: *Halt die Klappe.*

Aber er erhielt meine unausgesprochene Botschaft nicht. »Die Alphas haben dir ein gutes Angebot unterbreitet«, fuhr er fort. »Du findest die Ausreißerin, und sie wird deine Gefährtin.«

»Was?« Rosalinds schnappte hörbar nach Luft. Ihr stand ins Gesicht geschrieben, wie verraten sie sich fühlte.

~

Rosalind

RAGNAR SCHAUTE VERNICHTEND DREIN. Sein gesamter Körper bebte, als kostete es ihn alle Willensstärke, nicht über die Lichtung zu stürmen und Loki niederzustrecken.

»Hat er es dir nicht gesagt, Rosalind?«, fuhr Loki fort, als nähme er den Krieger gar nicht wahr, der ihn mit Mordlust im Blick anstarrte. »Der Auftrag war, dich zu finden. Der Erste, dem es gelang, sollte belohnt werden. Die Belohnung warst du.«

»Das spielt keine Rolle«, kam knurrend von Ragnar.

»Wie kannst du das sagen?«, platzte ich heraus. Mich überraschte nicht, dass ich dem Sieger als Trophäe übergeben werden sollte. Das war nur zu erwarten. Für mich zählte vielmehr, dass Ragnar es mir verheimlicht hatte. »Für mich spielt es eine Rolle ...«

»Ich hätte es nicht angenommen«, sagte Ragnar.

»Es?« Ich stemmte die Hände in die Hüften.

»Dich.« Er rieb sich mit der Hand übers Gesicht. »Die Belohnung. Ich hätte dich nicht als Gefährtin angenommen.«

Das fühlte sich sogar schlimmer als Verrat an. Ragnar hätte mich nicht schlimmer verletzen können, wenn er auf mich eingestochen hätte. Ich versteifte die Züge, setzte eine eiskalte Miene auf. »Du willst mich also nicht als Gefährtin.«

»Das hat er nicht gesagt«, murmelte Loki. »Sieh ihn dir an.«

Ragnar hatte sich halb von uns abgewandt, die Hände zu Fäusten geballt. Seine Muskeln zitterten vor stummer Anspannung. Die Schultern hatte er halb bis zu den Ohren hochgezogen.

»Er will dich, Rosalind«, erklärte Loki. »Und darin besteht das Problem. Er will dich zu sehr.«

»Sprich nicht für mich«, raunte Ragnar grollend, und ich zuckte zusammen. In seiner Stimme schwang der kehlige Ton der Bestie mit.

Loki hob die Arme mit den Handflächen nach oben. »Ist nicht bedrohlich gemeint, Bruder.«

Ragnars Gebrüll erschütterte die Lichtung. »Sei still!«

»Ragnar«, flüsterte ich. »Bitte.«

Mit einem weiteren Brüllen stapfte er zum Rand der Lichtung und blieb kurz vor der Nebelwand stehen.

Nach einem Blick zu Loki folgte ich ihm.

»Komm nicht näher«, sagte der Berserker knurrend, ohne sich umzudrehen. Schwarzes Fell wuchs an seinen Armen.

Ich schenkte seiner Warnung keine Beachtung. Stattdessen wartete ich hinter seinem Rücken, nah genug, um ihn zu berühren. Schließlich verschwand das Fell. Als Ragnar erneut das Wort ergriff, klang seine Stimme normal.

»Ich hatte einst einen Kriegerbruder. Er war ein besserer Mann als ich. Und die Bestie ...« Er verstummte.

Ich ergriff seinen Arm und streichelte die Haut, an der noch kurz zuvor Fell gesprossen war. »Es tut mir so leid.« Er hatte seinen Kriegerbruder verloren. Für einen Berserker kam das dem Verlust eines Teils seiner Seele gleich.

Und ich hatte einmal versucht, ihn mit der Frage zu ärgern, warum er keinen Kriegsbruder hatte. Ich war eine gefühllose Närrin.

»Ich konnte ihn nicht retten. Niemand konnte es.« Ragnar starrte zu den Bäumen, verlor sich in einer entfernten Erinnerung. »Ich konnte ihn nicht vom Abgrund zurückholen. Am Ende war die einzige Möglichkeit, ihn aufzuhalten, ihm den Kopf abzuschlagen. Also habe ich es getan.«

Die bloße Berührung seines Arms reichte nicht mehr. Wir hatten miteinander geschlafen, und nun brauchte er mich. Ich trat vor ihn hin und schlang die Arme um seine Taille. Nach einem Herzschlag zog er mich an sich. Ich lehnte mich an seinen Körper, bettete die Wange an seine Brust. »Wie hast du überlebt?« Die zwischen Kriegern geknüpften Bande bewahrten sie vor dem Wahnsinn. Wenn ihm einer erlag ... folgte der andere in der Regel kurz danach.

Ragnars Hand legte sich auf meinen Kopf. »Ich dachte, es würde nicht lange dauern, bis die Bestie mich überwältigen würde. Und ich wusste, die Alphas würden mich dann kurzerhand erledigen. Ich hätte es sogar begrüßt, denn ich war in Dunkelheit gefangen ...« Er zupfte an meinem Haar, zog meinen Kopf zurück, drehte sich mein Gesicht zu. »Und dann habe ich dich gesehen.«

Ich schüttelte den Kopf.

»Mich selbst konnte ich nicht retten. Aber ich konnte versuchen, dich zu retten.«

»Gestern Nacht hast du gesagt, ich gehöre dir.«

»Das hätte ich nicht sagen sollen.«

»Also willst du mich nicht.«

»Du weißt, dass ich dich will.« Er drückte die Stirn an meine. Sein Knurren grollte in unter meinen Handflächen seiner Brust. »Du bist das Einzige auf der Welt, was ich will. Und ich kann dich nicht haben.«

»Ragnar«, sagte ich mit zitternder Stimme, »du solltest dir eine andere ...«

»Nein. Für mich gibt es niemanden außer dir.«

»Aber ...« Mittlerweile weinte ich. »Ich kann nicht ...« Ich konnte nicht mit ihm zusammen sein. »Ich muss ...«

»Ich weiß. Du hast deine Aufgabe. Ich habe meine.« Er wischte mit dem Daumen meine Tränen weg. »Ich bin eine Waffe. Also gehe ich dorthin, wo ich den größten Schaden anrichten kann, bevor mich der Tod ereilt.«

Ich wollte mich von ihm losreißen, aber er hielt mich zu fest. »Nein.« Ich setzte mich zur Wehr. Meine Hände kämpften gegen ihn an, obwohl ich ihn eigentlich nur festhalten wollte.

»Schhh.« Er zog mich wieder an sich. »Du weißt nicht, wie es am Ende ist. Der Wahnsinn überkommt einen. Man wird zur Bestie. Ohne Wiederkehr. Wenn es so weit ist, wird Loki mich erledigen.«

Ich drehte den Kopf und starrte Loki finster an, der mittlerweile an unseren Ellbogen stand. »Du hast es gewusst«, warf ich ihm vor.

Er zuckte mit den Schultern. »Ich wusste auch, was die Hexen über dich vorhergesagt haben. Ihr seid beide so entschlossen, in den Tod zu gehen. Anscheinend bin ich der Einzige, der überleben will.«

Ragnar knurrte und drehte uns weg, damit wir etwas ungestörter waren.

Ich zerrte an Ragnars Hals, zog seinen Kopf dichter zu mir. »Ich kann meine Aufgabe erfüllen, wenn ich weiß, dass du weiterlebst. Ich möchte, dass du ein gutes Leben führst. Dafür mache ich das – für meine Schwester. Für die *Holzmouwas*. Und ...« – mein Flüstern wurde zu einem Schluchzen – »für dich.«

»Ich weiß, Rosalind. Aber es soll nicht sein. Dieses Unterfangen, der Feind ... wir stellen uns ihm gemeinsam.« Er schmiegte sich an meiner Wange, und ich spürte seine Lippen am Ohr. »Versprich es mir.« Das Kratzen seines blonden Barts und sein Flüstern jagten mir einen Schauder über den Rücken.

Ich umklammerte ihn fester. »Ich verspreche es.«

»Ich merke es, wenn du lügst«, warnte Ragnar mich knurrend. Er packte mein Kinn und zwang mich, seinem Blick zu begegnen. Das goldene Licht seiner Augen versengte mich geradezu.

Ich biss mir auf die Unterlippe, denn ich konnte ihm nicht versprechen, dass ich ihn nicht zurücklassen würde. Bei der ersten sich bietenden Gelegenheit würde ich wegrennen und hoffen, dass er überlebte.

»Kommt«, ergriff Loki das Wort. »Uns bleibt nicht viel Zeit. Wir müssen los.« Wie üblich hatte er sich ganz in Schwarz gekleidet. Seinen Mantel und seine Bündel ließ er zurück. Als Waffe hielt er einen mit Runen verzierten Stab. Außerdem trug er quer über der Brust einen breiten schwarzen Ledergürtel, in dem ein Dutzend Dolche verschiedener Größen steckte.

»Ich bin bereit«, brummte Ragnar. Damit trat er von mir

weg und ergriff seine Äxte, eine mit jeder Hand. Seine Fingernägel hatten sich zu Krallen verdickt. In den Augen hatte er das goldene Leuchten der Bestie. Bald würde er sich verwandeln und zum Monster werden. Und ihm zufolge würde es danach keine Rückkehr geben. Für ihn würde es das Ende sein. »Rosalind.« Er gab mir ein Zeichen, und ich reihte mich zwischen den beiden Männern ein.

Ich hatte die Hände frei, da ich keine Waffe trug, abgesehen vom Dolch mit dem Mondstein, der nach wie vor an einem Lederriemen um meinen Hals hing. Ich konnte nur hoffen, dass der Stein die Diener des Totenkönigs nicht anlocken würde.

Unter dem Gewicht des Mondsteins schlug mein Herz sehr, sehr schnell.

Wir marschierten weiter, Ragnar hinter mir, während Loki als Kundschafter vorausging. Bei jedem Schritt verhöhnten mich meine Gedanken. Wer war ich denn, dass ich mir einbildete, ich könnte diese Aufgabe erfüllen?

»Hier entlang.« Loki winkte, und ich beschleunigte die Schritte, kämpfte mich mühsam einen felsigen Hügel hinauf.

Es war zu spät, um noch umzukehren, aber so ging es einfach nicht. Ich konnte nicht mit dem Wissen weitermachen, dass ich Ragnar verlieren würde. Und was Loki anging ... Er hatte gesagt, wenn er in diesem Leben stirbt, dann stirbt er für immer. Ich wusste nicht genau, was das bedeuten sollte, aber ich wollte nicht, dass er starb.

»Wartet«, sagte ich, doch ein lautes Grollen aus Ragnars Brust übertönte mich.

Als wir um eine Reihe von Felsblöcken bogen, schlug mir der Gestank von *Draugr* entgegen. Der Mief vermischte sich mit dem würzigen Geruch der Magie des Totenkönigs. Vor uns erstreckte sich ein graues, stinkendes Meer aus

Zehntausenden untoten Soldaten. Genau wie in meinem Traum.

»So viele.« Die Worte verwandelten sich in meinem ausgedörrten Mund in Staub. Alle paar Ellen züngelten blaue Flammen über den Köpfen der Soldaten. Die Magie des Magiers, die sie in Schach hielt.

»Hinter ihnen – seht ihr das? Im Nebel?« Loki zeigte hin. Hinter den Rängen der *Draugr* bedeckte eine schwere graue Wolke die Erde. Eine dichte Wand ähnlich der, die Loki in der vergangenen Nacht um uns herum errichtet hatte. Nur hatte dieser Zauber die hundertfache Größe. »Er versteckt seine Festung. Das ist unser Ziel.«

»Gehen wir.« Ragnar brachte die Axt in Anschlag.

»Du Narr.« Loki ließ die Beleidigung beinah liebevoll klingen. »Glaubst du etwa, du kannst gegen sie alle kämpfen?«

»Ich kann es versuchen.« Mittlerweile leuchteten Ragnars Augen so hell wie eine Fackel.

»Wenn du geradewegs durch sie hindurchpflügst, wie lange wird Rosalind dann wohl überleben?«, gab Loki zu bedenken.

»Ich muss aus eigener Kraft hineingehen«, wiederholte ich, was die Hexen mir gesagt hatten.

»Es gibt einen Weg außen herum«, murmelte Loki. Er deutete nach Süden, wo eine silberne Linie in der frühen Sonne glitzerte. »Am Fluss entlang. Die *Draugr* überqueren ihn nicht gern.«

»Wie lange wird das dauern?«, fragte ich mit belegter Stimme. Mein Mund schien mit Asche gefüllt zu sein.

»Wir werden bei Einbruch der Nacht ankommen.«

»Dann lasst uns gehen«, sagte ich, bevor Ragnar Einwände erheben konnte.

Mit gesenktem Kopf marschierte ich hinter Loki her.

Mein Rücken krümmte sich, und das Atmen fiel zunehmend schwerer, je tiefer wir ins Hoheitsgebiet des Totenkönigs vordrangen. Wir schlichen weiter und versteckten uns, so gut wir konnten. Die Diener des Totenkönigs hatten sämtliche Bäume gefällt, das Land gerodet. Sie müssen viel davon verbrannt haben, denn in der Luft hing ein Beigeschmack von Rauch. Immer wieder stießen wir auf versengte Erde. Weit und breit wuchs nichts. Keine Vögel sangen. Der Totenkönig hatte die Gegend in eine unwirtliche, kahle Ödnis verwandelt.

Als wir den Fluss erreichten, erwies sogar er sich als verdreckt und schlammig. Wir wagten es nicht, sein Wasser zu trinken.

»Das ist das Schicksal der Welt«, murmelte Loki, beinah zu sich selbst. »Wenn wir ihn nicht aufhalten, den Totenkö...«

»Still«, schnitt ich ihm barsch das Wort ab. »Sprich seinen Namen nicht aus. Hier könnten uns sogar die Steine belauschen.«

»Du glaubst, ein bisschen Stille würde etwas an unserem Schicksal ändern?«

»Ich werde mein Bestes geben«, erklärte ich und schaute zu der dichten, hohen Nebelwand, die immer näher rückte. »Mehr kann ich nicht tun. Du kannst ja fliehen, wenn du willst, Loki.«

»Ich denke, ich bleibe.«

»Trotz des Wissens, dass du sterben könntest?« Ich hob meine Röcke ein wenig höher von der verkohlten Erde an.

Loki reihte sich neben mir ein. Er spielte mit einem kleinen Dolch, warf ihn in die Luft und fing ihn auf, ohne sich zu schneiden. »Ich bin noch nie gestorben. Es könnte eine interessante Erfahrung sein.«

»Ist das nur ein Spiel für dich?«

»Nein.« Er fing den Dolch auf und kratzte sich mit der Spitze an der Augenbraue. »Tatsächlich ist es für mich das erste Mal, dass entschieden zu viel auf dem Spiel steht. Ich werde mein Bestes geben, um dir zu helfen, Rosalind. Darauf gebe ich dir mein Wort.«

»Versprechen können gebrochen werden«, brummelte ich.

Loki grinste und warf den Dolch wieder hoch.

Ich beobachtete ihn einen Herzschlag lang, dann schnappte ich die Waffe aus der Luft, bevor er sie auffangen konnte. Mit den Tricks, die er mir beigebracht hatte, schnippte ich sie herum und um beide Hände, bevor ich sie im Ärmel verschwinden ließ. Ich hob die leeren Handflächen, um ihm zu zeigen, dass der Dolch weg war.

»Gut gemacht. Natürlich nicht gut genug, um mich zu täuschen.« Loki zwinkerte, und der Dolch befand sich in seiner Hand, nicht mehr in meinem Ärmel. »Aber gut genug für die meisten anderen.«

»Ich wünschte, du hättest mehr Zeit gehabt, mich zu unterrichten.«

»Das ist das Problem, wenn man sterblich ist. Die Zeit reicht nie. Deshalb zählt jeder Augenblick.« Er rieb sich den Kopf. »Jede Handlung kann zu Leben oder Tod führen. Ich bin es nicht gewohnt, dass Dinge bedeutsam sind.«

»Und als Gott ist für dich nichts bedeutsam?«

»Nein.« Er seufzte. »Vermutlich bin ich deshalb hier. Um zu sehen, ob ich doch ein Herz besitze.«

»Falls ja, hoffe ich, du findest es«, murmelte ich. Trotz allem war ich froh, Loki kennengelernt zu haben, wenn auch nur für kurze Zeit.

»Wenn jemand mein Herz berühren könnte, Rosalind, dann wärst es du«, säuselte er und ließ den Blick von Kopf bis Fuß über mich wandern. Ich war dreckig von Ruß, und mein Haar klebte strähnig und verschwitzt am Kopf. Dennoch errötete ich wie eine Hofdame unter seinem prüfenden Blick. »Aber tatsächlich berührt hast du bislang nur meinen ...«

»Der Feind«, unterbrach Ragnar grollend unser Gespräch. »*Draugr*. Vor uns.«

Wir befanden uns zwischen dem Fluss und einem künstlich aufgeschütteten Erdhügel. Ragnar kletterte die Erhebung hinauf und kroch das letzte Stück auf dem Bauch. Loki und ich taten es ihm gleich.

Auf der anderen Seite des Hügels standen die *Draugr* stumm in Reih und Glied, warteten auf den Befehl zum Angriff.

Sie befanden sich so nah, dass ich die Rußflecke auf ihren Waffen erkennen konnte.

»Gibt es eine Möglichkeit, sie zu umgehen?«, fragte ich in leisestem Flüsterton.

»Diesmal nicht«, erwiderte Loki ruhig. »Der Fluss beschreibt eine Biegung von uns weg. Näher können wir nicht hin.«

»Wenn wir sie nicht umgehen können, dann müssen wir durch sie hindurch.« Ragnar schob seine Axt höher den Hügel hinauf. »Rosalind, mach dich bereit zu rennen.«

Mein Herz hämmerte wild, als ich mich auf die kalte Erde presste. Vor uns lag die Magie des Totenkönigs dicht wie Parfüm in der Luft. Das letzte Mal, als ich sie so stark wahrgenommen hatte, war der Totenkönig unmittelbar vor mir erschienen. Ich schloss die Augen und spürte seine knochigen Finger im Gesicht.

»Rosalind?« Lokis Murmeln holte mich zurück.

»Ja.« Meine Stimme klang matt. »Ich bin bereit.«

Irgendetwas bewog mich, einen Blick hinter mich zu

werfen. Hinter uns schlurften weitere *Draugr* am Fluss entlang.

Ich musste wohl einen warnenden Laut von mir gegeben haben, denn Ragnar und Loki drehten sich beide um.

»Wir sitzen in der Falle«, sagte Loki scharf. »Wir müssen weg.«

Loki und Ragnar erhoben sich gleichzeitig. Ragnar brachte die Axt in Anschlag, bereit, sie wie einen tödlichen Wirbelsturm zu schwingen.

Loki jedoch setzte sich schneller in Bewegung, als es das Auge verfolgen konnte. Er warf einen Dolch. Langsam und sich drehend flog er mitten hinein in die wartende Heerschar. Zwischen dem Moment, in dem die Klinge Lokis Finger verließ, und dem Einschlag in die Erde zwischen den Rängen der *Draugr* verfinsterte sich der Himmel.

Blitze zuckten herab und erhellten die Luft mit blendendem weißem Licht. Sie fuhren geradewegs in den Dolch und zersplitterten. Gezackte Linien reiner Energie trafen die Reihen der untoten Soldaten. Donner rollte. Mehrere *Draugr* fielen.

Ragnar und ich sahen Loki mit offenen Mündern an.

»Ein paar Tricks habe ich im Ärmel.« Lokis Lächeln wirkte so scharf wie eine Klinge. »Rosalind, folge unserem Beispiel.«

Ich raffte meine Röcke. Sie fühlten sich schwer in meinen Händen an.

Mit einem Dolch in jeder Hand schritt Loki die Anhöhe hinunter. Seine dunkle Gestalt zeichnete sich in Umrissen vor dem Licht der entfernten Blitze ab.

Ragnar brüllte. Er schwang die Axt, preschte den Hügel hinunter und überholte Loki. Ungebremst stürmte er in die Reihen der Untoten und pflügte weiter. Körper flogen durch die Luft. Ich folgte den Männern, rannte in der Schneise, die Ragnar und Loki für mich schlugen.

Rückblickend schien es unmöglich zu sein, dass wir uns einen Weg durch die Massen der *Draugr* bahnen konnten. Ich konnte nur vermuten, dass der Totenkönig von unserem Kommen wusste, es begrüßte und seine Soldaten deshalb zurückhielt.

In jenem Moment jedoch, mitten im Geschehen, blieb mir keine Zeit zum Denken. Loki hatte gesagt, die *Draugr* wollten, dass ich zum Totenkönig ging, weil der Magier den Mondstein begehrte. Es musste wohl stimmen, doch mittendrin im Gedränge und Gestank der *Draugr* erschien mir der Kampf endlos und nicht zu gewinnen.

Während ich den Kriegern durch die Scharen der Untoten folgte, wuchs mein Grauen, und meine Schritte gerieten ins Stocken. Loki musste zu mir umkehren, meinen Arm packen und mich weiterziehen. Mit der freien Hand hieb er auf jeden *Draugr* ein, der das Pech hatte, ihm zu nah zu kommen. Ragnars Axt hob und senkte sich wie eine Sense und schnitt durch die Reihen der Soldaten. Die Untoten wurden Rang um Rang lebendig und bewegten sich mit trockenen, knarrenden Geräuschen. Die Blitze schlugen wieder und wieder ein, setzten die wandelnden Kadaver in Brand.

Loki musste mich loslassen, um eine Gruppe abzuwehren. Ich stolperte. Knochige Finger packten meine Arme. Vergeblich schlug ich um mich. Die untoten Soldaten schleiften mich ein Stück weg.

»Ragnar«, rief ich. Als er sich umdrehte, stockte mir der Atem. Er hatte nichts Menschliches mehr an sich. Seine Augen leuchteten im Gesicht eines drei Meter hoch aufragenden Ungetüms mit schwarzem Fell. Seine Axt wirkte wie ein Spielzeug in seiner Pranke. Er schwang die Waffe wuchtig in die Reihen der Feinde und schaltete zehn *Draugr* auf einmal aus. Mit ausgestreckten Armen stürmte er an mir vorbei. Seine Klauen zerfetzten die untoten Soldaten in der Nähe.

»Hab dich.« Loki befand sich hinter mir und hob mich mühelos auf. Dann wirbelte er herum und trug mich wie eine Braut über das Schlachtfeld. Knochen und Trümmer knirschten unter seinen Stiefeln.

Ich wollte die Augen schließen, aber es erschien mir falsch, das Gemetzel nicht zu bezeugen, das diese beiden Krieger anrichteten.

Die Schlacht war noch nicht vorbei. Weitere *Draugr* rückten an und versperrten uns den Weg zurück. Nicht, dass ich einen Weg zurück gebraucht hätte. Vor uns ragte die Nebelwand auf, eine lange, rauchartige Säule, die des Totenkönigs Festung verbarg. Dort würde mein Unterfangen enden.

Aber für Loki und Ragnar musste es nicht dazu kommen.

»Lass mich runter.« Ich wehrte mich in Lokis Armen. »Ich muss aus eigenem Antrieb hingehen.«

»Wir wissen nicht, was hinter dem Nebel ist. Du könntest meilenweit laufen müssen.« Doch er ließ mich runter und los, um gegen die *Draugr* in meinem Weg zu kämpfen.

Ich hob die Röcke an und folgte ihm, blieb so nah bei Loki, wie ich es wagte. Da ich den Kopf gesenkt hielt, bemerkte ich erst nicht, dass wir uns auf einem Hügel befanden, bis er den letzten *Draugr* hinunterwarf.

»Wir haben es geschafft. Schau.«

Vor uns erstreckte sich nur kahles Gelände, das zu der Nebelwand abfiel.

»Lass mich allein gehen«, verlangte ich.

»Nein.« Ein Knurren ertönte vom Fuß des Hangs.

Irgendwie hatte sich das Ungeheuer, das Ragnar war, von den Soldaten freigekämpft. Er kletterte zu uns herauf, halb gehend, halb auf den dicken, fellbedeckten Armen der Bestie kriechend.

»Wir gehen zusammen«, sagte Loki. Ich nickte. Mit der Bestie zu meiner Rechten und Loki zu meiner Linken rannte ich den Hügel hinunter auf den Nebel zu.

»Halt dich an mir fest.« Loki packte mich am Arm, als wir auf das wogende Grau zustürmten.

Ich konnte ihn nicht abschütteln. Zusammen pflügten wir in den Nebel.

Die magischen Schwaden umhüllten mich wie Schlamm. Ich konnte nichts sehen, konnte nicht atmen. Es war, als würde ich lebendig begraben.

»Was passiert hier?«, versuchte ich zu schreien. Meine Hände krallten am Nebel vor mir, aber das Grau lichtete sich nicht. Ich steckte fest. »Nein!« Panik breitete sich in meiner Brust aus. Ich strampelte und schlug um mich, doch es war, als bewegte ich mich in Wasser. Die Magie umfing mich, schloss mich ein. Es gab keinen Ausweg.

Jemand zerrte mich vorwärts. Zuerst wehrte ich mich dagegen.

»Rosalind!«, vermeinte ich, ein gedämpftes Flüstern im Nebel zu hören.

Es war Loki. Er hielt immer noch meinen Arm fest.

Ohne seine Hilfe wäre es mir vielleicht nie gelungen, mich zu befreien. Irgendwie zog er mich aus dem zähflüssigen Grau in helles Tageslicht.

Der Nebel blieb hinter uns zurück, und wir sanken beide schwer atmend ins Gras. Ich fuhr mir mit den Händen übers Gesicht und wischte mir über die Augen, als könnte ich so den Nebel vertreiben. Erst nach einigen Atemzügen frischer Luft beruhigte ich mich.

»Danke«, sagte ich.

Loki nickte. Seine Brust hob und senkte sich heftig. Sein grünes Auge wirkte wild. Der Zauber hatte sich auch auf ihn ausgewirkt. Wir saßen beide im grünen Gras auf einer schönen Waldlichtung. Die Bäume raschelten im Wind. Vögel zwitscherten im Geäst. Es war wie eine andere Welt.

Allerdings beruhigte mich der wunderbare Tag nicht.

»Ragnar?« Ich drehte mich um. »Wo ist Ragnar?«

Von dem Monster fehlte jede Spur. Steckte er noch im Nebel fest?

Ein großer Wolf mit goldenen Augen trabt aus dem Wald. Ich hatte noch nie zuvor ein so riesiges Tier gesehen. Wölfe waren an sich größer als Hunde, doch dieser überragte jeden gewöhnlichen Wolf um Längen.

»Ragnar?«

Als ich ihn rief, schlich er näher. Sonnenlicht sprenkelte sein graues und braunes Fell.

»Ragnar.« Ich streckte die Hand aus, lud ihn ein, näher zu kommen. In Wolfsgestalt hatte ich ihn noch nie erlebt. Trotzdem wusste ich, dass er es war.

»Warte.« Loki zog mich zurück. »Er ist dem Wahnsinn verfallen.«

»Er würde mir nie wehtun.« Ich breitete die Arme aus, und der Wolf verringerte den Abstand. Ich umarmte seinen Hals und drückte das Gesicht in sein dichtes Fell. Er roch nach Zedernholz.

»Ich bin froh, dass du überlebt hast«, flüsterte ich.

Der Wolf zog sich zurück und leckte mir das Gesicht. Das Kratzen seiner rauen Zunge beruhigte mich.

Nach einer kurzen Weile rappelte ich mich mit Hilfe des Wolfs auf.

Die Luft auf der saftig-grünen, von sanftem Sonnenlicht erhellten Lichtung war warm.

»Was ist das für ein Ort?«, fragte ich. Die Umgebung sah zu schön aus, um zum Reich des Totenkönigs zu gehören.

»Das Allerheiligste. Ich vermute, die Festung liegt in dieser Richtung.« Loki zeigte in den Wald. Kurz verstummten die Vögel, dann zwitscherten sie weiter.

Ein Schauder durchlief mich. Schön hin, schön her, irgendetwas stimmte nicht mit diesem Ort.

»Ich denke, wir sollten weitergehen.« Es gelang mir nicht, das Zögern aus meiner Stimme zu verbannen. »Vielleicht wird es von jetzt an einfacher.«

»Warte.« Loki hielt mich mit einer Hand an meinem Arm zurück. »Hörst du das?«

Die Vögel waren erneut verstummt.

Tief im Wald ertönte ein knackendes Geräusch.

»Da kommt etwas«, sagte ich.

Der Wolf richtete sich auf und fletschte die Zähne. Sein Fell sträubte sich, und er knurrte lang und tief.

Hinter der ersten Baumreihe bewegte sich etwas. Die Bäume dahinter erzitterten. Ihre Blätter raschelten.

Loki und Ragnar traten vor mich hin.

Aus dem Wald flog ein langer grauer Knochen. Er holperte über das Gras und kam ein Stück entfernt zum Liegen. Ein weiterer Knochen folgte und landete klappernd auf dem ersten. Wir alle starrten hin.

Noch ein Knochen und einer weiterer. Der Haufen wuchs. Blaues Licht erhellte die grausige Erhebung.

»Können wir daran vorbei?« Verhalten setzte ich mich in Bewegung, doch Loki hob die Hand. In dem Stapel bewegt sich etwas. Das Licht der Magie des Totenkönigs flammte auf, und die Knochen fügten sich zu etwas zusammen. Weitere Knochen flogen aus dem Wald heran und ergänzten die anderen. Magie formte sie zu einer riesigen Gestalt. Ein breiter Rücken wie von einem Pferd, Beine, einen langer, *langer* Hals. Und als die Kreatur die kahlen, knochigen Kiefer öffnete, spie sie blaues Feuer.

»Bei Thors Nüssen«, stieß Loki hervor und zückte zwei Messer. »Ein Knochendrache.« Er warf einen Blick zu Ragnar. »Kannst du dich verwandeln?«

Der Wolf schüttelte den Kopf.

»Na wunderbar«, brummelte Loki. »Also liegt es an mir, gegen den letzten Wächter zu kämpfen. Rosalind, du bleibst besser aus dem Weg.«

Der Drache schleppte sich langsam auf halb ausgebildeten Beinen vorwärts. Hätte ich ihn nicht mit eigenen Augen gesehen, ich hätte nie geglaubt, dass es ein solches Wesen geben konnte. Es bestand nur aus einem Haufen Knochen, zusammengehalten von blauem Licht.

Ich trat zur Seite, näher an die Nebelwand. Dabei achtete ich darauf, die grauen Schwaden nicht zu berühren.

Meine Finger glitten in meine Tasche. Darin verwahrte ich die Runenkugeln.

»Loki«, rief ich. »Kannst du Magie wirken?«

Er rollte mit den Schultern und legte den Kopf schief, bis sein Hals knackte. »Ich kann es versuchen.«

Meine Hand legte sich um eine Runenkugel. Wenn ich helfen könnte, würde ich es tun.

Der Wolf stürmte zum ersten Angriff los. Mit schnappenden Kiefern rannte Ragnar zwischen den Beinen des Drachen hindurch. Wild riss er an der Kreatur und schleuderte Knochen beiseite. Blaues Licht erhellte sein Fell. Irgendwie drehte sich der Drache, trat aus, und der Wolf Ragnar flog davon. Er landete im Gras und rollte sich auf die Beine. Unversehrt.

Aber die Knochen, die er aus dem Körper des Drachen gerissen hatte, zuckten plötzlich. Einen Moment lang zitterten sie wie Eisennägel in der Nähe eines Magneten.

Dann blitzte das blaue Licht auf, und die Knochen, die Ragnar dem Drachen abgeknöpft hatte, flogen zurück, wurden wieder in die Gestalt eingefügt.

»Verdammt«, fluchte Loki. »Wir müssen einen Weg finden, ihn zu zerlegen und zu verhindern, dass er sich wieder zusammenfügt.« Er schnippte mit den Fingern. »Salz.«

Der Wolf Ragnar griff den Drachen bereits wieder an, zerrte erneut an dessen Beinen.

Loki rannte hinter das Ungetüm und wich dem neu gebildeten Schwanz aus.

Ein paar von Ragnar weggeschleuderte Knochen landeten im Gras. Loki streute eine Handvoll Salz über sie. Die Knochen zuckten kurz, dann lagen sie still.

»Aha!« Er drehte sich mir zu und grinste triumphierend.

Der Kopf des Drachen wirbelte herum. Er öffnete das knochige Maul.

»Loki, pass auf!«, schrie ich.

Eine pelzige Gestalt rammte Loki, bevor das blaue Feuer ihn erfassen konnte. Der Wolf Ragnar und Loki rollten zusammen über das Gras und sprangen gerade noch rechtzeitig auf, um dem peitschenden Schwanz des Knochendrachen auszuweichen.

Loki rief dem pelzigen Krieger über die Lichtung hinweg zu. »Du hast mir das Leben gerettet, Wolf. Das werde ich dir nicht vergessen.«

Zusammen griffen sie den Knochendrachen abermals an. Ragnars Fänge rissen Knochen aus der magischen Kreatur. Loki streute Salz über sie. Ganze Haufen von Gebeinen blieben regungslos im Gras liegen. Die Magie konnte sie nicht wiederbeleben.

Rosalind, flüsterte mir jemand zu. Eine Stimme, die ich schon viele Male gehört hatte, mitten im Winter, wenn ich nicht schlafen konnte. Ich fasste mir vorn ans Kleid und vergewisserte mich, dass ich den Dolch noch hatte.

Jenseits der Lichtung lockte mich der Wald.

Es war an der Zeit, mein Unterfangen zu beenden. Während die Krieger mit dem Drachen beschäftigt waren, konnte ich mich davonschleichen. Sie würden nicht sterben. Die beiden würden es schaffen, sich zurück durch den Nebel zu kämpfen, und zusammen würden sie sich einen Weg durch die *Draugr* bahnen, um zu entkommen.

Komm zu mir, flüsterte der Totenkönig. Ich trat einen Schritt vor, dann noch einen. Der Nebel geriet in Wallung, als ich ihn passierte, als wollte er mich packen. Er trieb mich vorwärts. Ich bewegte mich um das Schlachtfeld herum, wich umherfliegenden Knochen aus. Das Grunzen der Krieger und das Klappern von Knochen bildeten die einzigen Geräusche.

Schließlich gelangte ich nah zum Wald. Ragnar und Loki bemerkten es gar nicht.

Passt auf euch auf, dachte ich, und nach einem letzten Blick wandte ich mich um, wollte losrennen.

»Rosalind«, brüllte Loki. Er befand sich auf dem Drachen, ritt auf dessen knochigem Rücken. Der Drache taumelte. Ragnar wich dem peitschenden Schwanz aus und schlug mit den Klauen danach, verstreute weitere Knochen über das Gras.

»Du musst auf uns warten«, stieß Loki hervor, während er darum kämpfte, das Gleichgewicht zu halten.

»Geht zurück«, rief ich und deutete zum Nebel. »Rettet euch.«

»Nein.« Loki knurrte. »Wir dürfen nicht getrennt werden. Wenn Hoffnung bestehen soll, müssen wir zusammenbleiben. Die Hexen haben es vorausgesagt!«

»Für mich gibt es keine Hoffnung«, entgegnete ich. »Das weißt du.«

Mit einem Schlachtruf richtete sich Loki auf und streute Salz auf den Nacken des Drachen. Blaues Licht flammte auf und blendete mich.

Der Drache löste sich auf. Die Hälfte der Knochen fiel zu Boden. Die andere Hälfte bildete einen Käfig um Ragnar und Loki.

»Nein!« Loki kämpfte gegen die Knochen an, aber sein Salzbeutel lag leer auf dem zertrampelten Gras. Zwar gelang es ihm und Ragnar, den Käfig zu zerreißen, allerdings bildete er sich prompt wieder um sie herum.

Letztlich würden sie es schaffen, sich freikämpfen und mir zu folgen.

Ich schob die Finger in meinen Beutel mit den Waffen, die mir die Hexen mitgegeben hatten. Ich würde sie nicht gegen meinen Feind einsetzen, sondern gegen meine Freunde.

»Nein!«, brüllte Loki.

Ich warf die Rauchbomben auf den Boden. Sie zerbarsten mit einem lauten Knall. Ich wurde zurückgeschleudert. Hinter mir wallte Rauch auf. Knochensplitter regneten herab. Wutentbranntes Gebrüll ließ mich auf die Beine springen.

In dem Durcheinander wirbelte ich herum und rannte los.

∼

Loki

»Verdammt, was denkt sie sich nur?«, murmelte ich. Der Rauch von den Runensteinen lichtete sich. Die Waffen halfen dabei, eine Ecke des Käfigs zu sprengen. Ragnar und ich kämpften gegen den Rest der Knochen an. Der Wolf zerbiss sie, ich zerstampfte sie zu Pulver. Nach und nach befreiten wir uns.

»Ich sollte ihr doch helfen«, klagte ich, während ich arbeitete. »Das kleine Dummchen rennt einfach ohne Rücksicht auf das eigene Leben in vollem Lauf los.«

Der Wolf Ragnar bellte.

»Schrei mich nicht an.« Ich schleuderte ihm einen finsteren Blick zu. Er schleuderte einen Knochen nach mir, und ich brach ihn entzwei. »Wir hatten einen Plan, und sie hat ihn verdorben. Es stimmt, dass die Hexen ihr gesagt haben, sie würde dieses Unterfangen nicht überleben. Aber es gibt viele Dinge, die das Schicksal beeinflussen können. Ich weiß zwar noch nicht, was, aber irgendetwas fällt mir vielleicht ein.«

Mittlerweile hatten wir es beinah aus dem Käfig geschafft. Ich trat gegen das Knochengitter, und es fiel auseinander. Blaue Magie schlängelte sich halbherzig um die Trümmer.

Vorsichtshalber zerstampfte ich sie. »Wir schmieden unser Schicksal selbst, hat mal jemand zu mir gesagt.« Ich zwinkerte Ragnar zu. Der Wolf wirkte nicht belustigt. Vielmehr entdeckte ich einen vorwurfsvollen Ausdruck im Licht der goldenen Augen.

»Na ja, was soll ich denn tun?« Ich schwenkte einen Knochen. »Sie hat mich zurückgelassen. Nur weil sie fest entschlossen ist, eine Heldin zu werden, muss ich ihrem Beispiel noch lange nicht folgen.«

Die Nebelwand. Ich könnte durch sie verschwinden und

zu den Hexen zurückkehren. Niemand würde mir einen Vorwurf daraus machen.

»Ich muss am Leben bleiben«, überlegte ich laut. »Es wäre zu traurig, wenn ich stürbe.«

Ein magischer Wirbelsturm zog auf und bildete aus den Knochen einen Turm. Ragnar und ich stürzten uns darauf und beseitigten die restlichen Knochen kurzerhand.

Etwas prickelte in meiner Seite. Ich berührte mit den Fingern mein Wams. Als ich sie davon löste, schillerten sie rot. Ich stieß einen Fluch aus.

Ragnar bellte.

»Nur ein bisschen Blut«, erwiderte ich. »Unter Menschen üblich, habe ich gehört. Ich hoffe, die Wunde ist nicht tödlich.«

Der Wolf legte den Kopf schief. Mir gefiel nicht, wie er auf mein Blut starrte. Ich wischte mir die Finger an der Hose ab und hob einen zu Boden gefallenen Dolch auf.

»Du solltest umkehren, Ragnar.« Ich deutete mit dem Kopf auf die Nebelwand. »Du hast getan, was du konntest.«

Der Wolf bleckte mir die Zähne entgegen. Dann wandte er sich ab und trabte in die Richtung, in die Rosalind gelaufen war.

Hast du je etwas für jemand anderen als dich selbst getan?

»Bei Thors winzigen Nüssen«, brummte ich und folgte ihm.

Anscheinend würde ich doch ein Held sein müssen.

∽

Rosalind

Leicht stolpernd rannte ich zwischen den Bäumen hindurch. Im üppigen, grünen, qualvoll beschaulichen Wald herrschte Ruhe. Ich wagte nicht, anzuhalten. *Werden Ragnar und Loki mir jemals verzeihen?*

Der Tag war warm und prächtig. Einladendes Vogelgezwitscher umgab mich. Ich rannte über eine Lichtung und zertrat Glockenblumen unter meinen Stiefeln. Wenn es sein müsste, würde ich so bis zu den Toren der Festung des Totenkönigs weiterlaufen.

Es spielte keine Rolle, was aus mir wurde. Ich hatte die beiden gerettet.

Mein Herz flatterte in der Brust wie ein panischer Vogel in einem Käfig. Ich zwang mich, die Schritte zu verlangsamen. Meine Verzweiflung passte nicht zu dem feinen, sonnigen Tag.

Ragnar und Loki würde nichts passieren.

Je weiter ich ging, desto ruhiger wurde ich. Das Gras kam mir noch grüner vor, die Glockenblumen wirkten blauer. Das Blätterdach über mir teilte sich und ließ den klaren Himmel erkennen. Was hatte ich an diesem Ort nur seltsam gefunden? Irgendetwas regte sich in meiner Erinnerung, aber ich wandte die Gedanken davon ab.

Es würde alles gut werden. Ich musste nur den Totenkönig finden, dann wäre meine Aufgabe erfüllt. Und ich könnte mich ausruhen.

Warum hatte mir das Unterfangen solche Sorgen bereitet? Meine Gedanken entglitten mir wie silbrige Fischlein in einem Fluss und schwammen davon.

Nach einer Weile gelangte ich zu einem Bach, dessen klares Wasser über flache Steine plätscherte. Hätte ich gewollt, ich hätte mich hinknien und das frische Nass trinken können. Seltsamerweise jedoch verspürte ich weder Hunger noch Durst.

Zuvor war ich mit Staub und Asche bedeckt gewesen, nun jedoch sah mein Kleid sauber aus. Eigentlich hätte Ruß meine Hände und Arme verschmieren müssen, aber die glatte, blasse Haut wirkte frisch geschrubbt. Meine Nägel waren unversehrt. Einige Herzschläge lang beugte ich mich über den Bach. Mein Spiegelbild zeigte mir mein schmales Gesicht. Ich sah ausgeruht aus, geradezu königlich. Meine Augen schienen zu leuchten. Beinah wie Mondsteine.

Ich starrte mein Abbild an und betastete den Dolch unter meinem Kleid. Irgendetwas an der Klinge war wichtig, nur konnte ich mich nicht erinnern, was.

Es spielte keine Rolle. Der Tag verging und war viel zu schön, um ihn zu vergeuden. Wie lange ich marschierte, wusste ich nicht. Ich folgte dem Bach und ließ mich von seinem friedlichen Gurgeln beruhigen. Zusammen schlängelten wir uns zwischen üppigem Farn und weiteren Glockenblumen hindurch.

Warum hatte ich gedacht, der Totenkönig würde die Welt in ein unfruchtbares Ödland verwandeln? Das war der schönste Wald, in dem ich mich je aufgehalten hatte. Perfekt, fast wie ein Garten. Vermutlich hatte der Hexer ihn mit seiner Magie erschaffen.

Es konnte nicht so schrecklich sein, jemandem zu begegnen, der einen so schönen Garten entstehen lassen hatte. Oder?

Meine Stiefel sanken in einen dichten Teppich aus Moos und Blumen. Zwischen die Bäume hindurch konnte ich das silbrige Glitzern eines Wasserfalls erkennen. Der Bach schlängelte sich dorthin. Als ich um eine Gruppe von Birken herumtrat, lief mir ein Kribbeln über die Haut.

Der Wasserfall stürzte in einen tiefen Tümpel herab. Ein wässriger Sprühnebel stieg auf und kühlte die Luft.

Am Rand des Tümpels trieb sich ein junger Mann

herum und betrachtete sein Spiegelbild. Er war von langer Statur, hatte ausdrucksstarke Gesichtszüge und dunkles, kastanienbraunes Haar.

Ich huschte hinter eine Birke und drückte mich an den Stamm, während ich den Mann beobachtete. Sein gerötetes Gesicht strotzte vor jugendlicher Gesundheit. Er trug ein langes dunkles Gewand, wie ein Priester oder ein Gelehrter. Vielleicht handelte es sich um den Helfer des Magiers.

Als ich mein Versteck verließ und vortrat, schaute der junge Mann auf und drehte sich mir mit der vollen Pracht seiner Schönheit zu.

Wind kam auf und wehte über mich hinweg. Ich rechnete beinah damit, dass in der Luft der Gestank von *Draugr* liegen würde, aber sie erwies sich als sauber.

Der Mann roch irgendwie würzig. Nicht unangenehm.

»Ich bin auf der Suche nach dem Totenkönig«, sagte ich.

»Ah ja.« Der junge Mann richtete sich auf. Auf den blassen Wangen prangte ein wenig Röte, als wäre es ihm peinlich, dass ich ihn beim Faulenzen ertappt hatte. »Er ist hier. Du hast ihn gefunden. Er weilt ganz in der Nähe in seiner Burg.«

»Ist er dein Herr?«

Der Mann neigte den Kopf. Er besaß dichtes, volles Haar, das wie poliertes Holz glänzte. Wenn er sich bewegte, blitzte darin ein Hauch von Rot auf. »Komm, Herrin, ich bringe dich zu ihm.«

Langsam, gemächlich spazierten wir durch den restlichen Wald. Der Weg führte uns bergauf. Vor uns zeichnete sich ein Berg aus Nebel ab. Gelegentlich blickte der junge Mann auf mich herab und lächelte mich an.

Betritt den Hort des Totenkönigs aus eigenem Antrieb. Die Erinnerung ging mir durch den Kopf, doch ich hatte keine Ahnung, was sie bedeutete.

Die Bäume lichteten sich und mit ihnen der Nebel, der die hochaufragende Burg verhüllte. Glänzende Türme streckten sich gen Himmel. Die Festung bestand aus poliertem Obsidian. Sie schimmerte im Sonnenlicht.

Der Anblick erinnerte mich an einen Traum, den ich einst hatte. Und dennoch ...

»Das ist kleiner, als ich gedacht hätte«, sagte ich.

»Es ist noch nicht fertig.« Der junge Mann klang ein wenig verärgert.

Ich wollte ihn beschwichtigen. »Führst du mich hinein?«

»Es wäre mir ein Vergnügen.« Er streckte eine Hand aus. Kurz zögerte ich und betrachtete die makellose Handfläche. Keinerlei Schwielen. Seine Haut wirkte jung und geschmeidig, und als ich die Hand in seine legte, fühlte sie sich kühl an. Fast wie Stein.

Aber seine Schönheit blendete mich geradezu, und ich dachte nicht weiter über seine seltsamen Hände nach, als ich mit ihm durch die offenen Tore schritt.

9

Rosalind

In der Burg erhellten Feuerschalen den Weg. In ihnen musste irgendein Kraut oder Mineral brennen, denn die Flammen schillerten bläulich, und in der Luft trieb stechender Rauch. Der polierte Stein warf das unheimliche Licht zurück. Alles bestand aus Obsidian – der Boden, die Wände, die Decke, die riesigen Säulen entlang der großen Halle.

»Sieht aus, als wäre alles aus Stein gemeißelt worden.«

»Wurde es auch«, ertönte die Stimme des jungen Mannes widerhallend.

Ich sprach so leise, als befänden wir uns in einer Kirche. »Es ist wunderschön. Wie ist dieser Ort entstanden?«

»Der Magier ist mächtig. Und seine Macht wächst stetig weiter.«

Edelsteine glitzerten in den Säulen, an denen wir vorbeikamen. Ich wäre gern stehen geblieben, aber der junge Mann lief stetig weiter, also hielt ich mit ihm Schritt. Wir hielten uns immer noch an den Händen.

»Er will die Welt befreien. Über sie herrschen. Frieden stiften.«

»Frieden um welchen Preis?«, fragte ich.

Der junge Mann beschleunigte die Schritte. Wir bogen um eine Ecke und betraten eine kleinere Halle. Das Licht der Feuerschalen bildete einen blau schimmernden Tunnel. Unterwegs wirbelten meine Röcke den ebenfalls blauen Rauch auf, der sich in den Winkeln eingenistet hatte. Die Schwaden kräuselten sich vor uns wie ein Haustier, das unseren Schritten auswich. Ganz gleich, in welche Richtung ich mich drehte, ich konnte nirgendwo meinen Schatten entdecken. Als würde er von dem seltsamen Leuchten verschluckt.

Der Geruch von Weihrauch hing durchdringend in der Luft. *Der Geruch der Magie des Totenkönigs.* Kurz stieg Beklommenheit in mir hoch, verflüchtigte sich jedoch gleich wieder. Zurück blieb nur berauschte Ruhe.

Der junge Mann blieb stehen und beobachtete mich. Aus seinen makellosen Zügen sprach nur Geduld.

Da wurde mir klar, dass es sich weder um einen gewöhnlichen Menschen noch um einen Helfer handelte.

Ich wollte ihm nicht in die Augen sehen, aber irgendetwas an seinem Gesicht zog meinen Blick an. »Du wolltest, dass ich hierherkomme.«

»Ja.« Ein Lächeln umspielte seine perfekten Lippen. »Ich habe dich schon früher eingeladen.«

»Ich weiß.«

»Ich dachte, du wolltest nicht kommen.«

»Ich war eine Gefangene der Berserker und wusste nicht, wie ich ihnen entwischen konnte.«

Er legte den Kopf schief.

Nach einem Herzschlag nickte er.

»Hier entlang.« Er führte mich durch eine Tür in einen runden Turm mit einer Wendeltreppe.

»Das ist eine wunderschöne Burg. Es muss viel Macht nötig gewesen sein, um sie zu bauen«, sagte ich. Schmeichelte ich ihm absichtlich, oder sagte ich lediglich die Wahrheit? Eine weiche, wollige Schicht aus Magie benebelte meinen Geist.

»Ja«, bestätigte er und schenkte mir ein strahlendes Lächeln.

Ich neigte den Kopf, und meine Lippen verzogen sich. Es fühlte sich seltsam an, zu lächeln. Das entsprach nicht meiner Art. Aber aus irgendeinem Grund wollte ich, dass dieser junge Mann mich weiterhin anlächelte.

Ebenfalls ein fremdartiges Gefühl. Tief unter den Schichten der Magie, die mich betäubten, schrie die echte Rosalind wie am Spieß.

Auf dem Berg der Berserker hatte ich nie jemanden nah an mich herangelassen. Dort war ich immer auf Abstand geblieben. Ich hatte Worte wie Klingen benutzt und so alle davon abgehalten, sich mir zu nähern. Nur meine Schwester klammerte sich an mich, weil sie wusste, dass ich alles tun würde, um sie zu beschützen – sogar alle anderen vertreiben.

Allein Ragnar und Loki waren nah genug an mich herangekommen, um meine Panzerung aufzuzwängen.

Und nun dieser Magier. Aber irgendetwas daran fühlte sich nicht richtig an – oder war ich von Anfang an dazu bestimmt, hier zu landen?

»Ich dachte mir, wenn du nicht kommst, lade ich eine andere ein«, sagte der junge Mann.

Auch das hatte ich geträumt. Wenn ich den Totenkönig zurückwiese, würde er sich eine andere suchen. Meine

Schwester. Das durfte ich nicht zulassen. Ich musste sie retten.

Und ich musste den Totenkönig aus meinem Kopf bekommen, um den Dolch benutzen zu können.

Auf die eine oder andere Weise würde alles enden.

Wir stiegen die Treppe hinauf und gelangten schließlich in einen Raum mit offenen Fenstern. Ich wusste, wenn wir hinausschauten, könnten wir einige der Anblicke aus meinem Traum sehen.

Mitten auf dem Boden aus Obsidian blieb ich stehen, weil ich mich den unvergitterten Fenstern nicht nähern wollte.

»Es wird nicht mehr lange dauern, bis du herrschst«, sagte ich.

»Richtig, Rosalind.« Seine Stimme hallte sogar hier wider.

Ich drehte mich mit dem Rücken zu den Fenstern. »Lass uns offen sprechen«, schlug ich vor. »Du bist der Magier.«

Der junge Mann neigte den Kopf.

»Du bist jünger, als ich erwartet habe.«

»Das bewirkt meine Magie.« Er rieb zwei lange Finger aneinander. Blaues Licht funkelte zwischen ihnen.

»Aber du brauchst mehr.«

»Ich will immer mehr.« Waren seine Augen von Anfang an blau gewesen? Oder spiegelten sie nur das magische Feuer wider? »Ich brauche mehr Macht, um meine Familie zu schützen. Das verstehst du doch, oder?«

Ich schloss die Augen. »Ja. Das verstehe ich.«

»Wirklich?« Seine Stimme umhüllte mich wie Samt. »Ich bin froh, dass du hergekommen bist. Ich habe dir so viel zu geben, Rosalind. Ruhe. Sicherheit. Und so viel darüber hinaus. Aber du musst mir etwas dafür geben.« Seine Stimme flüsterte in meinem Geist. *Was wirst du mir geben?*

Ich zögerte nur kurz. Ragnars Gesicht blitzte vor mir auf. Dann das von Loki.

Ich fasste unter mein Kleid und zog den Dolch aus seiner Scheide. So klein. Eine Damenwaffe.

Der Mondstein leuchtete hell auf.

»Wie lieblich.« Der Totenkönig streckte eine Hand aus. Lange, elegante Finger. Die Haut ist so blass, noch nie von der Sonne berührt.

Ich legte den Dolch in seine Handfläche.

»Danke, Rosalind.« Er schloss die langen Finger um ihn, und sein Griff verschluckte das Licht. »Willkommen in deinem neuen Zuhause.«

Loki

»ICH KANN NICHT GLAUBEN, dass sie vor mir weggelaufen ist.« Ich duckte mich unter dem Ast eines abgestorbenen Baums hindurch und verzog das Gesicht zu einer Grimasse, als sich mein Ärmel an Dornen verhedderte.

Der Wolf an meiner Seite bellte.

»Oh, ich kann sehr wohl glauben, dass sie vor dir weggelaufen ist«, sagte ich zu Ragnar. »Das war von Anfang an ihr Plan. Aber die Hexen haben ihr gesagt, sie soll bei mir bleiben.«

Ich schwenkte eine Hand in Richtung des Gestrüpps, das uns den Weg versperrte. Es war so spröde und trocken, dass ein einziger magischer Luftstoß von meiner Handfläche genügte, um es zerbröseln zu lassen.

»Ich wünschte, ich hätte alle meine Kräfte«, murmelte

ich. Der Wolf drängte sich an mir vorbei. Sein dickes Fell feite ihn gegen die Dornen. Ich folgte ihm. Vor uns erstreckte sich ein wunderschöner Wald. Aber als wir uns näherten, entpuppte sich die Schönheit als Trugbild. Die üppigen Bäume verwandelten sich in eine staubige Wildnis. Neben uns floss ein gelblicher, brackiger Bach.

»Es ist nicht allein ihre Schuld«, dachte ich laut nach. »Sie ist den Großteil ihres Lebens misshandelt und vernachlässigt worden. Gott weiß, was ihr in jenem Waisenhaus widerfahren ist.« Schwarze Dornen zerrten an meiner Hose. Mit zusammengebissenen Zähnen riss ich das Bein zurück. »Jedenfalls«, stieß ich schnaubend hervor, als ich den Wolf einholte, »ist sie deshalb so kratz-bürstig.«

Der Wolf schnaubte.

»Hochmütig«, fuhr ich fort. »Fasst schwer Vertrauen. Schwierig kennenzulernen.«

Der Wolf beschleunigte abrupt die Schritte. Ich beeilte mich, um zu ihm aufzuschließen.

»Die Zornigen sind von verborgenem Schmerz erfüllt«, rief ich. »Die mit der dicksten Rüstung leiden innerlich am meisten. Aber es ist zermürbend. Man fühlt sich nie sicher. Man darf nie unachtsam werden, nie jemanden an sich heranlassen ...«

Der Wolf blieb abrupt stehen, drehte den Kopf und betrachtete mich mit gelblich leuchtenden Augen.

»Ich rede nicht von mir.« Zur Betonung legte ich mir die Hand auf die Brust. »Ich rede von Rosalind.«

Der Wolf senkte den Kopf und prustete.

»Wir müssen Geduld mit ihr haben. Das will ich damit sagen.« Diesmal überholte ich den Wolf. Nach ein paar weiteren Schritten teilte sich der Nebel. Ein Klotz aus Obsi-dian erhob sich vor uns.

»Da bist du ja.« Ich zeigte hin. »Das ist die Festung des Totenkönigs. Dort finden wir sie.«

Der riesige Wolf stieß mich beiseite.

»Warte«, herrschte ich ihn an. Er schenkte mir keine Beachtung und preschte geradewegs auf die offenen Tore zu. »Ragnar, warte! Ich weiß, die Tore sind offen, aber es könnte eine Falle ...«

Blaues Licht schoss aus dem Turm.

»Nein!« Ich riss die Hand hoch und beschwor das bisschen Macht herauf, das ich noch besaß. Da ich die Magie des Magiers nicht abwehren konnte, benutzte ich sie, um den Wolf aus dem Weg zu stoßen. Er landete ausgestreckt auf der Seite, sprang jedoch sofort wieder auf. Dann stürmte er auf mich zu, das Maul weit aufgerissen, die Zähne lang wie Messer und glänzend, näher und näher ...

»Bei Odins Bart!« Ich versuchte, auszuweichen. Der Wolf traf mich mit der Schulter, und ich flog durch die Luft. Magie knisterte und schlug dort in die Erde ein, wo ich eben noch gestanden hatte. Ich prallte auf den Boden und rollte mich hinter einen Felsen.

Der Wolf huschte zu mir in Deckung.

»Was war das?«, stieß ich hervor. Als ich die Schulter bewegen wollte, verschlug mir sengender Schmerz den Atem. Mit einem lauten Knacken renkte sich meine Schulter wieder ein. »Du Narr«, schimpfte ich. »Einfach so loszustürmen, ganz ohne Plan.«

Der Wolf stupste mich.

»Sag mir nicht, ich soll die Klappe halten. Halte du sie doch.« Ich hielt mir den schmerzenden Arm und ließ meinen Kopf gegen den Felsen sinken. »Du hast mir das Leben gerettet. Danke.«

Du mir auch.

Ich hörte die Stimme deutlich in meinem Geist. Ich

drehte den Kopf und begegnete dem Blick jener golden leuchtenden Augen.

Und dann spürte ich es: einen Anflug von Magie, der durch mich flutete, sich prickelnd in sämtliche Glieder ausbreitete. Die Macht öffnete ein Fenster zu meinem Geist, legte alle meine Gedanken frei.

Das wilde Tier, in das sich Ragnar verwandelt hatte, starrte mich an. Seine goldenen Augen wirkten groß und wild.

Er spürte es auch.

Was hatten mir die Hexen über Berserker-Magie erzählt? Sie strebte danach Rudelbindungen zu bilden – und darüber hinaus Bruderbindungen zwischen einzelnen Kriegern, damit sie sich gegenseitig beim Überleben helfen konnten.

Ein Leben für ein Leben. Opfer für Opfer. Derlei selbstlose Taten hatten mir so wenig bedeutet, als ich noch ein Gott war. Aber genau das war nötig, um ein Bruderband zu knüpfen.

Bei Thors Nüssen. Ragnars Stimme ertönte geradewegs in meinem Kopf.

Richtig. Bei Thors Nüssen.

Rosalind

»ROSALIND.« EINE GESPENSTISCHE STIMME rief meinen Namen. »Rosalind.«

»Loki?«

Ich befand mich wieder im Wald auf einer nebelverhangenen Lichtung. Suchend drehte ich mich nach rechts und links, entdeckte Loki jedoch nicht. Seine spöttische Stimme umspielte mich. »Was machst du denn, kleine Ausreißerin? Warum bist du hier? Hast du dich so leicht geschlagen gegeben?«

»Nein. Habe ich nicht.« Ich ballte die Hände zu Fäusten.

Loki löste sich aus dem Nebel, wie immer in Schwarz gekleidet. Seine beiden Augen waren dunkel. »Erinnerst du dich nicht?«

Er berührte meinen Kopf mit den Fingern, und ich sah mich vor dem Totenkönig stehen. Nur sah er nicht wie ein junger Mann aus, sondern wie ein grauenhaftes Halbskelett, gehüllt in Grabgewänder. *Warte auf mich, meine Braut,* hatte der Magier gesagt. Er hatte mit den knochigen Fingern meine Stirn berührt, und ich war in Trance verfallen.

»Das ist ein Traum«, sagte ich zu Loki und schauderte.

»Ja. Hier kann uns die Macht des Magiers nicht erreichen.« Er streifte seinen schwarzen Mantel ab und wickelte mich darin ein. Ich fuhr mit der Hand über den weichen Stoff und genoss die Wärme von seinem Körper, auch wenn sich alles nur in meinem Kopf abspielte. »Du kannst dich nicht ewig hier verstecken, Rosalind. Du musst dich ihm stellen.«

»Nein«, schrie ich, als die volle Erinnerung einsetzte. Unwillkürlich bedeckte ich mit den Händen das Gesicht. »Es ist zu spät. Ich habe ihm den Dolch gegeben. Er hat den Mondstein.« Ich biss die Zähne zusammen. Es widerstrebte mir zutiefst, von dem Grauen zu sprechen. »Ich habe ihm beides freiwillig gegeben.«

»Arme Rosalind. Er hat dich verzaubert. Aber noch ist nicht alles verloren. Ich bin hier.« Lokis Finger zogen meine weg. Er streichelte mein Gesicht. »Es hat ... Schwierigkeiten gegeben. Aber ich bin gekommen, so schnell ich konnte.«

»Also bist du gekommen, um mich zu retten.« In meiner Stimme schwang der alte beißende Unterton mit.

»Schau nicht so entsetzt«, flüsterte er mit einem scharfen Lächeln zurück. »Diesmal werde ich ein Held sein.«

»Wie?« Unsere Gesichter befanden sich so nah, dass sich unser Atem vermischte.

Zur Antwort legte er den Kopf schief und drückte die Lippen auf meine. Er fühlte sich so warm an, und mir war so kalt. So kalt, als wäre ich in Stein verwandelt worden. Die bloße Berührung von Lokis Lippen sandte lebensspendende Wärme durch mich. Ich seufzte, als erwachte ich aus einem langen Schlaf.

»Ja«, murmelte er. »Lass dich von mir daran erinnern, wer du bist.«

Er küsste mich langsam, brachte mein Blut damit in Wallung. Mein Herz schlug wieder. Ich hob die Hand und legte sie auf seine so vollkommene Wange. Ich konnte wieder fühlen.

»Was hat der Totenkönig dir erzählt, Rosalind?« Loki löste sich von mir und strich mir das Haar zurück. »Was hat er dir versprochen?«

»Er hat gesagt, ich soll seine Braut werden.«

»Ach ja?«

»Er hat gesagt, ich gehöre ihm.«

»Das kommt nicht in Frage.« Er nahm mein Gesicht in die Hände. Seine langen, eleganten Finger erwiesen sich als so wohlig warm. »Ich werde selbst Anspruch auf dich erheben.« Sein Mund legte sich über meinen, seine Bartstoppeln schrammten über mein Gesicht, als er sich an mir gütlich tat. Seine Zunge drang tief in meinen Mund, bis ich seine magische Berührung zwischen den Beinen spürte.

»Ein Kuss«, brummte er. »Meine Lieblingswaffe.« Er

holte sich weiter Süße von meinen Lippen, als wäre ich feinster Met.

Ich presste mich an ihn, brauchte ihn so sehr wie er mich. Sein Geschmack glich Ambrosia, üppig und schwer. Sein durchdringender Duft von Wintergrün umfing mich und reinigte meine Sinne. »Du hast den Zauber gebrochen.«

Einer seiner Mundwinkel senkte sich. »Er wird nicht anhalten. Wenn du aufwachst, wirst du immer noch unter seinem Bann stehen.«

Ich legte die Hand auf seine Brust, tastete nach seinem Herzschlag. »Du hast dein Bestes gegeben. Loki, ich ...« Krampfhaft suchte ich nach Worten, doch alle schienen mir zu minder im Vergleich zur Mächtigkeit dessen, was ich empfand. »Ich bin froh, dass du hier bist«, sagte ich verlegen. »Auch wenn es nur ein Traum ist.«

Schmunzelnd zog er mich an sich und wickelte seinen Mantel um uns beide. »Sieh uns beide an. Beide hüten wir unsere Herzen sorgsam, damit sie nicht gebrochen werden. Halten sie von Licht und Luft fern, ohne darauf zu achten, dass sie verwelken. Weil wir es so für sicher halten. Aber das klappt nicht, Rosalind.« Er schmiegte sich an meinen Kopf. »Am Ende werden wir davon brüchig. Und zerbrechen.«

Meine Lippen froren wieder. »Ich bin schon gebrochen.«

Er drückte mir einen Kuss auf den Kopf. »Wir sind alle gebrochen. Dafür muss man sich nicht schämen. Zu dritt ergeben wir ein Ganzes.«

»Zu dritt?«

»M-hm.« Er klang niedergeschlagen.

Rosalind, rief jemand in der Ferne. Das Geräusch verwandelte sich in das Geheul eines Wolfs. Irgendetwas trieb sich lauernd im Wald herum. Halb Mensch, halb Bestie, ganz Monster.

»Weißt du nicht, dass man wilde Tiere nie füttern darf?«,

sagte Loki. »Du hast diesem Raubein ein Stück deines Herzens gegeben. Jetzt werden wir ihn nicht mehr los.«

»Ich muss zu ihm.« Ich wollte mich von Loki lösen, aber er zog mich zurück.

»Seit du weggelaufen bist, ist er unausstehlich. Ich kann dir nicht versprechen, dass du es nicht bereuen wirst.«

Wieder ertönte gequältes Gebrüll. Der Schmerz in dem Laut zerriss mir das Herz.

»Lass mich zu ihm gehen. Loki, bitte.«

»Ich fürchte, er will dich nicht sehen. Nicht in seiner derzeitigen Gestalt.«

Durch den Nebel ertönte ein abgehacktes, schnaufendes Geräusch. Die Atmung des Monsters.

»Ragnar«, rief ich, und die schweren Atemgeräusche näherten sich.

Ich stieß mich von Loki ab und ging darauf zu. Knapp vor dem wirbelnden Nebel blieb ich stehen. »Komm näher«, rief ich.

Loki trat an meine Seite. »Wie gesagt, er will dich nicht sehen.«

Ein Knurren ertönt aus den Schatten.

»Er sagt, er ist ein Monster«, übersetzte Loki.

»Ich will dich, Ragnar. Wenn du ein Monster bist, dann will ich dich auch so.« Der Wind legte zu, und ich erhob die Stimme. »Du darfst mich nicht so sehnsüchtig zurücklassen!«

»Du hast die Dame gehört«, rief Loki. Mir flüsterte er zu: »Es klappt, mach weiter.«

»Ragnar«, sagte ich. »Der Totenkönig hat mich mit seinem Zeichen versehen. Aber du hast es ersetzt. Ich bin in seiner Festung. Er sagt, ich soll seine Braut werden.«

Das Gebrüll wurde von einem Windstoß begleitet, der mir das Haar zurückwehte.

»Du willst ihn herausfordern?«, brüllte ich zurück. »Komm und beweise, dass ich dir gehöre.«

Der Nebel waberte vorwärts. Eine dunkle Gestalt bewegte sich in den Schatten außerhalb meiner Sichtweite.

Ich schwenkte eine Hand in die dichten Schwaden. »Das ist nicht echt. Es ist nur ein Traum.«

»Ja, kleine Ausreißerin«, murmelte Loki hinter mir und entfernte seinen Mantel. »Aber wie es scheint, brauchst du eine Erinnerung daran, was echt ist.«

Ein Tuch fiel über meine Augen. Ich hob eine Hand, um die Augenbinde wegzuziehen, doch Loki gab einen tadelnden Laut von sich, ergriff meine Hände und hielt sie hinter mir fest. Dann fesselte er sie kurzerhand hinter meinem Rücken.

Einen Herzschlag lang hielt ich inne. »Mach einfach mit«, flüsterte er mir ins Ohr. »Er braucht das.«

Ragnars Geheul schallte durch die Nacht, als Loki mich mit einem Ruck herumdrehte.

»Er kommt deinetwegen«, sagte Loki. Mit einer Hand an meinem Genick schob er mich vorwärts. »Sieh mal, wen ich gefunden habe«, sang er.

Die Bestie ließ ein wildes Grollen vernehmen. Ich drehte den Kopf in die Richtung, aber die Augenbinde hielt.

Loki lachte. »Er sagt, vielleicht bin ich doch nicht so nutzlos.«

Ich befeuchtete die Lippen. »Du sprichst für ihn?«

Ein weiteres kehliges Knurren.

»Bedauerlicherweise ja.« Loki trat nah an mich heran. Seine Hände machten etwas über mir.

Bald stand ich wie schon einmal mit über den Kopf gestreckten Armen gefesselt da, festgebunden an einem hohen Ast. Gab es Bäume an diesem magischen Ort?

»Natürlich«, fuhr Loki fort. »Obwohl wir beide nicht glücklich darüber sind.«

So viel hatte sich ereignet, seit ich ihnen davongelaufen war. »Wie kannst du ihn verstehen?«

»Ich besitze viele Talente.« Er schnippte mit den Fingern, und kühle Luft umfing meinen Körper. Meine Kleidung war von mir abgefallen. Ich stand nackt im Wind.

»Was machst du denn?« Ich schnappte scharf nach Luft.

»Das weißt du.« Lokis lange Finger liebkosten meine nackte Brust. Unwillkürlich wölbte ich mich seiner Berührung entgegen. »Du kennst das ja schon. Ausnahmsweise sind Ragnar und ich uns in etwas einig.« Geheul brach aus, melancholisch und qualvoll schön. »Weißt du, was er gerade sagt?«

»Nein.«

»Er sagt, du bist uns davongelaufen. Jetzt musst du dafür sühnen.« Er bündelte mein Haar und schob es mir so über die Schulter, dass es sich über meine Brüste ergoss, während mein Rücken nackt zurückblieb ... »So. Es ist an der Zeit für deine Bestrafung.«

Trotz der Arme hoch über dem Kopf rollten sich mir die Zehen ein.

»Kalt?« Loki streichelte mein Gesicht. »Keine Sorge. Bald wärmen wir dich.« Eine Peitsche knallte hinter mir und ließ mich zusammenzucken. »Wir werden dich lehren, nicht von uns wegzulaufen.«

»Wie viele?« Ragnar knurrte hinter mir mit der Stimme der Bestie.

Ich versuchte, mich in seine Richtung zu drehen, doch Loki hielt mich fest.

»So viele, wie sie ertragen kann.« Loki legte die Hände auf meine Hüften. »Bereit, kleine Ausreißerin?«

Ich wappnete mich. »Bereit.«

Allerdings konnte ich nicht ahnen, dass Loki den Kopf senken und mit seinem Haar mein Gesicht streifen würde. Seine Zunge fuhr mir in den Mund, und ich schmolz ihm entgegen, als der erste Peitschenhieb meinen Rücken traf. Der Schlag erschütterte meine Sinne, dennoch verspürte ich keinen Schmerz. Die Peitsche knallte erneut, noch bevor das Echo des ersten Hiebs aus meinen Ohren verhallte. Erst dann ereilte mich der Schmerz. Das scharfe Brennen verschlug mir den Atem. Loki verschluckte meine Schreie, bevor sein Kopf zu meiner Brust wanderte, wo seine Zähne zart in einen Nippel bissen. Er saugte heftig daran.

Die Peitsche traf mich erneut zwischen den Schulterblättern.

Feuer zog einen lodernden Pfad zwischen meine Beine, und Loki ließ die Hand über meine Mitte nach unten gleiten, bevor er sie auf meinen Schritt legte. Seine langen Finger ertasteten meine unteren Lippen, schoben sich geschickt zwischen sie, sammelten die Nässe ein, die sich dort angesammelt hatte, und verteilten sie über meine zarte Venusknospe. Kleine Blitze zuckten gleißend von meiner Scham geradewegs in meinen Kopf.

Die Peitsche landete abermals auf mir. Ich stöhnte. Loki hielt mich an beiden Hüften fest. Sein Mund stülpte sich auf meinen Schritt, seine Zunge leckte über meine Pforte, erkundete sie. Dann wanderte sie höher und umkreiste meine Lustperle. Langsam züngelte er mich, als hätte er ein ganzes Leben, um an meiner Mitte herumzuspielen.

Das Monster hinter mir atmete schwer. Die Peitsche knallte. Mein Körper schwankte unter dem Aufprall nach vorn, aber ich spürte nichts. Statt Schmerz nahm ich etwas wahr, das über meine Haut tänzelte – weich wie Samt, zart wie Schmetterlingsflügel. Es floss in goldenen Rinnsalen meinen Rücken hinauf. Überall, wo die Peitsche mich berührte, folgte heißer Samt.

Mein Körper wölbte sich durch wie ein Bogen. Ich presste die Scham gegen Lokis Mund und wünschte, ich könnte sein Gesicht sehen. Seine Hände wanderten über meine nackte Brust, kneteten erst einen Busen, dann den anderen. Er spielte auf mir wie auf einer Leier, zupfte an meinen Nippeln und entlockte mir Musik in Form von Stöhnen. Lust brach über mich herein, durchströmte mich in kleinen goldenen Wellen, die größer und größer wurden. Als die Peitsche diesmal zuschlug, spürte ich sie, und sie entfachte einen goldenen Sturm. Ich schrie auf, und mein gesamter Körper spannte sich an, als mein Höhepunkt über mich hereinbrach. Lokis Magie erfüllte meinen Körper und verdrängte jede andere Empfindung, bis ich aus reiner Ekstase bestand.

Als ich den Kopf hob, spürte ich eine Gegenwart hinter mir. Loki kniete immer noch vor mir und spielte an meiner Scham. Sein Haar streifte meinen Bauch.

Hinter mir jedoch ragte ein Hüne auf. Ein Kribbeln lief mir über den Rücken und warnte mich vor der Nähe eines Raubtiers. Heißer Atem hauchte an meinen Hals. Ich spürte, dass die Kreatur größer war als alles, was mir je begegnet war. Ein Monster.

Ragnar.

»Schneide sie runter«, befahl er knurrend. Ein Anflug von Angst durchfuhr mich und wurde durch Lokis verruchte Magie in Vergnügen verwandelt.

Loki ließ meine Hüften los. »Bist du sicher?«

Ragnar erwiderte nichts, und Lokis Seufzen hauchte gegen meine nackte Haut.

»Na schön.« Er erhob sich.

Ein schnippender Laut ertönte, als das Messer den

Lederriemen durchtrennte, der mich hochhielt. Meine Arme sackten herab.

Ragnar knurrte. »Lauf.«

Ich taumelte vorwärts und stolperte, bis meine Füße festen Halt fanden. Sobald es mir gelang, preschte ich los. Meine Finger zerrten an der Augenbinde, rissen sie ab. Aber es nützte nichts. Überall um mich herum herrschte Nebel.

Ich raste in die Nacht.

Ein Knurren erfüllte die Welt so laut, dass der Boden bebte. Die Angst befeuerte mich, spornte mich an. Ich wurde zum Kaninchen, das panisch vor einem nach ihm schnappenden Wolf flüchtete. Nur wurde ich nicht bloß von einem Monster gejagt. Eine Gestalt erschien in den Schatten neben mir, und ich schwenkte nach rechts. Die Bestie hinter mir beschleunigte und schloss links zu mir auf. Wieder wechselte ich die Richtung. Die beiden Ungetüme rückten näher und näher, bis sich schließlich eines auf mich stürzte. Ich verlor das Gleichgewicht und stürzte. Die pelzige Masse des Monsters bedeckte mich, fing mich mitten im Fall auf und senkte mich zu Boden, bevor sie mich niederdrückte.

Ich lag wie unter eine Decke aus Fell, das nach Zedernholz duftete. Die schwarze Gestalt ragte über mir auf. Weiteres Fell erstreckte sich über die starken Unterarme. Als ich mich zur Wehr setzte, blitzten die Augen der Bestie golden auf. Sie senkte den Wolfskopf und stülpte das riesige Maul über meine Schulter. Lange weiße Fänge drückten gegen meine Haut, ohne sie zu durchbohren.

»Ragnar«, stieß ich atemlos hervor. Seine Ohren stellten sich zuckend auf.

Ich hob die Hand und streichelte das Fell im Antlitz des Monsters. Seine Zähne hoben sich von meiner Haut. Heißer Atem liebkoste mein Gesicht. Einige Herzschläge lang drückte mich sein schweres, heißes Gewicht auf den Waldboden. Dann hob er sich von mir ab und drehte mich auf die Hände und Knie. Etwas Heißes und Dickes rieb über die Rückseite meines Beins und verschmierte Flüssigkeit darauf. Ich stützte mich auf die Unterarme, neigte mich nach vorn und bot meine Scham dar. Dann hielt ich ganz still.

Schwere Pfoten packten meine Hüften und zogen mich zurück. Ein Schaft, lang und dick wie der Ast eines Baums, rieb zwischen meinen Beinen. Fell scheuerte an meinem Hintern. Die dolchscharfen Spitzen der Krallen des Monsters bohrten sich in meine Oberschenkel.

»Ja«, flüsterte ich. »Tu es.«

Die Bestie grollte und stieß sich in mich. Ich schrie auf und wogte schaudernd vorwärts. Seine Länge und seinen Umfang spürte ich bis zu meinen Zehen. Er war zu groß. Klauen kratzten über meine Haut. Die Bestie, die Ragnar war, füllte mich vollständig aus.

Eine zweite schwarze Gestalt schob sich vor das Mondlicht. Ein weiteres behaartes Monster, diesmal mit rabenschwarzen Augen.

»Rosalind«, säuselte es mit Lokis Stimme. Ich schloss die Augen. Eine große Hand packte mein Haar. Krallen schrammten zart über meine Kopfhaut. Ein Glied berührte meine Lippen. Als ich an der Spitze leckte, schmeckte ich zugleich Salz und berauschende Süße. Ich stülpte den Mund darüber. Lokis Geschmack und Geruch umgaben mich. Gierig saugte ich an ihm, wollte mehr.

»Nimm ihn.« Seine Stimme wurde belegt. Er stieß sich tiefer in mich. Ich bohrte die Finger in die Erde und versuchte, mich weit zu öffnen, mehr von ihnen aufzunehmen.

»Gut so«, zischte Loki. »Genau so ist es richtig.«

Hinter mir wiegte sich Ragnar langsam, drang tiefer und

tiefer in mich ein. Ich fühlte mich so voll. Mein Bauch krampfte sich zusammen, meine inneren Muskeln spannten sich um Ragnar herum an. Meine Scham gierte nach mehr.

Dann entfernte sich Ragnar aus mir, was ich mir nicht erklären konnte. Loki zog mich an den Haaren zurück und verschwand aus meinem Mund.

Als ich winselte, lachte Loki. »Geduld.« Er hob mich in seine pelzigen Arme und senkte mich auf seine Mannespracht. Ich war bereits gedehnt von Ragnar. Loki glitt mühelos in mich, allerdings erwies er sich als länger. Ich stöhnte, als er tief in mich sank, dann erschauderte ich.

»Sie ist bereit«, murmelte Loki.

Eine klauenbewehrte Hand legte sich um meine Kehle und neigte mich nach hinten. »Öffne dich für mich«, brummte Ragnar. Seine Männlichkeit stieß gegen meinen Hintern und schob sich zwischen meine Pobacken. Die Nässe, die aus seiner Spitze sickerte, benetzte mich. Dann stieß er zu. Meine winzige Öffnung bot ihm Widerstand. Ragnars Grollen vibrierte durch mich hindurch. Langsam, so langsam dehnte mich seine pralle Eichel.

»Zu viel.« Ich stöhnte. »Zu voll.«

»Du kannst das ertragen.« Loki beugte sich über mich und leckte mir über die Lippen. Fänge streiften mein Gesicht.

»Du wirst es ertragen«, brummte Ragnar.

Meine Finger krümmten sich, krallten sich Lokis seidiges Fell. Dann fasste ich nach hinten und berührte Ragnars pelzige Masse.

»Mein.« Ragnars Fänge streiften meine Schulter, als wollte er die Buchstaben in meine Haut ritzen. »Mein.«

Zusammen arbeiteten sich die Monster wiegend tiefer in mich vor. Ich schauderte und zuckte zwischen ihnen.

Irgendwie öffnete sich mein Körper ausreichend, um sie

aufzunehmen. Tief in mir rieben die beiden Schäfte an meinen inneren Kanälen und reizten jeden Teil von mir. Sie stießen im Einklang zu, wiegten sich in mir vor und zurück, dehnten mich weiter. Ich hatte das Gefühl, zu zerbrechen.

Dann jedoch verfing sich eine pelzige Erhebung an meiner Lustperle. Loki rieb mit seinen Stößen genau an den richtigen Stellen, und das Brennen der Dehnung schlug in etwas Süßeres um.

Strahlende Wärme schwoll in meinem Bauch an. Ich bestand nicht mehr aus Fleisch und Blut, sondern aus goldenen Empfindungen.

Zähne bohrten sich in meine Schulter, und ich zerbarst. Licht gleißte durch mich hindurch.

Beide Monster brüllten auf, während sie mich mit ihren steifen Schäften pfählten. Flüssige Hitze versengte mein Inneres.

Loki zog sich aus mir zurück, Ragnar hingegen pflügte weiter in mein Hinterteil und füllte mich dermaßen, dass ich vermeinte, sein Samen würde mir aus dem Mund spritzen, wenn ich ihn öffnete.

Nach einem heftigen Schauder erschlaffte ich. Ragnar ließ die Pranke von meinem Hals gleiten und hielt mich an sich gedrückt, während er aus mir glitt. Das Grollen tief in seiner Brust fühlte sich an meinem Rücken wie ein Schnurren an.

Sie rollten mich zum Ausruhen zwischen sich. Der Duft von Zedernholz und Wintergrün vermischte sich über mir. Sie waren immer noch Monster, doch das störte mich nicht. Sie waren meine Monster.

Über mir kreisten die Sterne. Ich löste mich in ihnen auf, wurde größer als ich selbst. Zu jemandem, der sich nicht fürchten musste und Macht besaß. Ich streckte mich empor, um den Himmel zu berühren, und für eine kurze

Weile wurde ich zu mehr als Fleisch und Blut. Ich erhaschte einen flüchtigen Blick auf eine Frau, die genauso aussah wie ich. Ihr Haar schien wie aus Sternen gemacht zu sein. Ihre Augen enthielten Welten. Sie war alles, was ich sein wollte. Nach einem kurzen Herzschlag verschwand sie.

Sie ist nicht verschwunden. Sie steckt in dir. Loki sprach in meinem Kopf. *Du kannst sie wiederfinden und nach Belieben heraufbeschwören.*

»Der Magier erwartet mich. Ich muss zurück.«

Das spielt keine Rolle. Ragnars Stimme dröhnte durch meine Gedanken. *Du wirst immer uns gehören.*

Ich berührte die Einstichwunden an der Stelle zwischen meiner Schulter und meinem Hals. »Genügt das, um Anspruch auf mich zu erheben?«

Nein, kleine Ausreißerin. Es kommt noch mehr, und du musst tapfer sein. Aber ich werde an deiner Seite sein.

»Nur wie?«, fragte ich laut.

Wir lassen dich nicht im Stich, kam mit rauer Stimme von Ragnar. *Nichts wird uns davon abhalten, zu dir zu gelangen.*

Plötzlich überrumpelte mich ein stechender Schmerz. Ein Aufschrei entfuhr mir. Die Magie des Totenkönigs umfing mich, und ich konnte ihr nicht entkommen.

»Er zieht mich zurück«, stieß ich atemlos hervor. »Es tut weh.« Kaum hatte ich es ausgesprochen, breitete sich Taubheit durch mich aus – mein Körper verwandelte sich wieder in Stein.

Warte auf uns, verlangte Ragnar knurrend. *Versprich es mir.*

»Ich verspreche es.« Ich berührte sein Gesicht und wünschte, ich könnte mir die Erinnerung daran in die Finger einprägen. Er biss hinein, und ich begrüßte das jähe Aufflammen von Schmerz. Solange ich noch fühlen kann, nahm ich ihn gern in Kauf.

Fürchte dich nicht, kam von Loki, als mich der Zauber des Magiers überwältigte und in Dunkelheit hüllte. Ich sah nichts mehr, fühlte nichts mehr, doch ihre Stimmen hallten in mir nach, und ich klammerte mich an ihr Versprechen.

Wir werden zu dir gelangen.

10

Rosalind

Als ich aufwachte, wusste ich, dass nur einen Augenblick verstrichen war, und doch stand ich in der großen Halle. Ich trug ein feines Kleid, das aussah, als wäre es aus reinstem Silber gesponnen. Wunderschön, einer Königin würdig.

»Du möchtest, dass ich deine Braut werde.« Ich bildete die Worte mit gefrorenen Lippen.

»Ja«, bestätigte der Magier. Er stand hinter mir. »Ich brauche Söhne. Ich werde die Welt mit ihnen füllen. Und ich werde mit dir herrschen.« Seine dünnen Finger fuhren über meinen Bauch, als wollten sie meinen Mutterleib streicheln.

»Dann besitzt du ohne mich keine Macht. Warum sollte ich meine Macht für dich aufgeben?«

»Süße Rosalind. Du hast dich mir bereits ergeben.«

Es stimmte. Meine Glieder waren erstarrt, als wäre ich in

Spinnweben eingewickelt. Wie sollte ich gegen ihn ankämpfen?

Dann unterbrach uns ein Geräusch. Ein wildes Geheul.

»Was ist das?« Ich drehte den Kopf in die Richtung. Irgendwie kam es mir bekannt vor.

Der Magier ließ ein verärgertes Brummen vernehmen. »Meine Magie hat zwei Kreaturen vor der Festung erwischt.«

»Was für Kreaturen?« Meine Stimme hallte wider, klang unnatürlich.

»Zwei Wölfe. Erbärmliche Tiere.«

»Zeigst du sie mir?«

Ein rasselndes Seufzen, dann schnippte der Magier mit den Fingern. Zwei Wölfe – einer schwarz, der andere braun und grau, beide verdreckt von Staub und Ruß – strebten uns entgegen.

»Das sind nicht bloß Wölfe«, sagte ich, als ich einen flüchtigen Blick auf die darin gefangenen Männer erhaschte. »Sie sind verflucht.« Irgendwie konnte ich die Magie an ihnen sehen. Wie ein sich zusammenziehendes schwarzes Netz.

»Die armen Seelen«, sagte der Magier. »Soll ich sie befreien?«

Ich nickte, und er schwenkte eine Hand. Die Wölfe winselten und krümmten sich in einem unsichtbaren Griff. Er verletzte sie.

»Warte!« Ich streckte die Hand nach ihm aus. »Herr, bitte warte. Ich möchte, dass sie verschont werden. Überlass sie mir.«

Die Hand des Magiers schloss sich zu einer Faust. »Sie können nicht gezähmt werden.«

»Dann lass sie anleinen. Bitte. Ich heirate dich bereitwillig. Gib mir ihr Leben als Hochzeitsgeschenk.«

Der Magier senkte die Hand. »Ein Hochzeitsgeschenk also.«

Ich durchquerte bereits die Halle, näherte mich ihnen. Hechelnd standen sie da, gefesselt von der Magie des Magiers.

»Habt keine Angst.« Ich streckte dem vorderen die Hand entgegen.

Einen Moment lang stand er still und ließ mich näher kommen. Dann griff er an. Die Zähne des Wolfs erwischten mich. Sie bohrten sich tief in meine Hand, durchdrangen sie fast vollständig. Ich schrie auf.

Dann fuhr ein blaues Licht in die Seite des Wolfs und schleuderte ihn zurück. Er prallte gegen eine Säule und winselte spitz. Sein schlaffer Körper sackte zu Boden. Der andere Wolf richtete sich auf und rannte los, um an seinem gefallenen Freund zu schnuppern und zu lecken.

»Mistvieh«, sagte der Magier ohne jedes Gefühl in der Stimme. »Hat er dich verletzt?«

Ich hielt mir die heftig pochende Hand an die Brust. Dabei konnte ich den Blick nicht von dem Wolf lösen.

»Nein«, brachte ich heraus, obwohl sich die Schmerzen sengend in meinem Kopf entfalteten. »Es tut nicht sehr weh.«

Ich blinzelte. Es war, als hätte sich ein Schleier von meinen Augen gehoben. Und auf einmal sah ich die Dinge so, wie sie waren.

Diese weitläufige Halle war weder prunkvoll noch schön, sondern in Wirklichkeit beengt und dunkel wie eine Höhle. Bei den Säulen handelte es sich in Wahrheit um Stalaktiten, von denen Wasser tropfte. Spinnen krabbelten umher und spannen in jedem Winkel ihre Netze.

Und der Totenkönig neben mir ... oh, er war ein Monster, schlimmer als ein Berserker. Groß und skelettartig mit grauer Haut, die von den glänzenden Knochen des Schädels und Gesichts zurückwich. Grabgewänder hingen an den Gliedmaßen und um die Brust. Zwar prächtige Gewänder, allerdings ausgebleicht von Alter und staubig. Und er war nicht im Vollbesitz seiner Kräfte.

Alles, was er mir gezeigt hatte, alles, was er gewirkt hatte, war eine Lüge. Nun konnte ich es deutlich sehen.

Der Wolf, der Loki war, lag als erschlaffter Haufen an der Wand der Höhle. Der Wolf, der Ragnar war, leckte dem Gefallenen das Gesicht und winselte dabei leise. Lokis Biss hatte den Bann gebrochen. Er hatte sich geopfert, damit ich klar sehen konnte.

Rosalind, ertönte Ragnars Stimme in meinen Kopf.

Ich erschrak. Einen Moment lang zögerte ich wie erstarrt. Dann öffnete ich mein Herz und ließ den Ansturm von Ragnars Hoffnungen und Ängsten, Liebe und Verbundenheit in mich strömen. *Ich bin hier. Ist Loki ...*

Der Wolf winselte erneut. *Ich kann ihn nicht erreichen.*

»Soll ich den Kadaver beseitigen?«, fragte mich der Magier.

»Nein. Schaff ihn nur hinaus und leg ihn an den Fuß eines Baums«, erwiderte ich. *Geh mit ihm,* übermittelte ich Ragnar. *Mir passiert nichts.*

Ein magischer Wind hob den schlaffen Körper an und trug ihn aus der Halle. Der braun-weiße Wolf richtete den Blick der leuchtenden Augen auf mich.

Bitte. Ich streckte eine Hand an meiner Seite aus und spreizte die Finger. *Sorge für seine Sicherheit.*

Der Wolf Ragnar legte die Ohren an.

Der Magier schnippte mit den Fingern, und ein Windstoß erfasste den Wolf, drängte ihn zurück.

Geh jetzt, befahl ich. *Heb dir deine Kraft auf. Im Augenblick kannst du hier nichts ausrichten.*

Ich komme wieder, gelobte Ragnar. *Warte auf mich.*

Ich verspreche es. Erleichterung verflüssigte meine Gelenke, als sich der Wolf abwandte und ging.

»So ist das, wenn man sich wilde Tiere hält.« Der Totenkönig zuckte mit den Schultern. »Nun denn, meine Liebe. Wollen wir?« Er streckte mir die Hand entgegen. Ich starrte auf die Skelettfinger. Es handelte sich um kaum mehr als wiederbelebte Knochen.

Hinter ihm schimmerten mehrere dünne Rauchschwaden. Sie leuchteten silbrig-blau und erinnerten an die geisterhaften Irrlichter, die manchmal über Sümpfen schwebten.

Während ich hinstarrte, verdichteten sie sich zu den Gestalten von Frauen. In verschiedenen Größen und standen sie alle in einer Reihe. Ich konnte sie klar und deutlich erkennen. Eine rundliche Frau mit honiggoldenem Haar, das ihr über die Schultern fiel. Daneben eine größere Frau mit eingefallenen Wangen und dunklen Mandelaugen. Mit ernster Miene schüttelte sie den Kopf. Die blonde Frau schüttelte ihn noch heftiger. *Nein,* formten ihre Lippen in meine Richtung. *Nein.*

Sie wollten nicht, dass ich seine Hand ergriff. Also trogen mich meine Instinkte nicht. Wenn ich ihn berührte, würde ich wieder in seinen Bann geraten.

Aber ich würde nicht zulassen, dass Lokis Opfer umsonst gewesen war.

Bitte sei unversehrt, betete ich in Gedanken und hoffte, dass Loki mich irgendwie hören konnte.

»Rosalind.« Der Totenkönig wartete.

»Bitte.« Ich raffte mit beiden Händen meine Röcke. Sie waren gar nicht silbrig, sondern von Staub und Spinnweben bedeckt. Ich verbarg mein Schaudern. Lieber würde ich die Überreste von Spinnen anfassen als die Hand des Totenkönigs. »Geh voraus«, forderte ich ihn auf. Berühren wollte ich ihn nicht, damit sein Schleier nicht erneut meine Wahrnehmung trübte.

Er nickte, obwohl er unzufrieden wirkte. »Dann komm.« Sein Umhang fegte über den schmutzigen Boden. An seiner Hüfte funkelte der Mondstein wie ein mir zuzwinkerndes Auge. Ich musste eine Möglichkeit finden, mir den Dolch zurückzuholen, um ihn ins Herz des Magiers zu stoßen.

Er führte mich zum Ende der Halle und über drei Stufen auf ein erhöhtes Podest hinauf.

Die Schar der Geisterfrauen folgte uns. Sie standen dicht beisammen in der Ecke. Das übernatürliche blaue Licht, aus dem ihre Körper bestanden, schimmerte hell. Sie waren gekommen, um mich anzuleiten.

Aber der Totenkönig besaß so viel Macht. Wie sollte ich gegen ihn ankämpfen? Eine Berührung, und er könnte meinen Geist verschleiern.

»Hier.« Der Magier näherte sich einem prunkvollen Tisch und zog einen Stuhl heraus. »Lass uns essen.«

Sowohl der Tisch als auch die Stühle bestanden aus Stein. Der Tisch war mit einst feinem Geschirr gedeckt, das mittlerweile Sprünge und Spinnweben aufwies. In einer Schale befand sich etwas, das vielleicht mal Obst gewesen sein mochte, längst verschrumpelt und versteinert.

Ich schluckte die Galle hinunter, die mir in den Hals stieg, dann nahm ich den Platz ein, den der Magier mir anbot. Dabei achtete ich darauf, ihn nicht zu berühren. Wenn er mich erneut verzauberte, wüsste ich nicht, wie ich mich von seinem Bann befreien könnte.

»Trink.« Der Magier füllte einen Kelch mit einer zähen roten Flüssigkeit. Als ich das Gefäß entgegennahm, kämpfte ich gegen den Drang an, mir die Nase zuzuhalten und zu würgen. Ich musste so tun, als stünde ich immer noch unter dem Zauber und als wäre die Flüssigkeit Rotwein, obwohl sie nichts dergleichen war. Unter dem Geruch von Nelken und Weihrauch von Magie nahm ich den durchdringenden Rostgestank von Blut wahr.

Ich erhob den Kelch zu einem Trinkspruch. »Auf Macht«, sagte ich. Meine Stimme hallte in der von Spinnweben verhangenen Halle seltsam wider.

»Auf Macht.« Er nickte und trank einen Schluck. Gebannt beobachtete ich, wie mehr Fleisch über die freiliegenden Knochen seines kahlen Schädels wuchs. Sein Gesicht würde das des jungen Mannes sein, den ich gesehen hatte, wenn seine Magie mit der Umgestaltung fertig wäre.

»Was für ein Jahrgang ist das?«, fragte ich und tat so, als tränke ich.

»Aus meiner alten Heimat«, antwortete er. »Ermöglicht durch das Blut meiner Söhne.«

Zähneknirschend kämpfte ich gegen den Drang an, zu würgen. Ich stellte den Kelch ab. Meine Hand zitterte vor dem Drang, ihn von mir zu werfen.

»Meine Söhne ... sind mittlerweile alle umgekommen.« Der Magier klang beinah traurig.

Ich spähte an ihm vorbei zu den Frauen, die sich hinter seiner Schulter scharten. »Und ihre Mütter? Deine Ehefrauen?«

»Sie waren meiner nicht würdig«, sagte er. »Am Ende haben sie mich verlassen. Sich gegen mich gewandt. Ich bin schon so lange allein.« Der Ausdruck in seinen Augen ließ mich frösteln. »Ich brauche eine Königin, die an meiner Seite herrscht.«

Eine Spinne krabbelte über den Tisch und verschwand zwischen dem Geschirr.

»Bist du satt?«, erkundigte sich der Magier.

Ich blickte auf die verfaulte Masse in der Schüssel vor mir hinab. Da konnte ich mich nicht länger überwinden, so zu tun, als würde ich essen. »Ziemlich«, brachte ich heraus.

»Dann lass uns beginnen.« Er schwenkte eine Hand, und ein magischer Wind fegte das Geschirr beiseite. Plötzlich erkannte ich, worum es sich bei dem Tisch aus Stein in Wirklichkeit handelte.

Um einen Altar. Eine von braunen Flecken übersäte Steinplatte. Und die Flecken stammten nicht von verschüttetem Wein, sondern von Blut. Von dem seiner Söhne, seiner Ehefrauen. Der Totenkönig hatte sie für mehr Macht geopfert, und er würde auch mich dafür opfern.

»Du willst auch Macht«, merkte er an. »Komm, Rosalind, und ich gebe sie dir.«

Im mir regte sich etwas. Ich wollte tatsächlich Macht. Aber nicht um diesen Preis.

Ich entsandte die Gedanken zu Ragnar. *Lass mich nicht entgleiten,* flüsterte ich und empfing eine widerhallende Antwort.

Werden wir nicht. Zwei Stimmen. Die von Loki und von Ragnar, miteinander vermischt. Einen Herzschlag lang atmete ich sowohl den Duft von Wintergrün als auch von Zedernholz ein.

Hatte Loki überlebt?

»Schließ dich mir an«, fuhr der Totenkönig fort. »Ich gebe dir eine Krone.« Damit hob er die Hände und formte mit Magie eine aus der Luft. Aber als sie erschien, bestand sie aus alten Knochen.

Ich schluckte.

Der Magier setzte mir das Gebilde aufs Haupt, bevor ich Einwände dagegen erheben konnte. Ich schloss die Augen. Fäulnisgeruch stieg mir in die Nase.

»Zu lange schon haben wir gezaudert«, leierte der

Magier. Er hob mich hoch und legte mich auf den fleckigen Tisch. Als er über mir aufragte, wandte ich den Kopf ab. Gleichzeitig streckte ich die Hand aus und berührte den Magier an der Hüfte, an der er den Dolch trug. Ich ertastete die Klinge, bekam sie jedoch nicht heraus.

Meine Finger streiften den Mondstein. *Der Mondstein ist die Waffe*, hatten die Hexen gesagt. *Er ist die Quelle der Macht und kann benutzt werden, um ihn zu binden.*

Die Oberfläche des Mondsteins fühlte sich glatt unter meinen Fingerspitzen an.

Du besitzt eine Neigung, hatte Loki gesagt. *Du besitzt Magie.*

Ich rieb den Stein. Der Atem des Magiers hauchte mir faulig ins Gesicht.

Komm zu mir, rief ich den Mondstein. Durch meinen Gedanken löste sich der Edelstein. Ich ließ ihn über meine Finger wandern. Nicht so geschickt wie Loki, aber es gelang mir einigermaßen, weil er es mir beigebracht hatte.

Gut gemacht, hallte Lokis Stimme in meinem Kopf wider.

Hilf mir, flüsterte ich zurück. Ich hatte den Mondstein, aber was jetzt?

Plötzlich hörte ich hinter meinem Kopf ein Klappern. Der Magier zog sich zurück, und einen Herzschlag lang konnte ich wieder atmen.

»Was war das?«, fragte ich.

Der einem Totenschädel ähnliche Kopf des Magiers leuchtete kurz mit blauem Licht auf. Dann öffnete er den Mund und spie Magie hervor. Ich spürte, wie etwas erlosch, und in der Halle wurde es still.

Meine Augen tränten in der durchdringend miefenden Luft. Der Magier hatte einen großen Zauber gewirkt, dessen Nachwirkungen ich wie ein erdrückendes Gewicht auf der Brust spürte, das mir das Atmen erschwerte.

»Meine toten Gemahlinnen verhöhnen mich«, murmelte er.

Ich drehte den Kopf. Die geisterhaften Gestalten in der Halle waren verschwunden. Geblieben war nur schaurige Dunkelheit.

In meinem Geist brüllte Ragnar. Das Geräusch vermischte sich mit einem deutlicheren, lauteren Brüllen.

Der Magier wirbelte mit wallendem Umhang herum.

Die Burg erbebte. Steine und Spinnen regneten von der Decke. Ich schrie auf und bedeckte mein Gesicht. Draußen vor den Türen der Halle ertönten Rufe und weiteres Gebrüll.

»Die Berserker sind gekommen.« Die Stimme des Magiers dröhnte hohl und hallte in meinen schmerzenden Ohren wider. »Sie greifen an.«

Ich stemmte mich vom Altar hoch, und der Magier drehte sich mir zu.

»Ich brauche Macht.« Er drückte mich wuchtig zurück. Knochen knirschten in meiner Schulter, und Schmerz durchzuckte mich wie ein Messerstich. Ich presste die Lippen zusammen, um nicht laut aufzuschreien,

denn ich hatte mir den Stein in den Mund gesteckt. Glatt und leicht ruhte er auf meiner Zunge.

»Es ist zu spät.« Der Magier dämpfte die Stimme. »Gegen uns werden sie nicht bestehen können, meine Königin.«

Ich wusste, dass es stimmte. Also musste ich ihn an den Mondstein binden.

Mit dem heilen Arm packte ich ihn an der Schulter und zog ihn nach vorn.

Der Magier ließ ein schauriges Lachen vernehmen und neigte mir den glänzenden, kahlen Schädel zu.

Ein Kuss, hatte Loki gesagt, *kann höchst gefährlich sein.*

Ich bäumte mich auf, stieß die Zunge in den Mund des Totenkönigs und schob ihm den Mondstein in den Rachen. Während ich die Lippen auf seine gepresst hielt, brachte mich sein Gestank zum Würgen.

Du besitzt Macht, Rosalind. Du hattest sie von Anfang an.

Los! Ich bündelte alle Willenskraft darauf, dem Mondstein ein Eigenleben zu verleihen. Dabei stellte ich mir vor, wie er sich die Kehle des Magiers hinabzwängte und ihn erstickte.

Einen Herzschlag lang geschah nichts. Der Magier packte mich und schleuderte mich vom Tisch. Ich prallte gegen Stein, und Schmerz durchzuckte mich. Zitternd lag ich da und konnte mich nicht mehr rühren.

Über mir wankte der Totenkönig. Seine Skelettfinger umklammerten den Tisch. Blaues Licht schoss aus seinen Augenhöhlen und zwischen den Lücken seines Grabgewands hervor. Der Mondstein erhellte die bräunlichen Knochen darunter.

Ein Magiestoß erschütterte die Burg. Er ging von der Gestalt des Totenkönigs aus. Größere Steine prasselten herab. Ich rollte mich ein, so gut ich konnte, und achtete nicht auf die Spinnen, die über mich krabbelten. Sie flüchteten um ihr Leben. Vergeblich. Dieser Ort war mit der Macht des Totenkönigs erschaffen worden, und als der Mondstein seine Macht band, fiel er in sich zusammen.

Die Hexen sind hier. Ragnars Stimme in meinem Kopf. *Sie leiern vor den Toren einen Sprechgesang.* Er übermittelte mir ein Bild in den Kopf: ein zweireihiger Kreis schwarz gewandeter Frauen. Die im äußeren Ring hielten sich an den Händen. Im inneren Ring knieten ein paar Vetteln am Boden und schrieben Runen. Und in der Mitte stand eine blonde Frau mit blassen Armen, die sie gen Himmel streckte. Ihre Augen waren schwarz.

Sie alle benutzten den Mondstein als Ankerpunkt, um den Magier zu binden.

Es funktioniert. Ich schickte ein Bild des Totenkönigs zurück. Starr stand er da, die Arme regungslos an den Seiten. Dann erzitterte die Festung, und Steinschlag versperrte mir die Sicht auf ihn.

Die Berserker reißen den Turm in Stücke. Ich sah durch Ragnars Augen, was draußen vor sich ging. Eine lange Reihe von Kriegern hämmerte mit Äxten auf den Obsidian der Mauern des vom Magier erschaffenen Gebildes ein. Risse erschienen in den verhexten Wänden. Pelzige Monster kratzten mit Krallen daran, lösten magisch erschaffenen Stein daraus und schleuderten ihn beiseite.

Du hast es geschafft, Rosalind. Du hast gesiegt. In Ragnars Stimme schwang ein Hauch von Angst mit. *Jetzt musst du fliehen!*

Ich kann nicht. In der Nähe meiner Füße war ein Stein auf meinem Gewand gelandet und beschwerte es. Als ich mich aufrichten wollte, breiteten sich schlagartig Qualen in meinem Kopf aus. Meine Sicht verfinsterte sich.

Nein!, brüllte Ragnar. *Das darf nicht das Ende sein!*

Ich habe immer gewusst, dass ich sterben werde. Das ist prophezeit worden.

Nein!

Geh, Ragnar. Befreie dich.

Aus dem Augenwinkel nahm ich flackernden blauen Rauch wahr. Langsam drehte ich den Kopf. Die Geistergestalten in der Ecke waren zurück. Diesmal jedoch wirkten sie fester. Von den Schatten in ihren Gesichtern bis hin zum Gewebe ihrer Mäntel wirkte alles echter. Was immer der Totenkönig getan hatte, um seine einstigen Bräute zu bannen, hatte nicht lange angehalten.

Zwei der Frauen knieten sich neben mich.

Geh, Tochter, sagten sie. Ihre Geisterhände streckten sich, und der Stein auf meinem Gewand kullerte weg. Eine kalte Hand landete auf meiner Schulter und blendete den Schmerz vorübergehend aus. Eine andere Frau hinter mir schob mich hoch und stützte mich, bis ich mich auf den Beinen halten konnte. Ein Antlitz erschien vor mir. Die blonde Frau mit den Pausbacken. *Geh jetzt.* Sie berührte mein Gesicht und ließ Kraft in mich strömen. Stolpernd bahnte ich mir den Weg um einen Trümmerhaufen herum.

Spinnweben übersäten meinen Körper.

Das Gebrüll von draußen wurde lauter. Mehr und mehr Licht fiel herein. Der Turm wurde auseinandergerissen. Bald würde er vollends einstürzen.

»Rosalind«, zischte eine Stimme hinter mir. Schwarze Ranken der Macht schlängelten sich um mich und zogen mich zurück.

Die Geisterfrauen scharten sich um mich. Ihre Hände packten die Ranken und zerrten sie weg. Aber es waren so viele.

Verzweiflung breitete sich in mir aus. Der Totenkönig stand in einem blauen Schein. Er streckte die Hand aus und zeigte auf meine Stirn. *Stirb.*

Ich riss die Hände hoch, doch ich war dem mich durchbohrenden Zauber nicht gewachsen. Die Gesichter der Geisterfrauen blitzten vor meinen Augen auf, als ich rückwärtsfiel.

Warte, sagte die pausbäckige Gestalt zu mir. Sie zeigte zur Seite des Turms, wo ein dunkler Schemen mit golden schimmernden Augen aus den Trümmern hervortrat.

Ragnar. Er kam zu mir, wie er es versprochen hatte.

Rosalind! Das Monster packte mich, drückte sich meinen gebrochenen Körper an die pelzige Brust. Schmerzen beutelten mich, und ich schrie matt auf.

Die Bestie brüllte und beugte sich über mich, schützte mich vor herabfallenden Trümmern aus Obsidian. Die Bewegungen schüttelten meinen Körper durch. Dunkelheit umfing mich. Als ich den Halt am Bewusstsein verlor, folgte mir Ragnars Versprechen in die Schwärze.

Ich lasse dich nicht sterben.

Ragnar

ROSALIND LAG SCHLAFF in meinen Armen. Ich drückte sie mir an die Brust und beugte mich über sie, während Trümmer auf meinen Rücken prasselten. Weiter vorn strömte Licht durch die Risse in der Seite des Turms. Das gesamte Bauwerk bebte. Ich preschte über die herabgefallenen Trümmer, kämpfte mich mit krallenden Pranken vorwärts. Ein Stein fiel von der Decke und prallte gegen meine Seite. Ich stieß Gebrüll aus.

So wird es nicht enden!

Um mich herum leuchtete ein gespenstisches Licht auf. Neben mir erschien das Gesicht einer Frau, den Mund zu einem stummen Schrei aufgerissen. Ich schrak zurück, doch sie packte mich am Arm und zog mich weiter. Blaues Licht schimmerte über mir. Abstürzende Trümmer prallten von der schützenden Blase ab.

Ich erreichte die Seite des Turms und stürmte mit einem Aufschrei vorwärts. Berserker umringten den Turm und hackten mit ihren Äxten darauf ein. Monster so groß wie ich zerrten mit bloßen Pranken an den Steinen.

Hundert Schritte weiter hinten standen neben einem

Hain aus halb abgestorbenen Bäumen vier Berserker in uralten Rüstungen schützend um den Kreis der Hexen.

Ich rannte dorthin weiter. Unterwegs schüttelte ich den Kopf, um das Blut aus den Augen zu bekommen. Meine Seite juckte, aber die Wunden schlossen sich bereits.

Rosalind. Die Bestie tobte in meiner Brust. Ich schritt in den Schatten einer alten, knorrigen Eiche. Am Fuß des Stamms lag Lokis Körper. Der hinterhältige Mistkerl sah so gelassen aus, als wäre er nicht tot, sondern würde sich nur ausruhen.

Als ich Rosalind neben ihm ablegte, schlug er die Augen auf. »Du hast sie herausgeholt.« Er hustete. »Gut gemacht.«

Also bist du doch nicht tot. Ich rede in Gedanken mit ihm.

Sein rechter Mundwinkel krümmte sich. *Noch nicht.* Er klang beinah enttäuscht. Seine Hand fasste zittrig an seine Seite. Sein schwarzes Wams schimmerte nass. Er berührte es und zog die Finger rot verschmiert zurück. »Sterbliche Körper sind so zerbrechlich«, stellte er fest.

Du bist ein Berserker, erwiderte ich. *Du solltest heilen.*

»Davon nicht. Es war ein Todesfluch.« Er ließ den Kopf zurücksinken und zur Seite rollen, um Rosalind zu beobachten. »Auch an ihr haftet einer. Sie liegt im Sterben.«

Nein!, brüllte ich. Behutsam strich ich Rosalind mit einer Klaue das goldene Haar aus dem Gesicht. Sie war so wunderschön und wirkte selbst ohne Bewusstsein noch königlich.

»Die Hexen«, stieß Loki röchelnd hervor. »Hol sie. Vielleicht können sie ja etwas unternehmen.«

Ich erhob mich und schwankte, als der Boden bebte.

Drüben am Turm waren *Draugr* erschienen. Die Flut der Berserker wandte sich zum Kampf gegen sie. Krieger schwangen knurrend und heulend ihre Äxte.

Mittlerweile scharten sich die Hexen mit ausgestreckten

Händen um die Überreste des Turms. Ein blaues Licht schoss aus dem Trümmerhaufen hervor. Ein unsichtbarer Wind wehte den Frauen das Haar zurück. Aus dem Steinhaufen erhob sich ein lautes Stöhnen. Hexen kreischten, Berserker brüllten.

Licht blitzte, und ich duckte mich, schirmte die Augen ab.

Abermals erbebte die Erde. Ich rannte auf allen vieren zurück zu Rosalind und kauerte mich über sie.

Dann wurde die Welt auf einmal still.

Ich richtete mich etwas auf und streichelte Rosalinds blasse Wange. *Warte auf mich, Rosalind. Du hast es versprochen.*

Dann preschte ich hinüber zu den Hexen.

~

Loki

BEI THORS BEHAARTEN NÜSSEN, der Todesfluch schmerzte heftig.

»Das kommt davon, wenn man ein Held sein will«, murmelte ich. Ich drückte mir die Hand in die Seite, als würde es irgendetwas bringen. Nicht die langsam heilenden Wunden würden mich umbringen. Sondern das schwarze Geflecht der Magie, das mein Herz umgab.

Beeil dich, Ragnar.

Ich versuch's ja, gab er knurrend zurück. Bezaubernd wie immer.

Ich schloss die Lider und ließ den Geist mit dem von

Ragnar verschmelzen, damit ich durch seine Augen sehen konnte.

»Der Totenkönig ist gebunden«, verkündete eine der Hexen mit einer langen, falkenartigen Nase. Vier Krieger umringten sie – ihre Gefährten. Der größte berührte seine Schläfe, und als er die Finger rot davon zurückzog, grinste er und leckte sich das Blut von der Hand.

»Wir halten Wache«, sagte Yseult, und ihre Gefährten nickten. »Er wird sich tausend Jahre lang nicht rühren.«

Als Ragnar brüllte, formierten sich die vier Krieger schlagartig, um ihre Gefährtin vor seinem Angriff zu schützen.

»Er ist dem Wahnsinn anheimgefallen«, rief einer grollend.

»Oh nein«, krächzte ich. »Das ist nicht gut.«

»Wartet«, kam von einer melodischen Stimme. Eine junge Hexe warf sich zwischen Ragnar und die vier bewaffneten Krieger. Das dunkle Haar wehte ihr um das Gesicht, ihre Brust hob und senkte sich so heftig, als wäre sie meilenweit gerannt. Sie trug die schwarzen Lumpen einer alten Vettel, aber ihr Gesicht war jung.

»Er ist nicht wahnsinnig. Seine Gefährtin ist verletzt.« Sie hob die Hand und drehte sich Ragnar zu. »Zeig sie mir.«

Sie schritt hinter ihm her. Ihre schwarz gekleideten Schwestern folgten ihr.

Bald standen sie alle über Rosalind und mir.

Die dunkelhaarige junge Frau sank zwischen uns auf die Knie.

»Rosalind.« Ihre Finger streichelten das unbewegte Gesicht. »Du hast uns alle gerettet.«

Ragnar schob sich knurrend näher.

»Nein, ich kann sie nicht heilen«, antwortete ihm die Hexe. »Sie ist zu weit weg.«

Das Monster Ragnar fiel auf die Knie.

Bruder, übermittelte ich ihm. Ich streckte die Finger aus, wollte ihn trösten.

»Ah.« Die dunkelhaarige Hexe richtete den Blick der schwarzen Augen auf mich. »Hier ist noch ein Verwundeter. Wollen wir mal sehen, ob wir für ihn etwas tun können.« Sie beugte sich näher, und mich ereilte ein Anflug von Hellsicht.

»Ich kenne dich.« Mit hochgezogener Augenbraue sah ich zu der jungen Hexe hoch. Sie schenkte mir ein strahlendes Lächeln.

»Reicht mir meinen Stab.« Ohne den Blick der rabenschwarzen Augen von mir abzuwenden, streckte sie wartend die Hand aus. Jemand reichte ihr den Stab, und ihr Antlitz waberte, bis ich das alte Web vor mir harrte.

Ich blinzelte, und sie war keine Vettel mehr, sondern wunderschön, mit glänzendem schwarzem Haar und glatten Wangen. »Loki Laufeyjarson.«

»Ich sterbe.« Matt ließ ich die Hand auf meine Brust sinken. »Trauert für immer um mich.«

»Wie dramatisch«, merkte die Hexe tadelnd an. »Wir werden überhaupt nicht um dich trauern.«

Ich setzte eine Schmollmiene auf. »Das kränkt mich.«

»Es gibt keinen Grund zur Trauer, wenn du überlebst.« Die schwarzen Augen der Hexe funkelten, und sie erhob die Stimme. »Schwestern. Hat er die Abmachung erfüllt? Sollen wir Odin berichten, was er getan hat?«

»Aber was habe ich denn schon getan?«

»Du hast deine Lektion gelernt. Du hast dich für jemand anderen geopfert.«

»Nein«, murmelte ich und drehte den Kopf Rosalinds regloser Gestalt zu. »Ich habe versagt. Ich sollte für ihre Sicherheit sorgen.«

»Nun denn. Dann behalte sie.« Die wunderschöne Frau, die zugleich die alte Vettel war, schwenkte die Hand und verschwand. Auf einem Ast über mir krächzte ein Rabe.

Ein gleißendes Licht erfasste mich und breitete sich knisternd durch meinen Körper aus. Die Schmerzen meiner Wunden waren nichts im Vergleich zu diesen Qualen.

Jemand schrie. Ich wünschte, die Stimme würde verstummen, weil es sich anfühlte, als zerfetzte sie mir die Ohren.

Erst nach einigen Augenblicken wurde mir klar, dass ich es war, der schrie.

∿

Ragnar

WAS GEHT VOR SICH?, grollte ich zu den Berserkern hinter den Hexen. *Was haben sie getan?*

»Sie haben Odin um die Macht von dem da gebeten«, antwortete Yseult, die Gefährtin der Berserker, und deutete mit dem Kopf auf Loki. Die vier Berserker nahmen ihre Bronzehelme ab und richteten die Blicke der goldenen Augen auf den Körper des gefallenen Kriegers. Loki zuckte und erstarrte. Er bleckte die Zähne, als sich sein Gesicht zu einer Grimasse verzog. Blitze zuckten und schlugen um ihn herum in den Boden ein.

Dann ertönte ein lauter Schrei, und Loki sprang auf die Beine. Seine Augen waren so schwarz wie die eines Raben.

Mir sträubte sich das Fell.

Loki schloss den Mund, und das Geschrei verstummte.

Einen Moment lang starrte er auf seine Hände. »Ja«, hauchte er. »Bei Odins Bart. Ich bin zurück!«

Bruder, stieß ich erstickt hervor. Wir waren immer noch von Geist zu Geist miteinander verbunden. Auf Lokis Seite pulsierte Macht wie eine gleißende Kugel aus Licht.

»Endlich.« Loki öffnete die Fäuste, und Feuerbälle tanzten auf seinen Handflächen. Ein Mantel entfaltete sich von seinen Schultern. Als er sich umdrehte, ertönte am Himmel ein Donnerschlag.

»Halt die Klappe, Thor«, murmelte Loki. Er winkte den Hexen zu. »Tretet zurück.« Die Frauen eilten aus dem Weg – alle bis auf die Dunkelhaarige, die sich auf ihren Stab stützte.

»Es ist zu spät«, krächzte sie. »Rosalind ist tot. So war es vorhergesagt.«

»Egal.« Loki stapfte vorwärts, den Blick entschlossen auf Rosalinds Gesicht gerichtet. »Überlass sie mir.«

»Es ist zu spät«, beharrte die Hexe.

»Für einen Menschen.« Loki legte die Hände auf ihre Schultern und schob sie behutsam zur Seite. »Nicht für einen Gott.«

Er kniete sich neben Rosalind und hob sie in seine Arme. Ihr Kopf baumelte auf seine Schulter.

Er drehte sich um und blickte suchend in die düsteren Mienen ringsum, bis er mich entdeckte. Kurz zwinkerte er mir zu, bevor er den Kopf gen Himmel hob. Und von einem Atemzug auf den nächsten waren Rosalind und er verschwunden.

11

Rosalind

Kühle Luft wehte über mein Gesicht. Ich nahm den Duft von Wintergrün wahr, und lange Finger streichelten meine Stirn.

»Rosalind«, murmelte Loki.

Ich öffnete die Lider einen Spalt. »Haben wir gewonnen?«

»Ja.«

»Bin ich am Sterben?«

»Ich glaube, du bist schon gestorben. Wie es vorausgesagt wurde.«

Jäh öffnete ich die Augen. »Wo sind wir?« Licht tänzelte über mir, gefiltert durch ein golden-grünes Blätterdach.

»An einem Ort, an dem der Tod nichts anhaben kann.« Loki grinste selbstgefällig. Er sah wie immer aus und doch irgendwie anders. Sein schwarzes Haar war etwas länger. Außerdem schimmerten beiden Augen schwarz.

Ich schluckte. »Bist du gestorben?«

»Beinah«, antwortete er unbekümmert. »Die Hexen haben für mich bei Odin vorgesprochen. Anscheinend wurden meine Taten für würdig befunden. Ich habe meine Macht zurück. Siehst du?« Er fuhr mit einer Hand über mein Gesicht, und Wärme breitete sich durch meinen Körper aus.

Meine Brust schmerzte, als wäre mein Gewand zu eng. Ich hatte Mühe beim Atmen, aber der Rest meines Körpers war zum Glück völlig taub.

»Hier.« Loki half mir, mich aufzusetzen.

Auch ich hatte mich stark verändert. Mein Kleid war anders – ein sattes Blau. Der Stoff schimmerte im Licht.

»So passt es zu deinen Augen.« Er klemmte mir eine lose Strähne hinters Ohr. »Rosalind, hast du gewusst, dass deine Augen in der Nacht wie magische Mondsteine leuchten?«

»Nein«, antwortete ich und spielte zerstreut mit meinem Haar. Die glänzenden Strähnen erwiesen sich als sauber und frei von Spinnweben. Bei der Erinnerung an die Spinnen schauderte ich.

Loki rutschte näher. »Wie fühlst du dich?«

Ich legte mir die Hand auf die Brust. »Besser. Was ist das für ein Ort?« Riesige Bäume umgaben die Lichtung, mit dickeren Stämmen, als ich je welche gesehen hatte. Ich lag auf einem Bett aus dickem Moos.

»Ein Heiligtum. Du warst schon einmal hier. Ich habe dich hergebracht, als du unter dem Bann des Totenkönigs gestanden hast. Nur Geister können sich hier aufhalten. Geister und die Toten.«

»Oh.« Ich war tot. Kein Wunder, dass sich mein Körper taub anfühlte.

»Dein Unterfangen ist vorbei«, sagte Loki sanft. »Du kannst dich zur verdienten Ruhe begeben. Oder ...«

»Oder?«

»Oder ... ich kann ein letztes Wunder wirken.« Loki sah sich um, bevor er den Kopf dicht zu ihr neigte und flüsterte: »Wie würde es dir gefallen, wiedergeboren zu werden?«

In seinem nach Minze riechenden Atem lag Magie. Eine Gänsehaut überzog meine Arme. »Was meinst du damit?«

Er blinzelte, und seine diesmal grünen Augen sahen mich mit einem ernsten Ausdruck an. Er rückte noch näher. »Sag mir, Rosalind ... willst du sterben?«

Ich dachte an meine Schwester und die *Holzmouwas* auf dem Berg der Berserker. Durch mein Wirken befanden sie sich nun in Sicherheit.

Ich musste nicht zu ihnen zurück.

Dann jedoch dachte ich an Ragnar. Daran, wie der blonde Krieger gebrüllt hatte, meinen Schritten gefolgt war, darum gekämpft hatte, das mir gegebene Versprechen einzuhalten.

Vielleicht war es noch nicht zu spät. Vielleicht könnte ich mich dafür entscheiden, zurückzukehren ... für mich.

»Nein«, murmelte ich zu Loki. »Ich will leben.«

»Braves Mädchen.« Loki beugte sich vor und drückte die Lippen auf meine Stirn.

»Aber was ist mit der Prophezeiung?«

»Die Prophezeiung hat sich erfüllt. Du bist gestorben. Gerade genug, um wiedergeboren zu werden.«

Er schnippte mit den Fingern, und das enge Netz um meine Brust lockerte sich. Ein Hustenanfall erfasste mich so heftig, dass ich mich krümmte. Als ich mir den Mund abwischte, klebte roter Schaum an meinen Fingern.

»Genug davon«, dröhnte Loki, und sein Gesicht erstrahlte mit einem göttlichen Licht. Er legte mir die Hand auf die Brust und ließ seine Kraft durch mich strömen. Es schmerzte, als löste er mich auf.

Ein Aufschrei entfuhr mir.

»Der Todesfluch ist stark«, erklärte Loki ruhig. »Aber ich kann dich stärken.« Seine Augen schimmerten wieder schwarz. »Sag, Rosalind. Willst du Macht?«

Licht tänzelte über seine Fingerspitzen. Er drückte sie in mein Gesicht. Blitze schossen durch meinen Körper. Jeder Nerv schrie auf.

Ich öffnete den Mund und kreischte. Während ich mich krümmte, breitete sich Wärme durch mich aus, gefolgt von einem kühlen, prickelnden Gefühl. Die Empfindung setzte sich durch meinen Körper fort, bis sie mich derart ausfüllte, dass kein Platz für Organe und Knochen zu bleiben schien.

Und auf einmal verpufften die Schmerzen. Mein Inneres fühlte sich völlig neu an. Macht durchströmte mich. Loki berührte mich nicht mehr – die Macht ging von mir aus, von mir allein. Ich spürte, wie sie in mir brodelte, ein endloser Quell von Licht.

Ich leckte mir die Lippen. »Was hast du mit mir gemacht?«

Seine Augen waren wieder schwarz. »Deine Magie erweckt. Und dir ein wenig von meiner verliehen. Hast du gewusst, dass eine Göttin in dir geschlummert hat? Könnte sein, dass ich sie befreit habe.«

Ich starrte auf meine Hände. Als ich die Arme bewegte, kräuselte sich meine Haut, und ich erhaschte einen Blick auf Sternenlicht.

Loki ließ sich ausgestreckt neben mir nieder. »Wie fühlst du dich?«

»Seltsam.«

»Daran gewöhnst du dich.«

Ich berührte meine Lippen. Mein Gesicht und meine Gestalt schienen unversehrt zu sein. Energie durchströmte mich, dann spürte ich Macht, die nur darauf wartete, von mir heraufbeschworen zu werden. »Bin ich wirklich gestorben?«

»Ja. Auch daran wirst du dich gewöhnen. Und jetzt ...« Er rieb sich die Hände. »Uns scheint noch jemand zu fehlen.«

Loki schnippte mit den Fingern, und ein Kreis aus Licht erschien. Er weitete sich, bis er größer als ein Mann wurde. Gebrüll ertönte, und eine dunkle Gestalt trat heraus.

Rosalind!

Ich richtete mich auf. Kraft floss in meine Beine und stärkte sie, während ich mich bewegte. Eine merkwürdige Empfindung. Mein erster Schritt als wiedergeborenes Geschöpf fühlte sich wackelig wie bei einem frischgebackenen Fohlen an. *Ragnar.*

Das Monster zögerte.

Komm. Ich gab ihm ein Zeichen. Er überquerte den verbliebenen Abstand und kauerte sich vor mich hin. Ich legte ihm die Hände auf die Wangen. Meine Finger schoben sich in das Fell. Fast augenblicklich verschwand es, und die Züge der Bestie wichen zurück, bis ich Ragnar als Mann vor mir hatte. Er richtete sich auf und streckte sich, rieb sich die Arme, von denen sich das Fell zurückgezogen hatte.

Gut gemacht, lobte Loki in meinen Gedanken. *Göttin, du setzt deine Kräfte weise ein.*

Ich schenkte ihm keine Beachtung. Dafür empfand ich alles als zu seltsam.

»Rosalind«, sagte Ragnar mit rauer Stimme und ergriff meine Hand. »Du hast dich sehr verändert.«

»Du hingegen bist derselbe geblieben.« Verspielt zog ich eine Augenbraue hoch.

»Dank dir.« Er legte mir eine raue Hand auf den Hinterkopf und presste den Mund auf meinen. Sein Bart schrammte über mein Gesicht. Sein Zedernduft umgab mich. Seine Lippen fanden mein Ohr. »Du hast es geschafft.« Ein Kribbeln durchfuhr mich, als er sich an meine Wange schmiegte. »Die wahre Macht ist nicht vom Mondstein ausgegangen, sondern von dir. Der Magier wollte Besitz von dir ergreifen, und du hast dich ihm nicht hingeben.«

»Ich hatte mich schon jemand anders hingegeben«, murmelte ich. Dann stellte ich mich auf die Zehenspitzen, um die Stirn an seine zu drücken. »Ragnar ... danke, dass du mich gerettet hast.«

»Danke, dass du die Welt gerettet hast.« Er fädelte die Finger in mein Haar und zog meinen Kopf zurück. »Habe ich dir nicht gesagt, du sollst auf mich warten?«

»Ich breche meine Versprechen immer«, flüsterte ich an seinen Lippen. Er legte den Kopf schräg und küsste mich innig.

Als ein langsames Klatschen ertönte, drehten wir uns um. »Wie rührend«, meinte Loki.

Ragnar zog mich näher an sich und bedachte Loki mit einem mürrischen Blick. »Du bist kein Mensch.«

»Richtig. Ich bin ein Gott.« Loki deutete eine Verbeugung an.

»Ich wusste es«, murmelte Ragnar. »Ich hätte den Wettbewerb gewonnen.«

Mein Lachen brach so laut aus mir hervor, dass es die Vögel auf den Bäumen aufscheuchte. Die Äste über uns teilten sich, und Licht strömte auf uns drei herab, als wollte der Tag selbst mit mir jubeln. In mir regte sich Macht und drohte, überzuquellen. Mein Herz schlug angestrengt.

»Du wirst noch einiges lernen müssen«, sagte Loki zu mir. Er senkte eine Hand auf mich, und mein Inneres beruhigte sich. »Keine Sorge, ich bringe es dir bei.«

Ragnar schüttelte den Kopf in Lokis Richtung. »Was hast du getan?«

»Sie war am Sterben. Das war die beste Möglichkeit«, rechtfertigte sich Loki. »Und jetzt hat sie, was sie immer wollte. Richtig, Rosalind?«

»Richtig«, bestätigte ich, obwohl ich mich nach wie vor unsicher fühlte. Loki hatte meine Macht erweckt. War ich wirklich eine Göttin? »Was jetzt?«

»Das hängt ganz von dir ab. Die Schlacht ist vorbei. Deine Aufgabe ist erfüllt«, sagte Loki. »Alle kehren zum Berg der Berserker zurück. Sie werden ein Fest feiern, es in ihren Hütten wie die Karnickel treiben und wohl glücklich bis an ihr Ende weiterleben. Langweilig!« Er hielt sich die Hand vor den Mund und täuschte ein Gähnen vor.

»Willst du zurück?«, fragte mich Ragnar.

Ich biss mir auf die Unterlippe.

»Oder ...« Loki hielt einen Finger hoch. »Ich kann dir beibringen, deine Kräfte zu beherrschen. Wir könnten zusammen die neun Welten bereisen. Es gibt so viele Abenteuer zu erleben. Ich selbst ziehe es vor, nie zu lange an einem Ort zu verweilen.« Er legte den Kopf schief. »Was sagst du, Rosalind? Schließt du dich mir an?«

Ich atmete tief durch und wandte mich an Ragnar. »Was ist mit dir? Möchtest du nach Hause?«

»Du bist mein Zuhause«, erwiderte er.

Kurz schloss ich die Augen, bevor ich mich wieder an Loki wandte und nickte.

»Dann lasst uns aufbrechen«, sagte Loki. »Aber zuerst ... ein kurzer Blick auf die Feier. Die Berserker haben sich auf ihrem Berg versammelt. Die *Holzmouwas* sind mit ihren Kindern wohlbehalten in ihren Hütten. Sie werden Glück finden.« Er schwenkte eine Hand, und in den Nebelschwaden erschien ein kleineres Portal.

Ich erblickte eine junge Frau, deren Züge meiner Schwester Espe ähnelten. Sie hatte auch dasselbe weißblonde Haar. Es *war* Espe, nur älter, zur Frau herangewachsen, die Nase mit Sommersprossen gesprenkelt. Sie war gesund, lachte und winkte zwei Kriegern hinter ihr zu.

Mir stockte der Atem. Es handelte sich um eine Vision der Zukunft.

»Wir können sie regelmäßig besuchen«, bot Loki an.

Ich nickte. »Das würde mir gefallen. Aber zuerst ... ein paar Abenteuer?«

»Ja.« Loki rieb sich die Hände. Magie flammte auf, und ich spürte, wie meine eigene Macht darauf ansprach.

Ein Portal erschien vor uns. Dahinter erstreckte sich ein Wald ähnlich diesem. Nebel trieb zwischen den hohen Bäumen hindurch.

»Das Schicksal hat uns ein langes, langes Dasein gewährt. Jetzt müssen wir es nur noch leben.« Mit dem Grinsen eines Schlitzohrs streckte Loki die Hand aus. Ich fasste nach hinten, ergriff erst die von Ragnar, dann die von Loki, und wir marschierten zu dritt los, um eine neue Seite unserer Geschichte aufzuschlagen.

Ende

VIELEN DANK

Vielen Dank fürs Lesen der *Berserker* Reihe! Ich habe vor, noch weitere Bücher zu schreiben, wenn die Muse mich küsst. Lade dir das Berserker-Freebie herunter und melde dich für meinen Newsletter an, um auf dem Laufenden darüber zu bleiben, wie es für die Frauen auf dem Berg der Berserker weitergeht.

Nochmals vielen Dank für die Unterstützung der Reihe.

Alles Liebe,
    Lee

KOSTENLOSE NOVELLE

Hol dir ein kostenloses Exemplar von Gezeugt von den Berserkern und Eine Berserker-Geburt, indem du dich für meinen Newsletter anmeldest.

Der dritte Teil von Daegans, Brennas und Samuels Geschichte. Lies den ersten Teil in **Verkauft an die Berserker** *und den zweiten in* **Gepaart mit den Berserkern**. *Diese Novelle ist kostenlos, ein Geschenk.*

https://BookHip.com/PKRMGC

DIE BERSERKER-SAGA

Verkauft an die Berserker
Gepaart mit den Berserkern
Entführt von den Berserkern
Übergeben an die Berserker
Gefordert von den Berserkern

DIE FRAUEN DER BERSERKER

EBENFALLS VON LEE SAVINO

Zeitgenössische Romanzen

Die Schöne und die Holzfäller
Nach dieser Holzfällersaison gebe ich den Sex auf. Aus... Gründen.

Der Soldat, der mich verführt
Mein heißer Marine-Held will, dass ich ihn Daddy nenne ...

Ihre Daddys – zwei Rivalen
Zwei Väter sind besser als einer.

Unschuld mit Stasia Black (Eine dunkle Liebesgeschichte)
Ich bin der König der kriminellen Unterwelt. Ich bekomme immer, was ich will.
Und sie ist meine Besessenheit.

Die Gefangene des Biestes: Eine dunkle Romanze (Die Liebe des Biestes 1)
Vor Jahren hat mich Daphnes Vater bestohlen.

Jetzt ist es Zeit für sie, die Schuld ihrer Familie zu begleichen ... mit ihrem Körper

.

Paranormale Romanzen

Verkauft an die Berserker
Diese wilden Krieger schrecken vor nichts zurück, um ihre Partnerin zu erobern.

Draekons mit Lili Zander (Eine Sci-Fi Dreierbeziehung Romanze)

Draekon Gefährtin

Abgestürztes Raumschiff. Ein Gefangenen-Planet. Zwei große, hünenhafte, bronzefarbene Aliens, die sich in Drachen verwandeln. Und das Beste daran? Die Drachen bestehen darauf, dass ich ihr Kumpel bin.

Alphas Versuchung: Eine Milliardär-Werwolf-Romanze
Date niemals einen Werwolf.

IMPRESSUM